D1929689

Michal Viewegh *Völkerball*

Michal Viewegh

Völkerball

Roman
Aus dem Tschechischen von
Eva Profousová

Deutické

Die Originalausgabe erschien erstmals 2004 unter dem Titel *Vybíjená* im Verlag Petrov, Brünn.

1 2 3 4 5 09 08 07 06 05

ISBN 3-552-06021-9
© Michal Viewegh, 2004 / © Petrov, 2004
Alle Rechte der deutschsprachigen Ausgabe
© Deuticke im Paul Zsolnay Verlag Wien 2005
Satz: Eva Kaltenbrunner-Dorfinger, Wien
Druck und Bindung: Ebner & Spiegel, Ulm
Printed in Germany

Tom

Mit zwanzig kann es ganz nett sein, sich die Wohnung mit zwei Gleichaltrigen zu teilen; mit einundvierzig ist es nicht mehr so lustig.

Manchmal werden Sie nachts vom beginnenden Kater geweckt. Sie wollen den Brand löschen, klettern aus dem Bett und trinken im Badezimmer das gechlorte Wasser direkt aus dem Wasserhahn, weil es keinen Sinn hätte, im Kühlschrank nach Bier oder Mineralwasser zu suchen. Weil Sie zu faul sind, im Dunkeln nach den Pantoffeln zu tasten, bleiben Ihnen an den nackten Fußsohlen hart gewordene Brotkrümel, Paprikachips, abgeschnittene Fußnägel von Skippy, platt getretene Oliven in Knoblauchsauce und wer weiß, was alles, kleben. Im nächsten Moment rutschen Sie auf den Eurotel-Prospekten aus, die verstreut auf dem Fußboden liegen. (Skippy kauft sich dreimal im Jahr ein neues Handy und einmal im Monat wechselt er die Tarife. Er zählt ständig seine Freiminuten, obwohl er kaum jemanden kennt, den er anrufen könnte. So wie ich – mit Freiminuten könnten Skippy und ich ohne Probleme die ganze Wohnung tapezieren.) Aus *Eins* und *Drei* ertönt das Schnarchen der beiden Mitbewohner. Nur ein weißes Blatt Papier mit der letzten vergeblichen Putzplanaufstellung leuchtet matt von der Korkpinnwand in den dunklen Flur hinein. Leise machen Sie die Badezimmertür auf, Ihre Hand ertastet die Gummivagina, die Skippy vor zwei Jahren an einem regnerischen Wochenende statt des Lichtschalters installiert hat, Sie schließen die Augen und knipsen das Licht an. Langsam öffnen Sie sie wieder: Am Rande des unglaublich dreckigen Waschbeckens liegen drei Rasierapparate. Der Spiegel darüber ist derart mit Zahnpasta bekleckert, dass er allmählich wie ein schlechtes abstraktes Gemälde aussieht. Sie drehen den Wasserhahn auf, lassen das Wasser laufen und untersuchen im Spiegel die eigenen Augenringe und Stirnfalten. Das Wasser gluckert im Abflussrohr: In der Stille der nächtlichen Wohnung klingt es viel bedeutender als am helllichten Tag. Wie eine kodierte Nachricht: *Geht so, was? Und das ist erst der Anfang, Freundchen.*

Ganz neu ist die Botschaft nicht. Vielleicht nicken Sie sogar mit dem Kopf, drehen den Wasserhahn ab und gehen zurück ins Bett. In das eigene Zimmer mit der Nummer *Zwei*.

Eva

Nach der Scheidung ist sie alleine geblieben.

Damals behaupteten alle, mit neunundzwanzig und ihrem Aussehen (wie sie diese Worte hasste) fände sie problemlos einen Neuen. Sie sucht aber eigentlich keinen. Einladungen zum Kaffeetrinken oder ins Theater nimmt sie schon an – bloß daraus entwickelt sich nie etwas. Meistens kommt es ihr gleich von Anfang an irgendwie … gezwungen vor. Die Männer sind sehr bemüht, das ist wohl der Fehler. Sie lächelt, beobachtet ihre teuren Krawatten und hört sich eine lustige Geschichte nach der anderen an (Jeff sagt immer, ihr mangelnder Sinn für Humor käme einer mentalen Behinderung gleich). Insgeheim freut sie sich darauf, später nach Hause zu kommen, Wasser in die Badewanne einlaufen zu lassen, Mandarinenbadeschaum dazuzugeben und sich die neue CD von U2 anzuhören. Ist das so schwer zu verstehen? Die meisten ihrer Freundinnen (geschweige denn ihre Mutter) verstehen es nicht.

Bloß sie kommt nicht dagegen an. Als ob ihre Schönheit die

Männer von vornherein ganz schwach machen würde. Eva benutzt das Wort Schönheit mit der gleichen Sachlichkeit, mit der die Reichen über Geld reden – armen Leuten kommt das natürlich eingebildet vor. Aber so ist es nicht. Sie ist nicht eingebildet, und Komplimente machen sie eher ärgerlich. Warum um Gottes willen setzt dieser Mensch ein Gesicht auf, als ob er gerade Amerika entdeckt hätte? Ja, sie ist schön, das weiß sie schon lange – und weiter?

Sie weiß nicht, wie sie es erklären soll. Viele Männer, die ihr seit der Scheidung den Hof machen, bringen allerlei romantische Gesten zustande: Sie schenken ihr Diamantringe, die sie dankend zurück gibt; sie kaufen ihr Flugtickets nach London, die dann aufwendig storniert werden müssen; sie legen ihr das gesamte Leben (inklusive Ehefrau und Kinder) zu Füßen. Sie tun, als ob sie im Begriff wären, alle Brücken hinter sich abzubrechen – vermutlich gehen sie davon aus, dass nur derjenige gewinnt, der das größte Opfer bringt. Manchmal fühlt sie sich wie ein leer stehendes Luxusappartement: Der Höchstbietende bekommt den Zuschlag.

Alles ist so vorhersehbar. Am Anfang quellen sie über vor lauter Selbstbewusstsein, aber wenn sie merken, dass sich an Evas Zurückhaltung kaum etwas ändert, schrumpft die Luftblase plötzlich zusammen. Sie fangen an, Eva wie eine Vorgesetzte zu behandeln, bekommen Angst vor ihr. Sie vergewissern sich nur noch, ob ihr das Essen auch wirklich schmecke, ob alles in Ordnung sei und womit sie ihr noch eine Freude machen könnten. Sie würden alles tun. Sogar vor ihr auf die Knie fallen. Kann ihr ein solcher Mann imponieren? Es ist so ermüdend. Und lächerlich. Vielleicht hat es Skippy am besten auf den Punkt gebracht: Wir haben alle Schiss vor dir. Sie selbst würde es nie so formulieren (solche Ausdrücke benutzt sie nie), aber es ist etwas daran. Wird denn nie jemand kommen, der vor ihr nicht … Schiss hat?

Ihre Traumbeziehung stellt sie sich ganz anders vor. »Glaubst du, das Leben ist ein Film?«, schrie Jeff sie vor der Scheidung an, ganz außer sich vor Wut. Manchmal hat sie einen Traum: Es klingelt, und sie öffnet im Morgenmantel die Tür. Draußen steht ein unbekannter Mann; er begrüßt sie mit den Augen. Sie tritt zur Seite, er kommt herein und hilft ihr packen. Sie öffnet die Schränke, holt Kleider heraus, und er legt sie in die Koffer. Keiner sagt etwas. Ihre Tochter Alice schaut sie fragend an, aber Eva bedeutet ihr, alles sei in bester Ordnung. Der Mann schließt die Koffer, greift nach dem größeren und nimmt Alice an die Hand. Eva trägt den zweiten Koffer. Ohne Eile gehen sie zum Auto hinunter und der Mann fährt sie in sein Haus ...

Das lässt sich alles so schwer erklären. »Alles eine Frage der Kommunikation«, sagte Jeff immer.

»Rede mit mir! Kommuniziere! Wie soll ich denn auf deine geheimnisvollen weiblichen Gefühle achten, wenn du nicht mal willens bist, sie mir zu beschreiben? Wer soll sich verdammt noch mal in dir auskennen?«

Alice wirft Eva vor, dass sie morgens immer mehr Zeit im Badezimmer verbringt. Vielleicht stimmt das auch, Eva schaut nicht auf die Uhr. Die Liste der verschiedenen kosmetischen Mängel, die jeden Morgen zu behandeln oder zumindest abzudecken sind, nimmt nach vierzig mit einer solchen Geschwindigkeit zu, dass es Eva langsam beunruhigt. Mit achtzehn brauchte sie für die Morgentoilette nicht einmal fünf Minuten: Sie putzte sich die Zähne, spritzte sich kaltes Wasser ins Gesicht und benutzte die erstbeste Creme, die auf dem Waschbecken lag, dann bürstete sie nur noch kurz die Haare – und den ganzen Tag lang erzählten alle, wie schön sie war. Wenn sie am Samstag morgen zum gemeinsamen Frühstück in die Küche kam, leuchtete Vaters Gesicht jedes Mal vor stolzer Freude auf. Manchmal fand Eva das der Mutter gegenüber richtig taktlos. Ab und zu legte Vater sogar die Zeitung zur Seite und schaute Eva zu, wie sie versuchte, die Küchenmaschine zusammenzuschrauben, um sich aus drei gelbgrünen kubanischen Apfelsinen einen frisch gepressten Saft zu machen.

»Kaum zu glauben, dass wir etwas *dermaßen* Schönes in diesem schmuddeligen Bungalow auf der Makarská gezeugt haben, nicht wahr, Alenka?«, sagte er immer.

Dann erhob er sich, schob die Tochter sanft zur Seite und baute die Orangenpresse selbst auf.

»Ja, kaum zu fassen.« Evas Mutter lächelte.

»So schmuddelig war es dort auch wieder nicht«, flüsterte sie Eva zu. »Das denkt sich Papa nur aus …«

Eva war, als hätte sich das Ganze erst gestern abgespielt. Heute verbringt sie im Badezimmer eine volle Stunde und kaum hat sie die Küche betreten, sagt Alice zu ihr, sie sollte sich unbedingt die Zähne weißen lassen, und gegen Augenringe helfe das Auflegen von Grünteebeuteln am besten.

»Und wenn du dir wirklich vorgenommen hast, auf jegliche Frisur zu pfeifen, dann binde dir doch ein Kopftuch um!«

Manchmal findet sie, dass ihre Tochter genauso redet wie Tom.

Abends ist sie fast immer zu Hause. Sie hatte sich zu einem Joga-Kurs für Anfänger angemeldet, hörte aber nach einem halben Jahr damit auf: Die einzelnen Übungen kamen ihr komisch vor, sie durfte sich das aber vor der enthusiastischen Lehrerin nicht anmerken lassen. Den Spaß an der ganzen Sache verlor sie ausgerechnet in dem Moment, als sie die ersten schwierigeren Übungen erfolgreich bewältigt hatte. Sie war besser als die anderen, wurde von der Lehrerin gelobt und den anderen als Beispiel vorgehalten, ihr waren die unnatürlichen

Stellungen aber eher peinlich. Auch wenn ich mich auf den Kopf stelle, geschieden werde ich trotzdem bleiben, dachte sie.

Sie löst gerne Kreuzworträtsel, strickt und sieht häufig fern, egal was die anderen davon halten mögen. Lieber als Spielfilme schaut sie sich Dokumentarsendungen an, vor allem Reiseberichte. Die Sendung »Reise-Manie« lässt sie sich nur selten entgehen. Sie ist nie eine große Touristin gewesen, und das Reisen an sich reizt sie auch nicht besonders (Was reizt mich eigentlich noch im Leben? fragt sie sich manchmal), aber von Zeit zu Zeit stellt sie sich vor, wie ihr Leben ausgesehen hätte, wenn sie in einem völlig anderen Land zur Welt gekommen wäre. Wenn sie zum Beispiel ein Mädchengymnasium im Jemen besucht hätte.

»Im Jemen? Du bist wirklich nicht ganz dicht, Mama!« Alice lacht. »Wie kommst du überhaupt auf so was?«

Eva weiß es nicht. Ist das ihre Schuld?

Vom ständigen Fernsehen ist ihr Kopf vollgestopft mit verschiedensten Werbeslogans und Songs. Sie will sich das alles gar nicht merken, Wortballast, den sie mit sich herumschleppt. Letzte Woche sah sie in dem eckigen Laubengang am I. P. Pavlov-Platz einen Mann urinieren. *Für das Beste im Mann,* fiel ihr sofort ein. Angewidert wandte sie den Blick aufs Dach des gegenüberliegenden Hauses. *Alles gut bedacht.* Manchmal fragt sie sich, ob das nicht die ersten Anzeichen von Menopause sind.

Zur Arbeit fährt sie mit der Metro, mit dem Auto würde sie im morgendlichen Straßenverkehr doppelt so lange brauchen. Die Züge sind meist voll, das findet sie lästig. Wenn sie ausnahmsweise einen Sitzplatz ergattert, blättert sie ihre Zeitung durch. Sie liest nur die Beilagen: Freizeit, Kultur, Gesundheit, Finanzen – im innenpolitischen Teil wie bei den ausländischen

Meldungen überfliegt sie lediglich die Schlagzeilen. Sie hat sich nie dazu zwingen können, der Politik mehr Interesse entgegen zu bringen. Sie lässt sich eher von ihrem Instinkt leiten: Sie beobachtet, was für ein Gesicht der eine oder andere Politiker macht, wie er spricht und wie er sich anzieht.

»Du wählst keine Parteien und keine Programme«, beschuldigt Jeff sie am Vortag der Wahlen, »du wählst Anzüge! Krawatten!«

»Das stimmt nicht ganz«, verteidigt sich Eva müde. Sie weiß, dass diese Schlacht von vornherein verloren ist, »ich merke mir ihre Augen, ihr Lächeln und so …«

»Wenn der Grebeníček also ausschauen würde wie Richard Gere, wählst du seelenruhig die Kommunisten, ja?«

Manchmal kann sie sich nicht auf die Zeitung konzentrieren und beobachtet stattdessen die anderen Passagiere – vor allem die Frauen. Unter den Füßen spürt sie das Rattern und Vibrieren des tonnenschweren Fahrgestells. Wie meistern Sie Ihr Leben? – diese Frage möchte sie ihren Mitreisenden manchmal stellen. Finden Sie auch, dass das Leben kaum auszuhalten ist? Wie kommt es, dass wir noch da sind? Wieso sind wir nicht längst alle dort unten auf den Gleisen gelandet, so wie Irena?

Tom

Mit seinen zweiundsechzig Jahren sieht Vartecký immer noch sehr gut aus; von Frühling bis Herbst fährt er mit dem Fahrrad zur Schule, zweimal die Woche spielt er Volleyball und jeden Freitag geht er mit seiner um sechzehn Jahre jüngeren Frau in die Sauna. Einige Kolleginnen (das Lehrerkollegium besteht aus mehr als achtzig Prozent Frauen) stellen ihm mit allen möglichen Mitteln nach, wogegen er sich mit einer traurigen, höflichen Ruhe zur Wehr setzt. Bei Partys wie dieser erinnert er an einen großen gutmütigen Hund, der von kleinen Kindern gequält wird: All die Streicheleinheiten, all die Küsschen und all die Versuche, es sich auf seinem Schoß bequem zu machen, lässt er mit beeindruckender Gelassenheit über sich ergehen. Erst wenn die Liebesbezeugungen die Grenze des Erträglichen längst erreicht haben, erhebt er sich, schüttelt die angetrunkenen Lehrerinnen vorsichtig ab und steuert würdig die entgegengesetzte Ecke des Lehrerzimmers an. Ich hole ihm einen freien Stuhl, wir prosten uns zu und plaudern ein wenig. Kollegin Mrázová geht vorbei: Mit beiden Händen hält sie den Pappteller fest, auf dem nur noch ein fettiger Abdruck von zwei belegten Brötchen, ein Rest Roastbeef und der gelbe Halbmond einer Zitronenschale an die Festtafel erinnern. Unauffällig beuge ich mich zu Vartecký vor.

»Und jetzt überreichen die jungen Hostessen den preisgekrönten Pädagogen feierlich die Staatsurkunde«, flüstere ich ihm zu.

Mrázová dreht sich um und wirft uns einen stechenden Kontrollblick zu, dann aber verzieht sie ihren Mund zu einem breiten Lächeln, das wohl neckisch sein soll. Auf ihrer Zahnprothese kleben Reste von Eigelb. Neckisches Lächeln sollte die Gute definitiv ad acta legen, denke ich. Sie sollte es schön in einen der muffigen Kartons oben auf dem Schrank packen, in denen sie ab Oktober ihre Sommerkleider aufbewahrt.

»Eine tolle Party, nicht wahr?«, sage ich leutselig.

Vor fünfundzwanzig Jahren konnten wir uns nicht ausstehen, das versuchen wir jetzt beide zu kaschieren. Damals war sie unsere Mathelehrerin. Einmal holte sie mich am Ende des Schuljahres an die Tafel – und mit unverhohlener Verachtung schaute sie zu, wie ich mich mit einer senkrechten Pyramiden-Projektion abquälte.

»Ich hätte gedacht, Tomáš, dass Sie als Dichter über etwas mehr Phantasie verfügen …«, sagte sie bissig.

»Über mangelnde Phantasie kann ich mich nicht beklagen, was mir fehlt, ist die räumliche Vorstellungskraft«, antwortete ich. »Das sind zwei vollkommen verschiedene Dinge, Genossin Professor.«

Meine Frechheit verschlug ihr die Sprache. Ob sie es noch weiß? Sie muss Hunderte von solchen Rebellen gehabt haben – schmälert dies die viel beschworenen Meutereien der Jugend im Nachhinein nicht etwas? Eine wahre Rebellen-Inflation. Ich erinnere mich, wie sie feierlich steif an der Tafel mit dem großen Holzzirkel hantierte, und ich kann mir ein Lächeln nicht verkneifen.

»Haben die Herren ein Geheimnis miteinander?« In ihrer Stimme schwingt ein Verdacht mit.

Vartecký schaut mich an.

»Eigentlich schon«, sagt er. »Einst haben wir beide dieselbe Frau geliebt.«

Mrázová seufzt.

»Gibt es im Leben nicht auch andere Themen? Typisch Mann!«

Als wir uns etwa eine Stunde später wieder begegnen, komme ich auf Varteckýs letzten Satz zurück – nicht ohne vorher eine längere Pause in der Konversation abzuwarten, damit der plötzliche Themenwechsel nicht zu gezwungen wirkt.

»Eine intime Frage bezüglich der Vergangenheit erlaubt?«

Vartecký geht immer sehr sparsam mit Worten um, vielleicht ist das seine Reaktion auf die Geschwätzigkeit der Kolleginnen – und in unserer gemeinsamen Kommunikation habe ich diese Gewohnheit allmählich übernommen. Ohne zu zögern nickt er.

»Damals bei dem Schulausflug nach Slapy – hast du mit ihr geschlafen?«

Er fragt nicht nach dem Namen und tut nicht einmal so, als

ob er sich krampfhaft erinnern müsste. Das rechne ich ihm hoch an, gleichzeitig finde ich es beunruhigend: In all den Jahren hat er Dutzende, wenn nicht Hunderte von schönen Mädchen unterrichtet.

»Nein.«

Er scheint die Wahrheit zu sagen, ich bin mir aber immer noch nicht sicher.

»Und davor, oder danach?«

»Nein.«

»Warum nicht?«, sage ich betont lässig.

Aus seinem halb geöffneten Hemd quillt dickes, nur leicht angegrautes Brusthaar hervor – meine Brust ist fast kahl, und daher stilisiere ich mich in seiner Gegenwart gerne in der Rolle eines ironischen Intellektuellen, der über solche vordergründigen Männlichkeitssymptome weit erhaben ist.

»Und als sie kam in meinen Park, war alles, alles im Verblühn. Am Horizont die Sonne schlief, Landstreicherschlaf nach Wandermühn.«

Flucht in Lyrik, denke ich.

»Deine Frau ist sechsundvierzig«, wende ich ein. »Bei eurer Hochzeit war sie nur ein paar Jahre älter als Eva damals.«

»Sie war aber nicht meine Schülerin. Finger weg von den Schülerinnen. Da hast du mehr Probleme als Freuden.«

Ich warte, aber eine weitere Erklärung kommt nicht.

»Komm, du weißt doch Bescheid«, Vartecký spielt auf Klára an.

Richtig überzeugend finde ich seine Antworten immer noch nicht und kann ihm das nicht einmal übel nehmen: Wenn er über diese mehr als zwanzig Jahre zurückliegende Vergangenheit nicht die Wahrheit sagt, dann tut er es wahrscheinlich nur aus Rücksicht auf mich. Er weiß, dass für mich die Vergangenheit noch lange nicht vorbei ist.

»Und du?«, kommt plötzlich die Gegenfrage.

»Bingo!«, rufe ich. »Die Entdeckung des Jahres. Herzlichen Glückwunsch!«

»Ihr habt also nicht miteinander geschlafen.«

»Nein.«

Darauf sagt er nichts mehr.

»Nur vier Buchstaben – und ein halbes Leben dahinter«, sage ich.

Der Wein aus dem Tetrapack schmeckt ziemlich scheußlich, trotzdem trinke ich mein Glas in einem Zug leer. Dann schenke ich uns beiden nach.

»Und warum habt ihr es nicht gemacht?«, fragt er ruhig.

Vorhin, als ich ihn nach Eva fragte, konnte ich das Zittern in meiner Stimme kaum beherrschen. Und das war schon damals genau der Punkt: Jeff und ich, wir himmelten Eva an, während Vartecký nur ruhig da stand. Ständig umkreisten wir sie, redeten auf sie ein, rezitierten Gedichte – er schwieg. Direkten Augenkontakt mieden wir, er aber schaute sie unverwandt an. Ich ahnte schon damals: Wie konnte ihr jemand imponieren, der von ihrer Schönheit *gelähmt* war? Sie brauchte jemanden, der diese Schönheit einfach zu nehmen wusste. Nach außen hin machten Jeff und ich uns über Vartecký lustig, weil er so alt war (lieber Gott, vergib uns unsere Sünden!), aber in Wirklichkeit fürchteten wir uns vor ihm. Wir spürten nur zu genau, dass er etwas besaß, womit wir beim besten Willen nicht aufwarten konnten.

»Woher soll ich das wissen?«, rufe ich. »Weil du da warst. Weil Jeff sie vorbestellt hatte. Und und und. Es gab Tausend Gründe.«

Vartecký legt den Zeigefinger auf die Lippen. Marta, unsere damalige Sportlehrerin, dreht sich amüsiert um.

»Aaah, schon wieder das Šálková-Thema, nicht wahr?«

Vartecký setzt eine unbeteiligte Miene auf, und ich stehe verstört da, wie ein kleiner Junge, der sich bei etwas Schlimmem hat erwischen lassen. (An derselben Schule zu unterrichten, die man als Schüler besucht hat, grenzt an Abartigkeit – man könnte es fast als inzestuös bezeichnen. Meine Entscheidung, nach dem Studium als Pädagoge auf meine alte Schule zurückzukehren, habe ich früher mit einem gesunden Konservatismus und einer gewissen Sentimentalität erklärt. Heute ist mir klar, dass der Hauptgrund eine Art soziale Faulheit war: Ich hatte keine Lust, mir mühsam ein anderes Leben zu erarbeiten als jenes, das mir bereits vertraut war). Marta schüttelt verwundert den Kopf.

»Šálková for ever?« Sie lacht.

»Ganz genau, Marta«, sage ich ernst. »Šálková for ever!«

Eva

Sie fährt Auto, aber nur zwei bekannte, eingeübte Strecken – freitags immer zu Hypernova einkaufen und alle zwei Wochen nach Vrchlabí zu ihren Eltern (in der Rente gaben sie ihre Prager Wohnung auf und kauften sich stattdessen ein kleines Häuschen auf dem Lande). Sonst fährt sie nirgendwohin. Ihr weinroter Renault steht tagelang an der gleichen Stelle (im Winter ist er häufig das einzige verschneite Auto weit und breit, und im Sommer, wenn sie ihn nah am Park stehen lässt, liegt nach etwa einer Woche feiner gelber Blütenstaub darauf, in den Kinder gerne ihre unanständigen Zeichnungen hinein kritzeln). Im letzten Jahr – dem siebten Jahr nach der Scheidung – hatte ihr Jeff das Auto zum Geburtstag geschenkt.

»Mit welcher Absicht trägst du dich jetzt?«, fragte sie.

»Jetzt nur noch mit der, dass ihr beide heil bleibt.«

Er ist angeblich der sicherste Wagen seiner Klasse.

Die Strecke nach Vrchlabí kennt sie in- und auswendig, jedes Verkehrsschild, jede Kurve; wenn sie, so wie jetzt gerade, den gewohnten Fahrstreifen wechseln muss, fühlt sie sofort Panik in sich aufsteigen.

»Was machst du, Mama«, sagt Alice, »wenn die Strecke hier einmal umgeleitet wird?«

Darüber hat sie selbstverständlich auch schon nachgedacht. Konzentriert starrt sie auf die Hinterreifen des vor ihnen fahrenden Audi. *Audi – Vorsprung durch Technik*, fällt ihr ein und sie spürt einen Anflug von Ärger.

»Dann bleibe ich auf dem Pannenstreifen stehen, mache die Warnblinkanlage an und rufe den Abschleppdienst.«

Sie zwinkert ihrer Tochter kurz zu. Etwas in Alices Lächeln erinnert Eva beinahe schmerzlich an Jeff, als sie ihn zum ersten Mal sah. Damals war er noch keine sechzehn und einen Zentimeter kleiner als sie. Den Größenunterschied hat er dann allerdings schnell und deutlich revidiert.

Als sie vor dem Haus ihrer Eltern einparkt, bemerkt sie hinter der Gardine am Fenster ihren Vater. Er steht reglos da, als ob er aus irgendeinem Grund den Augenblick hinaus zögern möchte, in dem er aus dem Haus tritt und die Gäste begrüßt. Als ob er noch zwei, drei Minuten nachdenken möchte. Die Rückkehr des Einzelkindes, das enttäuscht hatte.

»Du bist unser Alles. Unser Stolz. Vergiss das nie.« Das hat Mutter immer gesagt.

Über eine vierzigjährige Tochter sagt man das natürlich nicht mehr. Eva möchte gerne glauben, dass sie es immer noch ist, zumindest teilweise, auch wenn Mutter es ihr seit Jahren nicht mehr gesagt hat. Vielleicht weil sie inzwischen die Gestalt einer älteren geschiedenen Frau mit Kind angenommen hat. Eva ist klar, dass sie ihre Eltern enttäuscht hat. Sie haben ihr die bestmögliche Erziehung angedeihen lassen. Sie haben ihr alles geopfert. Sie haben sie regelrecht hochgezüchtet. Allein die Unmengen von teuren Bräunungscremes, die sie ihr Jahr für Jahr auf die Haut geschmiert haben! Und ihr Dank dafür? Sie hat sich scheiden lassen und fängt zu allem Unglück jetzt auch noch an zu altern. Tschuldigung Papa, dein hübsches Mädchen hat Krampfadern bekommen ... Sie atmet tief ein: Wie immer ist die Luft hier sauberer und schärfer als in Prag. Gleich hinter dem Garagendach ragt der graugrüne Hang des Žalý empor. Vater tritt aus dem Haus. Er trägt eine Jogginghose. Es gibt Eva einen Stich. Hinter ihm kommt Mutter. Sie trägt einen dampfenden Topf vor sich her, setzt ihn auf der Treppe ab. Sechzig Jahre lang haben sie in Prag Vinohrady gelebt – und jetzt das hier, denkt Eva.

»Ahoj!«, ruft sie bemüht.

Alice rennt zur Oma und umarmt sie. Großmutter lächelt, ihre Augen bleiben an dem Topf hängen.

»Gib mir den Schlüssel, ich mach das schon«, sagt Vater.

Verständnislos reicht sie ihm die Schlüssel; erst dann merkt sie, dass das Auto leicht schräg steht. Der halbe rechte Vorderreifen ist außerdem auf der niedrigen Sandsteinkante gelandet, die das Blumenbeet mit den Dahlien umschließt. Allerseelen-Blumen. Wie die Blumen, so die Stimmung. Vater quetscht sich mühsam hinter das Lenkrad, kippt den Sitz nach hinten, lässt den Motor an und hört ihm eine Weile zu; dann legt er den Rückwärtsgang ein, rangiert kurz hin und her und das Auto steht gerade. Er bleibt sitzen und kurbelt das Fenster herunter.

»Echt ein guter Wagen«, sagt er anerkennend.

»Jeff war gestern hier«, sagt Mutter zu Eva.

Eva sagt nichts.

»Paar zusätzliche Fahrstunden täten dir gut, was?«, bemerkt Vater und steigt aus dem Auto.

»Hast Recht. Danke für den netten Empfang.«

Er winkt ab und legt ihr den Arm um die Schultern.

»Willkommen«, sagt er und lächelt endlich.

Solange sie mit Jeff zusammen lebte, fuhr praktisch immer nur er. Ähnlich wie viele andere verheiratete Männer war er nur dann bereit, ihr das Lenkrad zu überlassen, wenn er getrunken hatte. Das Autofahren mit dem angetrunkenen Jeff auf dem Beifahrersitz hasste sie. Aufgrund mangelnder Übung war sie auf seine Navigation und seine Ratschläge angewiesen, ihre nervösen Fragen (Wohin jetzt? Wer hat Vorfahrt? Ich oder der Lastwagen?) spielte er entweder mit der Sorglosigkeit der Betrunkenen herunter oder regte sich über sie auf.

Nach der Scheidung beschließt sie eines Abends in der Badewanne, endlich den Teufelskreis der beiden eingeübten Strecken zu durchbrechen. Gleich morgen würde sie zur nächsten Fahrschule gehen, fünf oder lieber gleich zehn Fahrstunden bestellen und sich beibringen lassen, auch irgendwo anders hin zu fahren als nur nach Vrchlabí. Sie malt sich aus, was für tolle Wochenendausflüge Alice und sie machen werden.

»Seit wann haben Sie Ihren Führerschein?«, stellt der Fahrlehrer seine erste Frage.

Sie sitzt bereits im Auto.

»Seit zwanzig Jahren, aber bis zur Scheidung ist nur mein Mann gefahren.«

Der Fahrlehrer mustert sie.

»Die nächste Geschiedene«, murmelt er. »Dann starten Sie mal.«

Auf diese Unverschämtheit kann Eva nicht reagieren, weil sie sich auf die ungewohnte Verteilung der Geräte auf dem Armaturenbrett konzentrieren muss.

»Na los, fahren wir, worauf warten Sie noch?«

Der gereizte Ton kommt ihr irgendwie bekannt vor. An der nächsten Ampel schaut sie direkt in sein gerötetes Gesicht – und in dem Augenblick wird ihr alles klar.

»Sie haben getrunken«, stellt sie fest.

Der Fahrlehrer lacht auf eine Art, die Evas Verdacht nur bekräftigt. Sie schaltet die Warnblinkanlage an, zieht die Handbremse und schnallt sich ab.

»Mit Ihnen fahre ich keinen Meter weiter«, verkündet sie. »Sie sind ja völlig blau.«

»Blau bin ich auf keinen Fall.«

Sie steigt aus und geht. Die Menschen auf der Straße schauen ihr nach. Die Autos hinter ihnen hupen.

»Und Sie sind genauso stinklangweilig und unterkühlt wie alle Nichttrinker!«, schreit der Fahrlehrer.

Jeff

Eigentlich hat er Eva nie verstanden – das ist die einzige Sicherheit, die ihm nach all den Jahren geblieben ist.

Jedes Mal, wenn er versucht, sich dem Problem rational zu nähern, kommt er zu keinem Ergebnis – bis auf das Gefühl, dass jegliches weitere Verweilen in diesen Gedanken ihn in den Wahnsinn treiben würde. »Wenn man über Frauen nachdenkt, sollte man jegliche Rationalität aus dem Spiel lassen«, sagt er zu Tom, »denn sie führt einen nur aufs Glatteis.« Er könne ihm Hunderte von Beispielen aufzählen, hier eines als Kostprobe: Eva beklagt sich über die Prinzipienlosigkeit und den Populismus in der tschechischen Politik, und wenn er sie fragt, warum sie nun ausgerechnet diejenige Partei gewählt hat, deren Vorsitzender die hiesige politische Prinzipienlosigkeit und den Populismus geradezu verkörpert, sagt sie, er habe Charme, kleide sich gut und habe schöne Hände. Und so weiter und so fort. Als sich Jeff darüber ereifert, fühlt er sich dem Ersticken nahe.

»Pass mal auf – wir leben doch in einer Welt, die logisch strukturiert ist, oder? Es gibt Kontinente, Staaten, Bezirke und so weiter, alles der Größe nach geordnet«, klärt er Tom auf. »Das spiegelt sich auch in den entsprechenden Institutionen wider. Was auch immer du über die heutige Gesellschaft denken magst, eines musst du zugeben: Ihre Hierarchie ist durchaus übersichtlich aufgebaut.«

»Wenn du meinst.«

»Ich behaupte natürlich nicht, dass alle Institutionen ideal funktionieren, aber was ihre Struktur betrifft, da sind sie zumindest transparent: Staatsverwaltung, Bezirksverwaltung, Ortsämter. Logik pur. Und jetzt wird plötzlich, mitten in dieses System, eine Familie eingesetzt, die Keimzelle der Gesellschaft«, Jeff lacht bitter auf, »deren eine Hälfte nicht einmal beim Gespräch über einen Bruce-Willis-Film den Regeln der Logik folgen kann ... Findest du nicht auch, dass da irgendwas nicht stimmt?«

Tom grinst.

»Wie war das gleich noch mal mit Klára?«, sagt Jeff. »Was ist die Ehe? Du liebst deine Frau – und dabei würdest du sie am liebsten nach jedem zweiten Satz umbringen. Das ist die Ehe. Deswegen flüchtest du vor ihr. Deswegen spielst du jeden Dienstagabend Volleyball und jeden Donnerstag Hallenfußball. Deswegen fährst du jedes Wochenende Ski. Deswegen kaufst du dir ein Fahrrad und nimmst bei jeder Gelegenheit Reißaus, so weit es nur geht.«

»Ich dachte, ihr habt gemeinsame Ausflüge gemacht?«

Jeff schüttelt den Kopf.

»Dass ich sie manchmal mitgenommen habe, ändert am Prinzip des Flüchtens kaum etwas. Als sie schweigend hinter mir in die Pedale trat, war sie eigentlich nicht mehr sie selbst – falls du mir folgen kannst.«

Tom nickt langsam.

»Das Grundproblem der Ehe besteht darin, die Frauen zum Schweigen zu bringen«, sagt Jeff nach langer Pause ernsthaft.

Der Autor

Alter: vierzehneinhalb; Größe: einhundertzweiundsechzig Zentimeter.

Er trägt gerne einfarbige Hemden mit offenem Kragen, um den Hals bindet er sich leger ein Seidentuch. Das braune Wildledersakko hat ihm Großmutter Věra, die Kürschnerin, eigenhändig genäht. Mit dem Ergebnis ihrer Arbeit scheint sie mehr als zufrieden zu sein: Als es der Autor zum ersten Mal anzieht, wiederholt sie unentwegt das Wort *nobel.*

»Nobel siehst du aus, mein Junge«, sagt sie und lächelt.

Der Autor ahnt dunkel, dass Großmutters Bewertung zu hoch gegriffen ist und dass er wegen seiner Kleidung womöglich von seinen Mitschülern verspottet wird, aber das Wort nobel übt auf ihn einen unerklärlichen Zauber aus. Was, wenn Großmutter Recht hat? Was, wenn diese *Noblesse* auch seine Mitschülerinnen beeindruckt? Für alle Fälle bleibt er das ganze erste Jahr auf dem Gymnasium dem Sakko und den Hemden mit Seidentuch im Ausschnitt treu – bis auf die Staatsfeiertage selbstverständlich, an denen er, wie alle anderen, das blaue Hemd des Jugendverbands mit der roten Krawatte anziehen muss.

Später schenkt ihm ein Freund seiner Eltern eine grünweiße Papierjacke, die bei der Brünner Messe am Stand der Firma Grundig als Werbung unter die Leute verteilt wurde. Die Jacke hat einen Reißverschluss, und sie stellt – abgesehen von den Damenjeans der Marke Levi's, die dem Autor von Zeit zu Zeit seine Mutter leiht (bis zum Abi besitzt er keine echte Jeans) –, den modernsten, *westlichsten* Teil seiner ansonsten dürftigen Garderobe dar. Die Grundig-Jacke trägt er das ganze zweite und dritte Schuljahr lang. Obwohl die Ärmel zum Schluss an den Ellbogen durchgewetzt sind und die Jacke nur noch schmuddelig wirkt, will er auf sie nicht verzichten.

Gleich zu Beginn des ersten Jahrganges lehnt es der Autor

nach dem Vorbild seiner beiden besten Freunde ab, in der Schulkantine zu essen (Welchem Vorbild rannten denn die beiden nach?, fragt er sich, als er diese Zeilen schreibt), und die ganzen kommenden vier Jahre kehren sie mittags zu dritt in einen der zwei Delikatessenläden in Benešov ein. Vier Jahre lang isst er fünfmal die Woche zu Mittag aufgewärmten Leberkäse oder Fleischsalat – und zwei Brötchen dazu. Zur Abwechslung bestellen sie ab und zu Wienerwürstchen, ausnahmsweise auch das so genannte russische Ei. Dazu trinken sie gelbe Limonade oder Kofola. *Nie* essen sie oder trinken sie etwas anderes – und keiner von ihnen findet es schlimm. Im Gegenteil, sofern der Autor seinem eigenen Gedächtnis trauen kann, finden sie es sogar *lecker*. Während der ganzen vier Jahre, die er auf dem Gymnasium verbracht hat, muss er in etwa vierhundert Portionen Leberkäse, dreihundert Portionen Fleischsalat und einhundertmal Wienerwürstchen oder das fürchterliche hartgekochte Ei mit dem graugrünen Eigelb verspeist haben – und das auch noch gerne. Aus heutiger Perspektive kann er das nicht nachvollziehen. Schon bei der Erinnerung an die Berge von fettigem Leberkäse und an die Eimer von Mayonnaise überfällt ihn so etwas wie eine nachträgliche Magenverstimmung – eine Art metaphysisches Rülpsen. War er das wirklich? Er, der heute in italienischen, mexikanischen, chinesischen, thailändischen, indischen oder libanesischen Restaurants lange Minuten angeregt mit dem Kellner fachsimpelt? Er, der nur noch sehr ungerne etwas anderes als *frischen* Fisch oder *hausgemachte* Pasta bestellt? Er, dem eine Creme Brulée ohne Karamellkruste oder ein ohne Mascarpone zubereitetes Tiramisu den ganzen restlichen Abend verderben kann?

Um es in der Sprache zoologischer Enzyklopädien auszudrücken: *In seinen jungen Jahren beschränkt er sich auf einfache Nahrung, wird später sehr anspruchsvoll.*

Lässt sich daraus eine Lehre ziehen? Der Autor ist sich da nicht so sicher.

Im dritten Jahrgang nominiert ihn überraschenderweise sein Sportlehrer in die Schulbasketballmannschaft, die an einem Turnier teilnehmen soll. Als Einziger in der Mannschaft ist er kein Profispieler, die anderen Jungen trainieren mehrmals die Woche im städtischen Verein. Anfangs wird ihm ziemliches Misstrauen entgegengebracht, mit der Zeit gelingt es ihm aber, die anderen zu überzeugen, dass er in der Mannschaft am richtigen Platz ist. Werfen kann er zwar nicht auf Hundert Prozent genau, aber er gibt einen ganz ordentlichen Abwehrspieler ab, und manchmal schafft er es, selbst verloren geglaubte Bälle zu gewinnen.

Im Finale bekommt seine Mannschaft in letzter Minute einen Korb und liegt mit einem einzigen Punkt im Rückstand. Die endgültige Reihenfolge steht zwar ohne Rücksicht auf das heutige Endergebnis bereits fest (sie werden die dritte Mannschaft von sechs sein), das dramatische Ende treibt trotzdem das Publikum und die beiden Ersatzspielerbänke auf die Beine. Einer der Mitspieler wird gefoult, und in seiner Not spielt er dem Autor nicht besonders präzise einen Ball zu. Diesem gelingt es trotzdem, den Ball im letzten Moment zu fangen. »Wirf!«, schreit jemand. »Mach schon!« Mit einem geschickten Ausweichmanöver befreit sich der Autor vom nächsten Gegenspieler, und aus dem Sprung wirft er den entscheidenden Korb – den er sein ganzes Leben lang nicht vergessen wird.

Ein ganzes Leben lang wird ein einziger Korb in einem unwichtigen Spiel bei einem bedeutungslosen Turnier in seinem Gedächtnis bleiben.

Hujerová

Fangen wir gleich mit dem Wesentlichen an: Ich bin nicht schön. Kein bisschen, wirklich. Ich bin *eher hässlich.* Das ist leider keine falsche Bescheidenheit, sondern Realität. Sie können ruhig mein Foto (das eine, grottenschlechte im Personalausweis zum Beispiel, oder das im Reisepass, das ist etwas besser, meinetwegen auch das im Führerschein, ist alles gleich, wirklich) zehn zufälligen Passanten zeigen und sie unter vier Möglichkeiten wählen lassen: schön, eigentlich hübsch, eher hässlich und hässlich. Und ich gehe mit Ihnen jede Wette ein, dass mindestens sieben von ihnen spontan C ankreuzen, und jeder Adoleszent unter ihnen, egal wie viele Pickel er selber im Gesicht hat, mir ein D verpassen wird.

Das also ist das Kreuz, das ich zu tragen habe – mit dem einzigen Unterschied, dass ich den Menschen auf der Straße kein Foto, sondern die eigene Visage präsentieren muss. Und zwar jedem flaumbärtigen Flegel.

Meine Hässlichkeit ist schwer zu beschreiben: Ich habe weder einen Buckel, noch eine monströse Nase oder buschige Augenbrauen. Sie besteht aus keinen auffälligen und dementsprechend relativ leicht zu beseitigenden Einzelheiten; meine Hässlichkeit summiert sich aus einer Reihe kleinerer, auf den ersten Blick gar nicht so besonders deutlicher physischer Mängel – mein Gesicht ist etwas zu rund, die Stirn zu flach, die Haare zu dünn, die Augen zu klein und die Ohren zu groß, mein Blick würde etwas mehr Leuchtkraft vertragen, meine Zähne könnten weißer und ebenmäßiger sein, die Haut reiner, der Mund schöner geschwungen, die Lippen voller, dafür könnten wiederum meine Hüften und mein Po schmäler und die Beine länger sein. Diese Aufzählung könnte ich stundenlang fortsetzen. Es sind so viele Kleinigkeiten, dass man beim besten Willen nichts machen kann. Wie Kollege Architekt neulich zu einer Kundin sagte, die ein uraltes Einfamilienhaus irgendwo hinter Prag gekauft hat: Die optimale Lösung bei so vielen fälligen Reparaturen wäre, das ganze Haus abzureißen und ein neues zu bauen ... Genau das ist mein Fall: Laser, Fettabsaugen oder plastische Chirurgie bringen nichts. Meine optimale Lösung heißt *Abriss.*

Ich bin eben die Hujerová.

Diesen Spitznamen habe ich seit der Grundschule. Leider weiß ich nicht mehr, wer als Erster damit kam – wenn ich es wüsste, würde ich ihn mit einer Dampfwalze platt fahren (ein kleiner Scherz). Ich glaube, es dürfte Skippy gewesen sein, aber ich möchte keine falschen Gerüchte in die Welt setzen.

Der Spitzname wurde jedenfalls sofort angenommen. Schon der pure Klang dieses Wortes scheint auf Anhieb meine damalige Persönlichkeit zu illustrieren: Meine ewig missmutig gerunzelte Stirn, das billige Brillengestell, den hormonell bedingten Bartwuchs unter der Nase und die herunterhängenden Schultern. In gewissem Sinn glich mein Nachname einem brillanten Kürzel.

Větvičková – Hujerová. Diese beiden Namen sind für mich der Inbegriff meiner gesamten Kindheit. Větvičková, die den super einfallslosen Spitznamen Větev, der Ast, bekam, war noch ein klitzekleines bisschen schlechter dran als ich. *Objektiv* gesehen war sie hässlich wie die Nacht – so schlimm sah ich wirklich nicht aus. Jeden Morgen fuhren wir beide mit der gleichen Straßenbahn zur Schule. Das müssen Sie sich mal bildlich vorstellen: Zwei hässliche Mädchen, die an einem nebligen Morgen auf einer einsamen Haltestelle warten. Meine Lippen umspielte allerdings ein leicht überhebliches Lächeln: So *widerlich* wie die Větvičková war ich nicht, das wusste ich genau. In meinen Augen markierte die Větvičková den absoluten ästhetischen Nullpunkt.

Allerdings betrat nach den Ferien eine *andere* Větvičková

die Klasse: braungebrannt, vollbusig und bemerkenswert gut frisiert (wie mir sofort mit einem eifersüchtigen Stich auffiel). Auch wenn es sich bei ihr um keine grundlegende Veränderung handelte, war eines sofort klar – der beliebte Miss-Klassenmonster Wettbewerb spitzte sich dramatisch zu. Wird es Větev schaffen, ihren Sieg zu verteidigen oder wird sie doch noch von Hujerová überholt? Zum Schluss bin ich doch noch knapp an ihr vorbeigeschrammt, aber für den Rest meines Lebens wusste ich: Wenn ich auch nur für eine Sekunde die Pflege meines Äußeren vernachlässige, lande ich schlagartig ganz tief unten bei den Allerhässlichsten. (Und nun versuchen Sie sich auszumalen, wie gut man mit diesem Wissen *entspannen* kann … Wundert es Sie, dass ich das Wort *Entspannung* immer etwas lächerlich fand?)

Hässliche Mädchen wie ich stellen früher oder später fest, dass das einzige Maß aller Dinge die Schönheit ist. Schon mit drei Jahren suchte ich mir im Sandkasten einen Platz aus, von dem ich den besten Ausblick hatte. *Nie* spielte ich bei den Mülltonnen – ich auf keinen Fall. Mein Speiseeis suchte ich mir nach der *Farbe* aus – damit es wenigstens ein bisschen mit meiner Kleidung harmonierte. Können Sie das verstehen? Ein zwölfjähriges Mädchen mit Brille und einer unförmigen blauen Kordhose hat Appetit auf ein Pistazieneis, kauft sich aber keines, weil es Angst hat, das Eis könnte sich vielleicht mit ihrer Kleidung farblich beißen … Wie sagt man doch: Grün und blau, schmückt die Sau. Können Sie sich vorstellen, mit welcher Furcht sich ein Mädchen in der Welt bewegen muss, das der Meinung ist, noch einen Makel könne es sich nicht mehr leisten?

Natürlich betete ich auf dem Gymnasium die gleichen Werte wie meine Mitschülerinnen an, aber ganz tief in meiner Seele ahnte ich, dass das Ganze nur leeres Gerede war.

Freundschaft? Opferbereitschaft? Gerechtigkeit? Wahrheit? – Quatsch mit Sauce! Das Einzige, worauf es im Leben einer Frau wirklich ankommt, ist Schönheit. Denn ein opferbereites, kameradschaftliches oder gar gerechtes Mädchen bekommt nicht einen Liebesbrief geschickt – so sieht die bittere Wahrheit aus.

Heimlich unterzog ich meine gut aussehenden Mitschülerinnen einer ständigen Beobachtung. Jeden Morgen versuchte ich zu erraten, in welchen Klamotten sie kommen werden, und im Voraus fühlte ich mich von dem unsichtbaren Glanz geblendet, von dem ihr Auftreten so häufig begleitet wurde. Die anderen merkten diesen Glanz vielleicht gar nicht, aber ich sah ihn gut – und Větev sicherlich auch. Es war kaum zu fassen, aber die dummen Gören sahen einfach umwerfend aus, egal wie staksig oder ungepflegt sie auch herumliefen. Unausgeschlafenes Gesicht, zerzaustes Haar, zerknittertes T-Shirt – ihre Anmut wurde dadurch nur größer. Ihre Augen leuchteten noch mehr, ihre Haut schien noch glatter zu sein. *Bis heute* kenne ich jedes Stück ihrer Garderobe in- und auswendig. Verstehen Sie? Noch nach fünfundzwanzig Jahren sehe ich ganz genau den Jeansrock Marke Wild Cat vor mir, in dem Eva Šálková das erste Mal unsere Klasse betrat – ich kann mir jede angenähte Tasche und jeden Schlitz an ihm vergegenwärtigen. Sogar das rotblaue Markenlabel.

Während des Unterrichts konnte ich die Augen nicht von ihr abwenden. Wenn sie zeichnete oder rechnete, schob sie ihre Zungenspitze leicht nach vorne zwischen die Lippen. Vergeblich versuchte ich herauszufinden, warum sie sogar mit ausgestreckter Zunge immer noch so sexy ausschaute. Wenn ich die Zunge heraus streckte, sah ich sofort aus wie geistig zurückgeblieben (zum Glück war ich nicht doof und ließ meine Zungenspitze im Mund).

»Lieber Gott, warum hast du ihr so viel – und mir nichts gegeben?«, fragte ich immer wieder.

Aus mir wurde eine glühende Atheistin: Bei diesem Gesicht, das mir zugeteilt wurde, kann es keinen Gott geben. Seit meiner Pubertät habe ich keine einzige Kirche betreten – genauso wie ich jedes Restaurant meide, in dem man mich einmal über den Tisch gezogen hat.

Wäre ich nicht mit so einem riesigen Busen und Hintern ausgestattet, hätte ich zumindest eine gewisse Unabhängigkeit vortäuschen können: Liebe? Sex? Nein, vielen Dank, aber das interessiert mich wirklich nicht. Aber mit einem BH Größe D und dem Arsch einer verdienten kubanischen Matrone kann ich keinem einreden, dass ich nicht für die Liebe geschaffen wurde. Man sieht mir meine Bestimmung sofort an – beim Anblick meines Gesichts sieht man aber auch, dass Liebe bei mir Mangelware ist.

Ich bin nicht unabhängig – ich bin nur hässlich. Da kann ich keinem was vormachen.

Heute bin ich vierzig, und nach wie vor ist für mich *Anmut* das höchste Maß – nicht nur was Autos oder Mobiltelefone betrifft (das Entscheidende ist natürlich die Eleganz der Formen und Farben, nicht die Technik in ihrem Inneren), sondern auch Nachbarn, Ärzte oder Politiker. Was nützt einem Politiker die allerschönste Vision, wenn er ein schiefes Lächeln und dreifaches Kinn hat? Ihn werde ich bestimmt nicht auf meinem Wahlzettel ankreuzen. Und außerdem: Schon immer fühlte ich mich nur von hübschen, oder zumindest sympathischen Männern angezogen. Haben Sie endlich das wahre Ausmaß meines Problems erfasst? Das Scheusal, also ich, steht *ausschließlich* auf sympathische Typen.

Sie können gerne mal versuchen, mit dieser tödlichen Mischung zu leben – und zu überleben.

Eva

Nach außen sieht die Arbeit eines Anwalts bei einer ausländischen Firma vielleicht kompliziert aus, im Grunde genommen ist sie aber genauso primitiv wie das Lösen von Kreuzworträtseln – immer die gleichen Worte, die gleichen Wendungen. Übrigens ist das nicht die einzige Ähnlichkeit; sieht man einmal vom Finanziellen ab, könnte man sagen, dass dieser Beruf in Evas Leben praktisch die gleiche Bedeutung einnimmt wie Kreuzworträtseln – eine kultivierte Art die Zeit totzuschlagen.

Man hält sie für eine fähige, vielleicht sogar erfolgreiche Anwältin. Das zu erreichen fiel Eva nicht schwer: Es war lediglich gutes Englisch nötig, ein bisschen Arbeitseifer und die Fähigkeit, mit Menschen zu kommunizieren und Prioritäten zu setzen. Bis heute macht ihr die Arbeit viel Spaß, trotzdem weiß sie schon lange, dass ihr Beruf und das echte Leben zwei Paar Schuhe sind. Wenn sie beim Mittagessen all die selbstbewussten Jünglinge mit perfekt sitzender Frisur und Hugo-Boss-Anzug sieht, muss sie oft an Jeff denken: Auch er nahm Anfang der Neunzigerjahre an, dass die Stelle, die er bekommen hatte, die Chance seines Lebens war. Sie hört, wie die jungen Männer ihre Bestellung aufgeben (zweimal Kalbs-*Saltimbocca,* einmal *Spaghetti vongole* und einmal *Pasta al ragù di coniglio*), sie hört sie lachen, sieht wie sie lässig ihre Jacketts über die Stuhllehne werfen und wie sie ihr Essen kauen – und denkt dabei an Jeff. Manchmal fallen ihr auch Karel und Irena ein. Sie hätte nie gedacht, wie viel Platz in ihrem Kopf tote Menschen einnehmen, die sie zu ihren Lebzeiten so unwichtig fand. Sie weiß sogar ihre genauen Todesdaten, diese zwei Jahreszahlen sind für immer zu einem Teil ihrer persönlichen Geschichte geworden – genauso wie die Hochzeit ihrer Eltern oder die Geburt von Alice. Sie ist übrigens nicht die Einzige, die das so empfindet: Als Eva bei einem der Klassentreffen ziemlich unglücklich formulierte, dass Alice *zwei Jahre nach Karel* auf die Welt gekommen war, wussten die meisten sofort, was sie meinte.

Seit Anbeginn ihrer Ehe kam Jeff immer sehr spät von der Arbeit nach Hause, zu der Zeit schlief Alice meistens. Er war müde und gereizt. Sie hatte Verständnis dafür, er hatte es nicht leicht: Wie immer wollte er der Sieger sein, die Bedingungen in diesem Rennen waren allerdings alles andere als fair.

»Wie soll ich gegen Menschen antreten, die ganze Fabriken in bar bezahlen?«, regte er sich auf.

Sie hätte gerne mit ihm geredet, den ganzen Tag wechselte sie kein Wort mit einem Erwachsenen, aber er antwortete äußerst unwillig und in einfachen Sätzen. Schweigend marschierte er durch die Wohnung, stöhnend bückte er sich immer wieder und hob demonstrativ das herumliegende Spielzeug vom Fußboden auf.

»Das ist keine Wohnung, sondern ein Schlachtfeld.«

»Nach dem Sandmännchen hat sie noch kurz gespielt«, erklärte Eva geduldig. »Ich räume fünfmal am Tag hinter ihr auf.«

»Dann wirst du wohl sechsmal aufräumen müssen.«

»Ich denke nicht im Traum daran. Räum doch selber auf.«

Verbaler Schlagabtausch. Zwei Völkerball-Könige gegeneinander.

»Ich hab den ganzen Tag im Büro geackert.«

»Du meinst also, ich habe nur gefaulenzt, ja?«

Beide spürten, wie tief sie gefallen waren. Jeff sank in den Sessel und rieb sich die Nasenwurzel.

»Unordnung bringt mich einfach durcheinander«, sagte er leise. »Ist das denn so schwer zu verstehen?«

Seine Abwesenheit während der Woche versuchte Jeff am Wochenende auszugleichen. Alice war noch keine zwei Jahre alt, aber er plante schon kilometerlange Ausflüge.

»Bist du wahnsinnig?«, wandte Eva über die Landkarte gebeugt ein. »Das schafft kein Kind.«

»Meines schon«, behauptete Jeff.

Den meisten Teil der Strecke musste Alice selbstverständlich getragen werden. Von beiden Eltern abwechselnd.

Beide hielten sie Jeff ständig nur auf.

»Könntest du, Liebste, etwas schneller machen?«, sagte er fast jedes Mal unzufrieden, wenn Eva dabei war, Alice anzuziehen.

»Aber natürlich«, lächelte Eva tapfer. »Wenn es dich nicht stört, dass draußen zwei Grad Minus sind und die Kleine weder Pullover noch Jacke anhaben wird.«

Gingen sie zu Fuß, *bummelten* sie herum. Jeff ging jedes Mal ein paar Meter vor und drehte sich vorwurfsvoll nach ihnen um.

»Sie ist ein Kind, Jeff«, sagte sie gereizt. »Du kannst von uns keine Wunder erwarten.«

»Ich erwarte keine Wunder von euch. Ich will nur, dass ihr Gas gebt.«

Fuhren sie gemeinsam Fahrrad, *schleppten* sie sich hinter ihm her.

»Könntet ihr verdammt noch mal einen Zahn zulegen?«, rief Jeff und umkreiste die beiden wild.

»Können wir nicht, du Idiot!«, schrie Eva.

Jeff hielt es nicht mehr aus und brannte durch. Ein Tritt in die Pedale und binnen drei Sekunden war er hinter der nächsten Kurve verschwunden.

»Wo ist Papa?«, fragte Alice beunruhigt; die Spannung, die in der Luft lag, spürte sie genau.

»Er macht den Kundschafter für uns.«

Eine Stunde später tauchte Jeff in der Gegenrichtung auf: über das Lenkrad gebeugt, mit Schlamm bespritzt, verschwitzt und glücklich.

»Das machst du aber ganz toll«, lobte er Alices Fahrweise. »Du hast Papa eine große Freude gemacht.«

Skippy

Wusstet ihr, dass Pinguin-Väter mit ihrem eigenen Körper sechs Monate lang das Ei warm halten können, während sich die Mutter irgendwo herumtreibt? Ein halbes Jahr lang stehen sich die Männchen in Frost und Wind die Beine in den Bauch. Es ist ein ganzer Schwarm, der dort in der Eiseskälte langsam von einem Fuß auf den anderen tritt. Die ganze Bande dreht sich wie eine Spirale – so dass jeder Pinguin, auch wenn er ganz am Rand steht, wenigstens einmal in der Mitte landet, wo es nicht so windig ist. Ich hab keine Ahnung, wie sie das zustande bringen, aber die ganze Zeit behält das Ei die Temperatur von siebenunddreißig Grad, egal wo der Vater gerade steht. Und wenn das Kleine etwas braucht, pfeift es den Papa durch die Eierschale an. Dann kommt endlich die Mutter von ihrem sechsmonatigen Trip zurück und übernimmt das Ei wieder. Sie kann es in der Menge nach dem Pfeifton orten. Nicht dass ich damit unbedingt was sagen wollte, ich fand es einfach nur interessant. Auf jeden Fall viel interessanter als wenn in der Zeitung steht, das Jahr 2004 ist das Jahr von Putin und Bush. Der KGB-Mann und der Verfechter der Todesstrafe … Heute nehmen sie auf den Flughäfen noch eure Fingerabdrücke (wenn euch meine Meinung interessiert, dann geht's dabei weniger um die Abdrücke als darum, dass die sehen, ob ihr euch den Arsch mit der Linken auswischt, wie die Araber, cha cha), aber in zwei, drei Jahren kriegt man die

Bordkarte direkt unter die Nackenhaut gespritzt. Und wer dann im Flugzeug pissen muss, der wird im Pentagon mindestens von vier Geheimdienstlern abgehört. So sieht also unsere Welt aus, die Welt, in der wir leben – damit hier von Anfang an Klartext geredet wird. Ihr solltet ebenfalls wissen, dass mir die Politik wirklich am Arsch vorbei geht. Es war immer schon so, ein zweites Leben in der Lüge hätte ich nicht ausgehalten. Klar hab ich als Einziger in unserer Klasse abgelehnt, in den Jugendverband einzutreten, aber musste man um Gottes willen sofort Politik dahinter vermuten? Bei einem fünfzehnjährigen Steppke? Ticken Sie noch richtig, Genossin Professor? Erst später erfuhr ich, dass sie auch die Vorsitzende der dortigen Parteizelle war. Sie konnte mir nichts nachweisen, also hatte sie wenigstens ein Auge auf mich. Als der XIV. Parteitag der Kommunistischen Partei stattfand, untersuchte sie höchstpersönlich meinen Personalausweis, ob ich nicht aus Protest die Seite vierzehn angerissen habe – so was wäre mir nie im Leben eingefallen. Etwas Aufmerksamkeit, das war alles, worauf es mir ankam. Dass ich in den Jugendverband nicht eintrat, war im Grunde genommen das Gleiche wie in der Grundschule, als ich mir die Wange mit Sicherheitsnadeln durchbohrte oder lebendige Regenwürmer schluckte. Die Mädchen kreischten und taten, als ob sie sich übergeben müssten, aber auch das war besser als nichts. Ich hatte ihre Aufmerksamkeit gewonnen – und genau das bringt doch die Welt zum Laufen, oder? Man muss aus der Menge hinaus ragen, sonst bemerkt einen doch keine Sau. Als im ersten Jahr auf dem Gymnasium unsere Russisch-Lehrerin Adressen sowjetischer Kinder verteilte und befahl, dass wir mit ihnen das ganze Jahr über Freundschaft korrespondieren sollten, behauptete ich, dass ich doch lieber mit einem Australier Brieffreundschaft pflegen würde. Sie war ganz aus dem Häuschen, warum ausgerechnet Australien? Weil ich schon immer auf Kängurus stand, Genossin Professor. Sie fauchte herum und behauptete, das zuerst mit dem Genossen Direktor besprechen zu müssen. Ich finde, ich habe damals die ganze Chose ziemlich elegant ausgestanden. Verficktes Vladivostok – ab nach Melbourne! Kümmert euch nicht um mein Vokabular, für mich sind Worte, genauso wie die Politik, einfach nur leere Hülsen.

Hujerová

Tatsache ist: Geboren wurde ich am 22. November 1963 – ausgerechnet an dem Tag, als John F. Kennedy erschossen wurde (manchmal frage ich mich, inwiefern dieses Attentat all die späteren vorzeitigen Todesfälle vorweggenommen haben könnte …) – als Tochter eines geschiedenen fünfunddreißigjährigen Busfahrers und eines siebzehnjährigen Handelslehrlings.

Meine Mutter hat mich die ganzen Jahre überhaupt nicht interessiert. Was ich über sie weiß, hat mir Vater erst im letzten Jahr und jetzt im Krankenhaus erzählt. Falls jemand von Ihnen schon mal regelmäßig im Krankenhaus einen Langzeitkranken, wie hier der Euphemismus für Sterbende lautet, besucht hat, dann wissen Sie aus eigener leidvoller Erfahrung, wie schleppend sich bei den Besuchen die Zeit hinzieht. Seien wir mal ehrlich: Spätestens nach einem halben Jahr sind die Vorräte an Mitleid und Anteilnahme zum größten Teil verbraucht, und im Lagerraum unseres Herzens kommen langsam die nackten Wände der Pflicht und der Langeweile zum Vorschein (manchmal erwische ich mich dabei, dass ich wie Tom rede). Vater und ich haben längst jedes erdenkliche Thema durchgearbeitet. Jetzt schweigen wir uns nur noch an, starren auf die blauen Streifen auf der fleckigen Krankenhausbettwäsche und lächeln uns aufmunternd zu. An der weißgekalkten Wand zählt eine Uhr laut und trocken jede einzelne Besuchsminute ab. Ich suche krampfhaft nach einem möglichen Gesprächsstoff, aber worüber wollen Sie sich mit jemandem unterhalten, der in ein paar Monaten nicht mehr da sein wird? Soll man mit einem Sterbenden die Parkplatzproblematik erörtern oder ihn in die neuen Trends des schwedischen Möbeldesigns einweisen? Von diesem Dilemma fühlte ich mich von Anfang an wie gelähmt, so dass ich mich nach einigen Wochen sogar dankbar auch auf Themen stürze, die in unserer unvollständigen Familie noch vor kurzem ein absolutes Tabu waren.

»Eigentlich weiß ich gar nicht, wo ihr euch kennen gelernt habt?«, sage ich scheinbar beiläufig, in Wirklichkeit aber empfinde ich bei der Frage eine fast perverse, masochistische Aufregung. »Ich meine du und meine *Mutter*«, füge ich ironisch hinzu.

Vater sieht zuerst etwas überrascht aus, dann schneidet er eine Grimasse. Das also bleibt von all dem übrig, denke ich – eine Grimasse. Erneut wird mir bewusst, wie durch den näher rückenden Tod alle bisherigen Maßstäbe neu gesetzt werden. Ein jahrelanges Familiendrama wird plötzlich zu einer belanglosen Geschichte. Vaters Mund ist trocken, ich reiche ihm eine Flasche Mineralwasser mit Orangengeschmack. Überrascht nehme ich zur Kenntnis, dass er der Plastikflasche mehr Aufmerksamkeit entgegenbringt als der Frage nach meiner Mutter.

»Ich wollte wissen, wo ihr euch kennen gelernt habt?«

»Im Bus«, sagt er. »Wo denn sonst.«

Fünfmal die Woche fuhren sie in seinem Bus zur Schule – die *ganze Clique.* Morgens und nachmittags. *Zwei* von ihnen baggerten ihn seit geraumer Zeit an. An jenem Tag benahm sich *vor allem die eine* so wild, dass er sie am liebsten aus dem Bus geworfen hätte.

»Genau das hättest du machen müssen«, rutscht mir ungewollt heraus. »Am besten gleich während der Fahrt.«

Er verzieht mahnend das Gesicht, aber trotz des fortschreitenden Abbaus seiner geistigen Fähigkeiten wird ihm schnell klar, dass in unserem Fall eine Zurechtweisung à la *Wie redest du von deiner Mutter!* etwas absurd wäre. Er grinst mich mit seinem zahnlosen Mund an – das fehlende Gebiss stört mich nicht, an diesen Anblick habe ich mich längst gewöhnt.

»Ja, hätte ich wohl machen müssen.«

Ich setze meine Nachforschungen fort und aus Vaters knappen Antworten puzzle ich mir jenen Februarnachmittag zusammen: Nach der Schule fuhren beide bis zur Endstation, wo sie sich weigerten, auszusteigen. Sie luden ihn auf eine Zigarette ein, *zur Besänftigung*. Vater nahm eine, schließlich hatte er vierzig Minuten Pause. Hübscher von den beiden war wohl die größere, aber die musste *noch schnell, bevor der Laden dicht macht, ihrer Mutter destilliertes Wasser holen.*

Ich traue meinen Ohren nicht.

»Warte«, ich ringe fassungslos nach Atem. »Du meinst also, wenn der Mutter von dem größeren Mädel ihr blödes destilliertes Wasser nicht ausgegangen wäre, dann hätte die meine Mutter sein können?«

Es dauert eine Weile, bis er das verstanden hat. Dann lacht er los und sagt immer wieder diesen lustigen Satz laut auf; dabei linst er um sich, ob auch alle seine Zimmergenossen den Witz mitbekommen haben. Zum Glück schlafen sie beide. Hätte die Drogerie eine Stunde später dicht gemacht, wäre ich vielleicht hübsch, denke ich verzweifelt.

Er schaut mich an, und offensichtlich fällt ihm dabei mein Beruf wieder ein, auf den er stolz ist und der ihm gleichzeitig als eine ewige Quelle kleiner Sticheleien dient.

»Und hat Dänemark endlich den fünfbeinigen Stuhl erfunden?«

Lächelnd schüttle ich den Kopf, aber in Gedanken bin ich bei meiner Mutter: Dieses Jahr wird sie siebenundfünfzig Jahre alt.

»Und habt ihr mich gleich beim ersten Versuch gemacht, Papa?« Ich zwinkere ihm zu. »Während der Pause?«

Seine Hand auf der Decke zuckt, als ob er meine Frage gerne wegscheuchen möchte – daran merke ich, dass ich mit meiner Vermutung richtig liege.

»Im Depot oder noch im Bus?«, frage ich *neckisch*.

»Gerade dir werde ich es sagen!«

Verstimmt holt er Luft, aber ich sehe in seinem Gesicht, dass er es mir sagen wird. Das Thema hat in seiner Unverbrauchtheit doch noch eingeschlagen und Vaters – wenn auch mäßiges – Interesse geweckt (obwohl ich allerdings befürchten muss, dass ihn mehr das Wort Autobus fesselt als die Umstände meiner Zeugung). Er schweigt, wahrscheinlich sucht er nach den richtigen Worten.

»Also war es im Bus?«

Er nickt und setzt sich mühsam auf. Damit deutet er das Ende der Zeugungsdebatte an.

Ich bleibe beharrlich: »Wo genau?«

»Hinten doch!«, mault Vater zurück. Er will sich endlich die ganze Fragerei vom Hals schaffen. »Auf dem Vierersitz!«

Schau mal einer an, das Geheimnis meiner menschlichen Existenz: *hinten im Bus, auf dem Vierersitz!*

Tom

Das älteste Foto des Gymnasiasten Jeff, natürlich in schwarzweiß, stammt aus dem Skikurs im ersten Jahrgang: helle Haare, die (genauso wie meine) bis zur äußersten Grenze der damaligen Akzeptanz reichten, eine lustige Andeutung von einem kleinen Schnauzer und der übliche fragende Ausdruck in seinen hübschen Augen. Was das Foto allerdings nicht wiederzugeben vermag, ist sein betont staksiger Gang, der augenblicklich in Laufen übergehen konnte, seine Gewohnheit, beim Gespräch den Kopf zur Seite zu neigen oder jene tiefe Furche, die zwischen seinen Augen auftauchte, wenn er mit etwas unzufrieden war.

Meine Freundschaft mit Jeff, die schon länger als ein Vierteljahrhundert dauert, fing bei jener Overhead-Projektion im Geographie-Unterricht Anfang September an. Nach der Vorführung klemmte vor den großen Fenstern hinten in der Klasse eines der Rollos. Jeff, der direkt am Fenster saß, schnellte hoch (sein Stuhl quietschte dabei ganz fürchterlich) und ohne Aufforderung sprang er mit einem kurzen Anlauf zwischen die Blumentöpfe auf die marmorne Fensterbrüstung. Er wankte – ein Raunen ging durch die Klasse – fand aber sein Gleichgewicht wieder und zog mit beiden Händen das Rollo hoch. Dann sprang er herunter, verneigte sich leicht und setzte sich wieder.

Für den Bruchteil einer Sekunde schien die Klasse zu zögern, wie Jeffs Auftritt zu bewerten war: Sollte er als eine sympathische Provokation und sportliche Leistung gleichzeitig mit Jubel belohnt werden? Oder sollte sich die Klasse auf die Seite der Lehrerin schlagen, die sich ironisch an die Stirn tippte, und Jeff auslachen? Denn Jeffs Bewegungen sahen ziemlich affig aus.

»Super!«, rief ich. (Diesen Ausruf benutzten wir früher häufig – ich gebrauche ihn übrigens heute noch, beim Fußballschauen mit Skippy zum Beispiel. Die Besonderheit liegt darin, dass man ihn ganz hinten im Rachen artikuliert. Tiefere Stimme und düsterer Blick erhöhen die Wirkung.)

Jeff grinste und winkte mir erfreut zu. So fing unsere Freundschaft an – mit einem verstaubten, stecken gebliebenen Rollo.

Gleich in der nächsten Pause, während wir uns zum nächsten Unterrichtsraum aufmachten, kam er auf mich zu.

»Was haben wir jetzt?«, fragte er.

An sich muss er das selbst gewusst haben.

»Mathe.«

Es freute mich, dass er mich ansprach, und ich überlegte gerade, womit ich meine Antwort noch ausschmücken könnte, damit sie nicht so kurz ausfällt, als wir von zwei Jungs aus der Abi-Klasse angehalten wurden.

»Stopp!«, riefen sie.

Einer von ihnen trug eine Brille, und der andere sah auch nicht besonders schrecklich aus – trotzdem waren sie mindestens einen halben Kopf größer. Gehorsam hielten wir an. Ich erinnere mich, dass hinter ihnen eine Wandzeitung hing und von dort schauten uns drei weitere Gesichter an: Es waren Kohlezeichnungen, die schon auf den ersten Blick irgendwie misslungen waren (in dem Moment hatte ich keine Zeit, sie zu studieren, aber weil ich an ähnlichen Kunstwerken fünfmal die Woche vorbei gehe, wage ich zu behaupten, dass entweder die Schattierung oder die Proportionen missraten waren).

»Die Matte soll ab, Grünschnabel«, verkündete der ohne Brille.

Jeff neigte den Kopf zur Seite.

»Lange Matte bei den Grünschnäbeln dulden wir nicht«, sagte der zweite und streckte die Hand nach Jeffs Haaren aus.

Jeff wich geschickt wie ein Boxer zur Seite. Nach kurzem Zögern entschied sich der Abiturient für ein leichter erreichbares Ersatzziel: Er griff nach meinen Haaren. Jeff setzte eine düstere Miene auf, fuhr mit dem Arm nach vorne und hielt den Angreifer am Handgelenk fest.

»Hände weg«, sagte er ruhig, beinahe versöhnlich.

Eine Weile maßen sie sich mit den Augen – und dann ließ mich zu meiner Überraschung der Bebrillte los.

»Was war denn das?!«, rief der andere.

Seine Entrüstung schien sich nicht auf Jeff zu beziehen – auch er wollte eine direkte Konfrontation vermeiden. Jeff schob ihn sanft zur Seite, damit wir unseren Weg fortsetzen konnten.

»Versuchte Schikane«, sagte ich, durch Jeffs Mut selbst mutig geworden.

»Stimmt.« Jeff lächelte. »Und eine misslungene dazu.«

Immer wenn wir in den nächsten Tagen den beiden begegneten, schauten sie weg und taten beschäftigt.

Jeff behauptet, die ganze Zeit, die wir auf dem Gymnasium verbrachten, sei eine einzige Peinlichkeit gewesen.

»Ich kann diese Fotos nicht mehr sehen. Mit mir haben sie nichts zu tun.«

Diese Formulierung berührt mich unangenehm, auch wenn ich gut verstehe, wie er das meint. Wir waren keine jungen Ritter vom Hof des König Artus, sondern vierzehnjährige Gymnasialschüler. Wir konnten uns nicht gegenseitig das Leben retten oder etwas ähnlich Herrliches tun; wir konnten nur das Pausenbrot teilen und uns bei den Schulausflügen im Bus den Platz frei halten – dadurch wurde unsere Freundschaft nicht kleiner. Wegen der Pubertät und jener wenig heldenhaften Atmosphäre in unserer Schule wirkt sie heute vielleicht komisch und etwas peinlich, kleiner geworden ist sie dadurch auf keinen Fall.

»Erinnerung ist Leben, Jeff«, sage ich.

»Ja, ich erinnere mich auch, wie ich als Kind in die Hose gemacht habe – bloß welche wahnsinnig wichtige Information leite ich daraus ab für mein jetziges Ich?«

»Du hast also fest vor, deine peinliche Kindheit und Jugend möglichst schnell zu vergessen … Eigentlich bist du erst mit dreißig zur Welt gekommen.«

»Ganz genau. Ich lehne es ab, mich zu zwei verwirrten Jünglingen zu bekennen, die die gleichen furchtbaren Frisuren und die gleichen furchtbaren T-Shirts mit der eigenhändig aufgebügelten Aufschrift ADIDAS trugen und den ganzen Tag wetteiferten, wer nach der gelben Limonade am dollsten rülpsen konnte.«

Skippy gibt absichtlich einen Rülpser von sich.

»Weil du dich immer noch nicht von dem ganzen pubertären Blödsinn befreit hast«, wende ich ein. »Aber das sind nur Requisiten der damaligen Zeit. Auf T-Shirts oder Rülpsen kommt es nicht an. Wird denn der erste Kuss nur dadurch weniger wichtig für dein Leben, wenn er statt in einem gepflegten, vom silbernen Mondlicht durchfluteten französischen Garten in einer nach Schweiß stinkenden Turnhalle hinter dem Sprungkasten stattfindet?«

Sofort bekomme ich Angst, mich mit dieser zu konkreten Information womöglich verraten zu haben, aber Jeff scheint nichts zu merken.

»Du hast in der Turnhalle jemanden geküsst?« Skippy schneidet eine Grimasse. »Höchstens die – die Hujerová, wie?«

Ich weiß, dass er ursprünglich Větvičková sagen wollte, er hat sich aber noch rechtzeitig stoppen können. Jeff seufzt, runzelt die Stirn, und zwischen seinen Augenbrauen bildet sich eine Furche.

»Man hat *wissenschaftlich* bewiesen«, sagt er, »dass alle Körperzellen alle fünf Jahre *komplett* ausgetauscht werden – und dies ist in unserem Fall seit damals bereits etwa fünfmal passiert.«

Er legt eine bedeutungsvolle Pause ein.

»Ihr versteht, worauf ich hinaus will. Damals auf dem Gymnasium, das waren nicht wir. Wir *heute*. Nach fast fünfundzwanzig Jahren.«

»Nein?«, sagt Skippy spöttisch und schlägt sich überraschenderweise auf meine Seite. »Und warum besuchst du nach fünfundzwanzig Jahren alle zwei Wochen die Eltern deiner fünfmal komplett ausgetauschten Mitschülerin in Vrchlabí?«

Danach zeigt er auf mich.

»Und warum hat der hier vor ein paar Jahren ihre getreue Kopie geheiratet?«

Eva

Jeden Mittwoch kehrt Skippy bei ihr ein, schon seit Jahren, und sie schauen gemeinsam Fußball. Anfangs haben sie den Fernseher gar nicht angestellt; sie haben zwei Stündchen geplaudert und erst bevor Skippy nach Hause aufbrechen musste, schaute er sich den Zusammenschnitt der besten Szenen an, damit Jeff und Tom ihm nicht auf die Schliche kamen. Zu ihnen sagte er nämlich, er gehe zusammen mit Kollegen aus dem Krankenhaus in die Jágr-Bar am Wenzelsplatz, wo sie diese riesigen Großbildschirme haben. Und erst Eva schlug eines Tages vor, er solle sich doch ruhig das ganze Spiel anschauen – sie habe sich zwar nie für Fußball interessiert, die aufgeregten Stimmen der Kommentatoren würden sie aber paradoxerweise beruhigen. Skippy mimte zuerst den Beleidigten (»Gibt es denn nichts mehr, worüber wir uns unterhalten können?«), nahm schließlich ihren Vorschlag aber dankbar an.

Seitdem schaut er bei ihr jedes Mal fern. Eva sitzt im Sessel neben ihm und strickt, oder sie klappt das Bügelbrett auf und bügelt. In seiner Fußballbegeisterung vergisst Skippy manchmal, wo er sich gerade befindet, und wenn der Schiedsrichter in die Halbzeitpause pfeift, zuckt er zusammen, schnellt hoch und widmet Eva eine fünfzehnminütige Konversation.

»Mein Gott, du *strickst*? Ist doch nicht wahr, oder? Mädchen, wach auf, du bist erst vierzig! Was machst du, wenn du sechzig bist?«

Manchmal nutzt er die Pause, um genussvoll und ausgiebig die Frage zu erörtern, warum er Eva eigentlich besucht.

»Da komm ich zu einer wunderschönen Frau nach Hause – und kuck Fußball bei ihr. Bin ich überhaupt noch normal?«

Eva weiß im Voraus, was auf diese Worte folgen wird. Skippy tänzelt um das Bügelbrett herum und schlägt von hinten seine Arme um sie.

»Warum besucht überhaupt ein Mann eine Frau, noch dazu heimlich, die ihn nie im Leben rangelassen hat?«

»Und nie ranlassen wird«, sagt Eva.

Jedes Mal bemüht sie sich, diesen Satz zynisch oder wenigstens trocken hervorzubringen, wird dabei trotzdem jedes Mal rot.

Skippy seufzt pathetisch. Eva ist sich trotzdem ganz sicher, dass er in Wirklichkeit nie Verlangen nach ihr hatte (manchmal fragt sie sich sogar, ob er trotz all seiner Sprüche über die Weiber nicht doch schwul ist). Er haucht ihr einen Kuss ins Haar, tätschelt ihr linkisch die Wange und kehrt zurück in seinen Sessel zur zweiten Spielhälfte.

Mit Fußball ist es viel netter, denkt Eva. Jedenfalls viel besser, als sich in Sesseln gegenüber zu sitzen, die noch von Jeff gekauft wurden, den schwarzen Fernsehbildschirm anzustarren und über tote Mitschüler zu reden: über Karel, Irena und Ruda.

Eine Zeitlang schien Skippy von diesen tragischen Todesfällen geradezu besessen zu sein – genauso, wie er vom Sex besessen ist (oder es wenigstens vorgibt). Immer wieder brachte er Irenas Selbstmord aufs Tapet: Er lief die ganze Wohnung auf und ab und spulte wie in einer Endlosschleife alle bekannten Tatsachen ab. »Ja, und was soll ich dazu noch sagen?«, sagte Eva immer. »Du hast Recht, wir haben sie brutal behandelt. Die ganze Klasse. Ja, Skippy, auch ich, wenn du es zum Hundersten Mal hören willst.« Erst wenn Skippy den gereizten Ton in Evas Stimme bemerkt, legt er eine Pause ein. Eva stellt sich erneut, gegen ihren Willen, den Moment von Irenas Sprung vor. Den furchtbaren Zusammenprall. Sie schließt die Augen und macht sie langsam wieder auf.

»Das ergibt keinen Sinn, Skippy«, sagt sie, »man kann nicht gleichzeitig jung und vernünftig sein. Das geht nicht.«

Skippy hält vor dem Spiegel im Flur inne. Er fasst Eva an die Hand und zieht sie zu sich. Sie stehen Seite an Seite und lächeln sich gegenseitig im Spiegel an. Sie mag ihn gerne. Er sieht aus wie ein vorzeitig gealterter kleiner Junge. Seinen fortschreitenden Geheimratsecken begegnet er mit der gleichen lähmenden Fassungslosigkeit, mit der er das Blut angestarrt hat, als er sich zum ersten Mal in den Finger geschnitten hat ... Noch mit vierzig staunt er ob des komischen Planeten, auf welchem er gelandet ist. Was hat denn das Ganze um uns herum zu bedeuten? Diese Frage steht stets in seine Kinderaugen geschrieben.

Manchmal weint er leise vor sich hin, vor allem wenn er betrunken ist. Er macht Bungeejumping und spielt Squash. Gibt die *Interne humoristische Gynäkologenzeitschrift* heraus (er schenkte Eva ein paar Hefte, sie brachte aber bislang nicht den Mut auf, sie wenigstens durchzublättern). Er möchte gerne eine Familie gründen, schafft es aber nicht, die passende Frau kennen zu lernen. Er sammelt Fotos von Eishockeyspielern, Einsendecoupons und Weinkorken. Laufend benutzt er vulgäre Ausdrücke, was Eva nicht mag.

»Heute ist mir die schönste Möse meines Lebens untergekommen! Das war schon keine Muschi mehr, das war eine Orchidee!«

»Skippy«, sagt Eva streng (in einer halben Stunde kommt Alice vom Aerobic zurück), »reiß dich zusammen!«

Ein paar Minuten später erstarrt er in einem Anfall von plötzlicher Melancholie. Er hockt hinter dem Küchentisch (der noch von Jeff zusammengezimmert wurde), schweigt und spielt mit dem Salzstreuer. Was gibt es Traurigeres als einen alt gewordenen Klassenkomiker?, denkt Eva.

»Soll ich Musik auflegen?«, fragt sie.

Er schüttelt den Kopf. Sie holt aus dem Kühlschrank eine von den drei Bierdosen, die sie für ihn gekauft hat, und Skippy lächelt sie dankbar an. Trotz Evas Protesten trinkt er direkt aus der Dose, nicht umgefülltes Bier soll besser schmecken.

»Ich mach uns noch schnell ein Paar Kartoffelpuffer, was meinst du?«

Resigniert nickt er mit dem Kopf. Er schält die Kartoffeln, Eva reibt sie. Manchmal berühren sich ihre nassen Finger kurz. Neben dem Geruch von Bier, Knoblauch und Majoran fühlt Eva in sich eine feine Traurigkeit aufsteigen, wie am Ende eines guten Films. Oder am Ende des Sommers, denkt sie, das trifft es noch besser.

Hujerová

»Ja, es war ein Fehler, aber keiner soll mir sagen, ich hätte mich dem nicht gestellt«, sagt Vater.

Er hat sich wirklich bemüht. Zunächst machte er einen Antrittsbesuch bei ihren Eltern – das kleine Häuschen am östlichen Ende von Prag kannte er schon, eine Zeitlang fuhr er täglich mit dem Bus an ihm vorbei. Zur Eröffnung tauchten ungeplante Schwierigkeiten beim Einparken auf. Vor lauter Nervosität steuerte er mit seinem Wartburg-Kombi die Parklücke ungeschickt an und in dem engen Raum zwischen dem Haus, den Mülltonnen und dem Telefonmasten konnte er plötzlich nicht mehr richtig rangieren. Er, der Busfahrer … Sein zukünftiger Schwiegervater, nur drei Jahre älter als mein

Vater, musste ihn navigieren. Hinter den Gardinen kringelten sich die Nachbarn vor Lachen.

»Schaut mal, der will sich mit dem Rückwärtsgang aus der Affäre ziehen!«, schrie jemand.

Die Brautmutter schäumte vor Wut und weigerte sich sogar, ihm die Hand zu reichen. Während des ganzen Parkmanövers vergaß Vater alle Sätze, die er sich vorher so mühsam zurechtgelegt hatte, und musste improvisieren.

»Was soll ich sagen, Gnädigste, die Sache ist wie sie ist.«

»Ach nein.«

»Das Leben ist nicht immer so, wie wir es haben wollen. Aber wenn wir uns richtig anstrengen, natürlich werden sich vor allem ich und ihre Tochter anstrengen, dann geht die Sache doch noch gut aus.«

»Da hätten Sie sich doch wohl eher vorher bemühen müssen und ihr kein Kind machen – wenn Sie schon die Finger von ihr nicht lassen konnten«, konterte die zukünftige Schwiegermutter.

So ähnlich muss es gewesen sein.

In diesem Geiste verlief der gesamte Besuch. Aber Vater gab nicht auf. Er fand einen Kinderwagen und ein gebrauchtes Gitterbettchen, verkaufte einen Teil seiner Möbel und baute sein Wohnzimmer in ein Kinderzimmer um. Ein Doppelbett, eine neue Kloschüssel und ein Boiler mussten her, zum Schluss strich er die ganze Wohnung neu an. Er verordnete sich Überstunden, um für die Hochzeit zu sparen. Die Brauteltern beruhigten sich etwas, übten sich aber weiterhin in Zurückhaltung. Die wenigen Hochzeitsfotos, die ich zu Hause gefunden habe, spiegeln bis heute die spannungsgeladene Atmosphäre wider. Kaum einer lächelt, die Brautmutter schaut misstrauisch drein.

In der Geburtsklinik kam Vater jeden Tag vorbei. Es begann zu frieren, von seiner Winterjacke stieg Kälte auf. In der Wärme des Krankenzimmers bekam er rote Wangen. Er trieb für Mutter Bananen und Mandarinen auf. Ich male mir aus, wie sie schweigend an dem Obst kaute und im Rahmen ihrer damaligen geistigen Kapazität irgendwelchen Gedanken nachhing. Nach einer Zeit streckte Vater die Hand aus, und sie spuckte die Kerne hinein.

»Ist das Baby nicht süß? So ein Schätzchen!« (wahlweise auch *Goldstück, Herzchen, Engelchen*), flüstert die erschöpfte Mutter, wenn sie zum ersten Mal ihr Baby erblickt, und ihre Augen füllen sich mit heißen Tränen.

Und nun können Sie ruhig mal einen Tipp abgeben, was *meine* Mutter in dieser Situation geflüstert hat (eine Krankenschwester hat es Vater ein paar Jahre später verraten). Darauf kommen Sie nie, jede Wette:

»Na Servus! Ist das eine Bescherung!«

Sie verließ uns, als ich noch keine drei Monate alt war.

»Die hat dir nicht mal die Hunderttage-Schonfrist zugestanden«, sagt Boris aufgeregt, als ich es ihm zum ersten Mal erzähle.

Natürlich habe ich öfter darüber nachgedacht, wie sie diesen Schritt vor sich selbst rechtfertigen konnte. Keiner kann sagen, ich hätte ihr keine Chance gegeben, muss sie sich gedacht haben. Ja, ich hatte fast ganze drei Monate Zeit, mich zu etwas Brauchbarem zu mausern. Sie hat mir drei Monate gegeben, um mich von dem sabbernden, quakenden Monster in ein niedliches, lächelndes Baby zu verwandeln – aber ich habe sie enttäuscht: Ich habe mich nicht verwandelt. Also ist sie gegangen. Das war in meinem Leben übrigens das erste – und keineswegs das letzte – Mal, dass mich mein Äußeres deutlich in die Schranken verwiesen hat.

Bevor sie ging, nahm sie aus Vaters Anrichte Geld und das nagelneue Grundig-Radio; auf der Arbeitsplatte ließ sie eine angebrochene Packung mit Babynahrung, einen Messbecher aus Plastik und eine Babyflasche stehen. Jedes Mal, wenn Vater betrunken war und ich mich zu einer kritischen Bemerkung verleiten ließ, zählte er mir diese drei Gegenstände auf.

»Sie hat hier nur ne Saugflasche, das Pulver und den Messbecher liegen lassen!«, grölte er, als ob ihm diese Tatsache ein lebenslanges Recht auf Vollrausch einräumen würde.

Eigentlich hatte er Recht.

An jenem Freitagnachmittag, als uns Mutter wegen eines neuen Lovers verlassen hat, blieb für mich ihr Alter stehen. Heute muss sie langsam um die sechzig sein, aber wann auch immer ich über sie nachdenke, sehe ich sie vor mir als ein verwirrtes, nicht besonders hübsches Mädchen, das um zwanzig Jahre jünger ist als ich – und nur deswegen kann ich ihr wenigstens ein bisschen verzeihen.

Die Stiefmutter brachte Vater nach Hause, als ich fünf war. Die Rolle der Ersatzmutter bestritten bis dahin erfolgreich Oma und Opa, und ich sehnte mich nicht im Geringsten nach einer Veränderung. Mein kindlicher Verstand sagte mir aber, dass Vater es irgendwie gut fände, wenn ich diese *Tante* nett behandelte, und ich strengte mich an (ich hatte allerdings auch etwas Angst vor ihr). Sie war eine korpulente, permanent schlecht gelaunte Wasserstoffblondine. Sie gehörte zu der Sorte Mensch, die im Winter wegen der *furchtbaren Kälte* und im Sommer wegen der *grässlichen Hitze* jammert. Wenn Vater kein Geld hatte, klagte sie, wie *sündhaft teuer* alles sei, und wenn sie von ihm Geld bekam und endlich einkaufen gehen konnte, beklagte sie sich über die *irre langen Schlangen vor den Läden.* Sie jammerte, vor lauter Einsamkeit zu verkommen, und hasste Besuche. Für Besuch musste man die Wohnung aufräumen, und war der Besuch weg, hinterließ er ein solches *Chaos*, dass man die ganze Wohnung gleich noch mal *schrubben* musste. Ihr Lieblingsgesprächsthema war Gesundheit. Das war nur verständlich: Sie war zweiundvierzig und hatte schon an die sieben unterschiedlichste Operationen hinter sich.

»Über Krankheiten brauchen Sie mir gar nichts zu erzählen!«, rief sie freudestrahlend, sobald in ihrer Anwesenheit auch nur die kleinste Bemerkung über Gesundheit fiel.

Sofort raffte sie ihren Unterrock hoch und führte dem verdutzten Pechvogel triumphierend alle ihre OP-Narben vor. Früher konnte ich alle ihre Operationen auswendig; heute weiß ich nur noch vier: Galle, Magen, Gebärmutter (sie konnte keine Kinder bekommen) und ihr linkes Auge. Über jede einzelne OP lieferte sie mir einen detaillierten Bericht – sie stellten schließlich auch die Höhepunkte ihres bisherigen Lebens dar. Nach einer OP lag sie zwei Tage lang *ohne Bewusstsein.* Im Krankenhaus in Kladno holte man ihr damals *so große Gallensteine raus, wie sie bis dato von keinem der Doktoren je gesehen wurden.* Chefärzte der umliegenden Krankenhäuser kamen *persönlich*, um sich mit ihrem Fall bekannt zu machen. Und so weiter und so fort. Einmal kam Vater früher von der Arbeit nach Hause und erwischte sie nur mit einer Unterhose bekleidet auf dem Küchentisch, wie sie mir die *Lungenpunktion* demonstrierte.

»Milena bitte, zieh dich sofort an und hör auf, dem Kind einen Schrecken einzujagen«, sagte er nur.

Nach meiner Einschulung übernahm sie die Schirmherrschaft über mich.

»Und jetzt machen wir beide uns an die Hausaufgaben!«, verkündete sie jedes Mal feierlich.

Sie drehte das Radio leise, breitete alte Zeitungen auf dem Tisch aus und rückte ihren Stuhl näher an den meinen. Ihre Stimme überschlug sich fast vor lauter Eifer, leider verflog ihr guter Wille ziemlich schnell. Bei den ersten zwei, drei Fehlern zwang sie sich noch zur Geduld, als ich dann aber einen Tintenklecks machte oder zum vierten Mal die Heftlinie überzog, wurde sie plötzlich wütend, stand zornig auf und drehte das Radio laut. Schuldbewusst blieb ich über meinen Heften sitzen und sah zu, wie sie sich eine Zigarette anzündete und den Rauch aus dem Fenster blies. Ich war erst sechs, aber ich wusste genau, was sie dachte: *Ihr* Kind würde nie im Leben solche Fehler machen.

»Glotz mich nicht an und mach weiter! Kannst du mir sagen, warum du nicht weiter schreibst?«

Ihr Kind wäre natürlich auch viel hübscher.

»Ich allein?«, piepste ich.

»Wer denn sonst. Ich mach deine Hausaufgaben ganz bestimmt nicht!«

Es hat auch Momente besonderer Ruhe gegeben (einer resignierten Ruhe, wie ich sie aus der heutigen Perspektive beschreiben würde). Da legte die Stiefmutter vorläufig alle ihre *wenn, möge es* und *man müsste* ad acta und akzeptierte für ein paar Stunden das Leben so, wie es war – zum Beispiel zu Weihnachten oder an meinen Geburtstagen. Sie war wie ausgewechselt, bewegte sich viel langsamer als sonst, schlug keine Türen zu und lächelte häufig.

»Papa und ich, wir wünschen dir alles Gute, liebes Kind.«

Ich puste die Kerzen aus und sie fotografiert mich dabei. Dann fotografieren wir uns alle gemeinsam, mit Selbstauslöser. Wir lachen. Vater legt ihr den Arm um die Schultern. Sie schneidet die Torte an. Ich weiß, dass sie die Torte selbst gebacken hat, und schiebe mir deswegen möglichst große

Stücke in den Mund, um ihr zu zeigen, wie gut es mir schmeckt – und plötzlich schwenkt ihre Laune um.

»Du brauchst dich nicht so vollzustopfen, es frisst dir schon keiner den Kuchen weg!«

»Lass sie doch«, ergreift Vater meine Partei.

Sie wirft ihm einen vorwurfsvollen Blick zu, seufzt und steht auf. Laut räumt sie die beschmierten Teller weg. Mein Geburtstag ist zu Ende. Die Festtagstischdecke verschwindet in der Anrichte, auf den Tisch kommt die abwischbare Tischdecke mit den durchgebrannten schwarzen Löchern am Rand. Ihre Bewegungen werden immer schneller.

»Fängst du schon wieder an?«, fragt Vater drohend.

»Das ist kein Leben, das hier!«, schreit sie zurück.

(Heute, mit meinen einundvierzig Jahren, würde ich sagen: Im Gegenteil, meine Liebe, genau das *ist* das Leben).

Nie hat sie versucht sich klarzumachen, dass sie sich ihre Lebenssituation zumindest teilweise auch selbst zuzuschreiben hat. Ob sie sich jemals die Frage gestellt hat, warum das Glück, das sie so sehr für sich beanspruchte, ausgerechnet zu ihr kommen sollte? Warum sollte sich das Glück den Weg durch den Zigarettenqualm bahnen, nur um sich einer ungebildeten, ewig beleidigten Leberwurst mit Lockenwicklern im Haar in die Arme zu werfen?

Böse war sie bestimmt nicht. Sie hat sich einfach nur einen viel zu großen Bissen auf den Teller gelegt.

»Und ich war so blöd und hab mich drauf eingelassen, euch beiden ein Zuhause zu schaffen!«, warf sie Vater häufig vor.

Sie hat sich von der edlen Vorstellung, Gutes zu tun, verführen lassen, und das war schließlich viel anstrengender, als sie sich das vorgestellt hatte. Sechs Jahre hielt sie es aus, dann gab sie definitiv auf.

Geburtstage ohne Mutter.

Weihnachten ohne Mutter.

Meine Schulzeugnisse: lauter Einsen und nirgendwo eine Mama in Sicht.

Die erste Regel.

Die Liste lässt sich beliebig fortsetzen.

Muss man das alles hier beschreiben? Kann man es überhaupt beschreiben? Sie können wenigstens versuchen, es sich *vorzustellen* – denn sonst hat das alles keinen Zweck.

Tom

Dass wir eine neue Mitschülerin bekommen, wurde uns in der letzten Woche vor den Sommerferien angekündigt – einen Tag, nachdem sich Eva in Begleitung ihrer beiden Eltern in unserer Schule vorgestellt hatte.

»Und ist sie wenigstens hübsch?«, platzte Karel heraus und zwinkerte bedeutungsvoll Marie zu.

Die Klasse lachte, Marie drohte ihm mit dem Finger. Die Klassenlehrerin kniff die Augen zusammen und ließ sich mit der Antwort Zeit. Karel und Jeff gehörten zu ihren Lieblingsschülern und man sah ihr an, dass sie Karels Frage nicht unangenehm fand. Schon damals (geschweige denn heute, nach so vielen Jahren eigener Lehrertätigkeit) war mir klar, dass solche Fragen ihr die seltene Gelegenheit boten, ein wenig zu flirten.

»Na, ich würde schon sagen, dass sie hübsch aussieht«, sagte sie verschmitzt. »Sogar«, sie machte eine Pause und die Klasse war ganz Ohr, »*mächtig* hübsch.«

Mächtig. Die Macht der Worte. Wäre Eva Šálková eine berühmte Schauspielerin oder Sängerin (sie war es zwar nicht, sah aber genauso aus), hätte sie sich kaum eine bessere Ankündigung wünschen können. Ich weiß nicht, wie die anderen die beiden folgenden Monate überstanden (in diesem Jahr sind Jeff und ich noch nicht gemeinsam in die Ferien gefahren), aber für mich waren es sechzig Tage fieberhaften Wartens. Die dramatische Mitteilung der Klassenlehrerin und die Wortverbindung *mächtig hübsch* müssen mich mehr beeindruckt haben, als ich hätte zugeben wollen. Mit einer rührenden Naivität war ich der festen Überzeugung, dass jene Sommerferien (deren eine Hälfte ich mit Geldverdienen und die andere mit meinen Eltern auf einer Datscha im Böhmerwald verbrachte) lediglich ein schleppendes Vorspiel zu etwas ungeahnt Aufregendem waren.

Mit dieser Prognose lag ich übrigens ganz richtig.

Zu den vielen ungeschriebenen Gesetzen unserer Klasse zählte eine allgemein anerkannte Absprache über *Vorbestellung* – zumindest unter den Jungs war das so. Ob die Mädchen auch ihre eigenen Gesetze hatten, wussten wir nicht. Mit fünfzehn teilt man die Welt automatisch in zwei mehr oder minder voneinander unabhängige Teile: den unsrigen und den der Mädchen.

(»Meine Güte, die *Vorbestellung*«, Jeff schüttelt sich vor Ekel. »Erinnere mich bloß nicht daran. Von diesen bescheuerten Ritualen will ich kein Wort mehr hören.«)

Es handelte sich dabei allerdings um ein transparentes und in gewissem Sinn auch gerechtes Gesetz; du musstest dich im richtigen Moment als Erster an die Regel erinnern – und schon hattest du dir bestimmte kleine Privilegien erworben. In der Praxis sah das folgendermaßen aus: Hattest du vor dem Fußballspiel laut verkündet »Strafstoß vorbestellt!«, bekamst du das Vorrecht, den Strafstoß gegebenenfalls auch auszuführen. Hattest du dir vor einem Schulausflug als Erster deinen Lieblingsplatz im Bus vorbestellt (am Fenster, den ganzen Vierersitz oder die Hinterbank), musste dies von allen anderen respektiert werden. In erster Linie ging es dabei um eine schnelle Auffassungsgabe. Man musste in der entsprechenden Situation möglichst schnell alle potentiellen Vorteile einschätzen – und vorbestellen. Der Erfolg basierte also auf einer blitzschnellen Reaktion; in der gleichen Situation konnten auch andere auf die gleiche Idee kommen, es ging um Sekunden.

Ein Paar Sekunden, die über die nächsten zwanzig Jahre entscheiden.

Am ersten Schultag im Herbst 1977 trug Eva einen etwas zu groß geratenen dunkelblauen Jeansrock der Marke Wild Cat (offensichtlich war er nagelneu, der Stoff wirkte schon auf den ersten Blick sehr steif), einen dünnen weißen Rollkragenpulli aus Kunstfaser und eine komische graue Häkelweste, die – wie wir mit dem stummen Staunen der Voyeure gleich in der Pause feststellten – offensichtlich nur dazu diente, die sich deutlich abzeichnenden Brustwarzen ihrer Trägerin zu verdecken. Bestimmte *zeitbedingte* Unzulänglichkeiten ihrer Kleidung (wie ich es aus heutiger Sicht sagen würde) verstärkten Evas Charme sogar: Der steife Jeansstoff kontrastierte besonders deutlich mit den feinen Umrissen ihrer nackten Knie und Waden, die unförmige Weste betonte die natürlich aufrechte Körperhaltung und die wunderbare Linie von ihrem Rücken und von ihrem Po, die Farbe des Rollkragens unterstrich die Röte von Evas Lippen und die Reinheit ihrer Haut. Ich wohnte einem Wunder bei, das sich in meinem Leben nie mehr wiederholte: Die Wirklichkeit zeigte sich schöner als der Traum.

Vorgestellt wurde uns Eva vom Schulleiter persönlich. Das war keineswegs üblich. Schon damals war ich mir sicher, dass er einfach der Versuchung nicht widerstehen konnte, diesem außerordentlich schönen Mädchen den Arm um die Schultern zu legen und den langen Flur vom Direktorenzimmer bis zu unserer Klasse gemeinsam mit ihr zu schreiten. Die Anwesenheit des Schulleiters machte die allgemeine Verblüffung noch stärker – aber Jeff wusste genau, dass er sich kein Zögern leisten konnte. Ihm war klar, dass das Warten auf einen passenden Moment schicksalhafte Folgen haben könnte. Er musste den Redeschwall des Schulleiters sofort, gleich am Anfang unterbrechen.

»*Vorbestellt!*«, stieß er hastig hervor.

Eva wurde rot und dadurch noch schöner (das überraschte mich – bis dahin war Rotwerden für mich etwas Unästhetisches und leicht Kompromittierendes, ähnlich wie Niesen oder Schnäuzen). Alle, sogar der Schulleiter und die Klassenlehrerin, fingen an zu lachen, und auch Jeff rang sich ein Lächeln ab, aber ich wusste genau, dass er es mit seinem Anspruch todernst meinte. Andere Jungs sahen es wohl ähnlich, und in der Klasse machte sich schlagartig eine stickige, rivalisierende Anspannung breit. Wie konnte man sich bloß das Mädel direkt vor der Nase wegschnappen lassen! Mir kam es so vor, als wäre mir soeben die tragischste Unaufmerksamkeit meines Lebens unterlaufen. So wie alle anderen in der Klasse tat ich amüsiert, tief in meiner Seele aber war ich unglücklich und maßlos enttäuscht, und Jeff gegenüber empfand ich einen ätzenden Hass, der – der sonstigen Intensität unserer Freundschaft zum Trotz – zwei Jahrzehnte überdauern sollte.

Skippy

Es ist schon wahr, dass sie in unser Leben trat, ohne vorher anzuklopfen. Sie wurde sogar vom Schulleiter persönlich gebracht – dem gleichen Schulleiter, der uns zum Schulanfang jedes Mal in der Aula die Internationale vorsang. Ob sich das die heutige Jungend überhaupt noch vorstellen kann? An den Wänden hingen Bilder von Marx und Lenin, auf dem Podium stand ein sechzigjähriger Glatzkopf und rief so laut zum letzten Gefecht, dass ihm dabei seine Halsader zu platzen drohte. Unsere Klassenlehrerin sang natürlich mit, schielte aber ständig nach mir, ob ich den Mund nicht nur zum Schein aufmachte. Das war kein Gymnasium, das war Nordkorea, cha cha. Oder als mich damals Evas Vater mit der blutenden Wunde am Kopf zum Notarzt brachte: Warum wir denn so unsinnige Spitznamen haben müssen? Skippy und Jeff? Warum man zu Jeff nicht ganz normal Jirka sagen könne? Das sei doch so ein schöner Name ... »Finden Sie Jeff nicht gut?«, fragte ich. »Na«, sagte er, »ich bin kein großer Freund von Amerikanismen.« »Dann brauchen Sie sich wegen meines australischen Spitznamens keine grauen Haare wachsen lassen«, lachte ich. Und absichtlich plapperte ich die ganze Sache mit der Brieffreundschaft aus. Auch dass ich nicht im Jugendverband war. Das machte ihn richtig nervös. Kaum zu glauben, nicht? Der hat bestimmt überlegt, ob die Tatsache, dass er mich zum Notarzt fuhr, nicht später als Hilfeleistung für den Klassenfeind ausgelegt werden könnte. Cha cha! Mein linkes Auge war blutüberströmt, ich kam mir fast wie ein Dissident vor, und daher ging ich sofort zum Angriff über: »Und dass Sie Anwalt sind, das macht Ihnen keine Sorgen?« »Wie meinst du das?«, wollte er wissen. »Na«, sagte ich, »1978 in der Tschechoslowakei Anwalt zu sein – das kommt doch einem Spitznamen gleich.« Er behauptete steif und fest, er verstehe nicht, was ich meine, drückte dabei aber merklich aufs Gas. »Die sozialistische Rechtsprechung«, sagte ich mit einem breiten Lächeln, »klingt doch genau so wie äthiopische Armbanduhren. Oder norwegischer Wein.« »Das Gelaber kannst du dir sparen, ja!«, fuhr er mich barsch an. Da wusste ich, dass ich einen Volltreffer gelandet hatte. Mit dem Verband am Kopf ging es noch besser. Die ganze Rückfahrt schwieg ich triumphierend. Danach bekam ich Hausverbot. Bei Eva und Jeffs Hochzeit mied er mich anfangs wie die Pest und das Finanzamt gleichzeitig. Dann aber fing es an zu regnen, und wir mussten alle in so ein Partyzelt, wo er mir beim besten Willen nicht mehr aus dem Weg gehen konnte. Erst dann kam er auf mich zu und sagte, ich hätte damals voll und ganz Recht gehabt. Da war ich schon ziemlich blau und erzählte ihm, dass mir die Politik schon immer am Arsch vorbei ging und dass ich diese Hochzeit besser als den schönsten WM-Sieg fand. Wir fielen uns in die Arme wie die besten Freunde, cha cha. Übrigens hat es dann noch ganze fünf Tage am Stück gegossen – wohl eine Art Generalprobe für die Flut. »Der Himmel weint«, sagte Tom damals immer wieder. Die Jungvermählten dampften zu ihrer Hochzeitsreise nach Frankreich ab und ließen uns beide allein. Um in unsere Lieblingskneipen zu kommen, mussten wir damals wie bescheuert über meterlange Pfützen hüpfen. Noch heute weiß ich, wie ich die ganze Woche nasse Füße hatte. Tom behauptete, wenn Eva glücklich sei, dann sei er auch glücklich, aber sofern ich das beurteilen konnte, war er es definitiv nicht. Natürlich war ich wieder mal der letzte, der das irgendwie hätte kommentieren dürfen.

Hujerová

Während meiner ganzen Schulzeit bestand Vater darauf, dass ich außer Kunstunterricht, den ich mir selbst ausgesucht hatte, noch zwei andere Kurse belegte: *Kochen* und *Hallenspiele*. Jeden September lagen wir uns deswegen richtig in den Haaren, er beharrte aber jedes Mal auf seiner Forderung.

»Du machst es einfach und keine Widerrede.«

Einen Busfahrer als Erzieher, dachte ich, da habe ich echt das große Los gezogen. Wie ich ihn hasste.

»Ich will nicht!«, kreischte ich.

Vater schaute zur Seite, denn Zorn – wie übrigens die meisten Emotionen – machte mein Gesicht noch hässlicher.

»Ich aber«, beendete er jedes Mal unsere Unterhaltung.

Auf den Kunstunterricht, mit dem ich schon in der Grundschule angefangen habe, freue ich mich. Seit eh und je male und zeichne ich gerne, außerdem liebe ich den Geruch von Knete, Tuschfarben, Wachsstiften und Kreide ... Auch das anfängliche Gedankensammeln über dem weißen Papierbogen gefällt mir. Das einzige Problem liegt darin, dass der Unterricht praktisch immer draußen stattfindet, wo unsere Lehrerin im Gegensatz zum Klassenraum rauchen darf (sie ist etwa vierzig, aber aus meiner damaligen Sicht ist sie selbstverständlich alt). Wenn es nicht gerade friert oder hagelt, verbringen wir unsere Kunststunden am Moldau-Ufer, im Folimanka-Park oder in den Grünanlagen um die Burg Vyšehrad. Wir verteilen uns auf dem Rasen, auf den freien Parkbänken und auf der Treppe, holen unsere Zeichenblöcke hervor, und sie, mit ihrer unvermeidlichen Zigarette in der Hand, dreht ihre Runden zwischen uns. Wenn sie zu mir kommt, nimmt sie den Stift aus meinen bläulichen Fingern und korrigiert meine Zeichnung, manchmal bleibt sie länger hinter mir stehen, zieht an ihrer Zigarette und sieht schweigend zu, wie ich zähneklappernd die nächste rundäugige Prinzessin male. Einmal streichelt sie mir sogar übers Haar – damals konnte ich diese mitleidige Geste noch nicht richtig deuten.

Einmal zeichnen wir Vögel – zumindest führt sie uns unter diesem Vorwand in den feinen Frühlingsregen hinaus. Die lieben Piepmätze wollen aber nicht Modell stehen, also bekommen wir einen uralten Vogelatlas als Vorlage, den die Lehrerin mit dabei hat und um dessen lose Blätter wir uns zu Beginn der Stunde regelrecht prügeln. Für Skippy, der nicht gerade durchsetzungskräftig ist, bleibt ein farblich absolut uninteressanter Vogel übrig, so dass er beschließt, aus dem Gedächtnis eine auf ihren Eiern sitzende Blaumeise zu zeichnen. Zuerst malt er liebevoll das Nest und die drei gesprenkelten, stellenweise leicht angeknacksten Eier (die feinen Risse zeichnet Skippy besonders detailliert nach) – und dann malt er zur allgemeinen Belustigung eine unförmige Meise darüber, die er noch dazu ziemlich schlampig ausführt, weil er keine Zeit mehr hat. Alle ziehen ihn deswegen auf, aber ich verstehe sein Bild sehr gut: Es spielt keine Rolle, dass die Eier am Ende verdeckt sind. Wichtig ist zu wissen, dass sie *in Echt* da sind. Auf jeden Fall ist es so besser, als hübsche Vögelchen zu malen und so zu tun, als ob unter ihnen, in den leeren Nestern, Eier liegen würden.

Es gab zwei nachvollziehbare Gründe, warum Vater wollte, dass ich kochen lernte: Erstens erhoffte er sich davon, dass ich die Herrschaft in unserer Küche übernehme und ihm mit außerordentlich leckeren, irgendwie *weiblichen* Gerichten aufwarte, die er als Mann nicht zu kochen vermochte (er beherrschte nur ein Paar typische Junggesellen-Gerichte, die mit eiserner Regelmäßigkeit abwechselnd unseren Speiseplan schmückten: Nudelauflauf, Spaghetti mit Cabanossi, Linsensuppe mit Würstchen, Blumenkohl mit Ei beziehungsweise panierter Blumenkohl, Fischfilet oder Schnitzel mit Kartoffelbrei und Wurstgulasch). Zweitens malte er sich aus, meine kulinarischen Fähigkeiten würden die Hoffnung auf eine eventuelle Hochzeit doch etwas verstärken.

In beiden Fällen wurde er enttäuscht: In unseren monotonen Wochenspeiseplan fanden neue Gerichte nur sehr zögerlich Einlass (nach einem Jahr unregelmäßiger Teilnahme am Kochkurs erweiterte ich die häusliche Reihe lediglich um drei weitere Speisen: Bouillon mit Ei, panierten Käse und Kakaopudding). Da ich in den nächsten Jahren nicht mehr viel dazu lernte, blieb ich schließlich sitzen. Er sprach es zwar nie laut aus, aber ich wusste ganz genau, was er dachte: Hätte ich damals nicht geschlampt und mich stattdessen in Hackbraten-, Lungenbraten- und Leberknödelsuppekochen geübt, hätte mich vielleicht doch jemand genommen.

Zu den *Hallenspielen* am Mittwochnachmittag, wie die *Völkerballstunde* an unserem Gymnasium hieß, musste ich hingehen, um mich *gesund zu toben und keine Flausen im Kopf zu bekommen.*

»Das ist doch nicht dein Ernst, Papa, oder? Völkerball befreit mich von Flausen?«

»Du gehst hin und fertig.«

»Ich spinne! Glaubst du etwa wirklich, dass man sündhafte Gedanken los wird, indem man sich einmal wöchentlich für sechzig Minuten von einem Ball bewerfen lässt?«

Was schätzen Sie war seine Antwort? Das erraten Sie nie:

»Gesunder Geist in gesundem Körper!«

Ich schlug meinen hässlichen Kopf gegen den Tisch, aber Vater ließ sich nicht erweichen. Seine Weisungen erinnerten an die päpstlichen Dogmen: Sie waren genauso absurd, widersetzten sich genauso dem gesunden Menschenverstand – und genauso unerschütterlich hielt er an ihnen fest.

Völkerball. Zwei Könige. Für einen hübschen, sportlichen Menschen mögen ähnliche Worte aus seiner Kindheit magisch und sentimental klingen, aber Sie können Gift darauf nehmen, dass wir Hässlichen noch mit vierzig einen Schreck bekommen, wenn wir sie hören. Völkerball: Wie ein aufgescheuchtes Tier rennen Sie von einer weißen Bodenmarkierung zur anderen, versuchen dem sausenden Ball auszuweichen – und wissen dabei ganz genau, dass Sie von einem der lieben Mitschüler früher oder später aus unmittelbarer Nähe in den

Bauch oder in die Nieren getroffen werden. Sie japsen nach Luft, Ihr Gesicht verzieht sich vor Schmerz, Sie versuchen die Tränen zu unterdrücken, die Ihnen in die Augen steigen, und während das Hohngelächter der Gegenspieler (manchmal auch der eigenen Mannschaft) langsam ausklingt, marschieren Sie quer über das Spielfeld hinter die Markierung. Im Gegensatz zu den beiden so genannten *Königen* besitzen Sie nur ein Leben, so dass Sie definitiv aus dem Spiel sind. Ich wurde so häufig abgeworfen, dass ich es nicht zählen könnte. Für Lichtjahre im Voraus bin ich abgeworfen worden. Ich habe viel erlebt im Leben – aber einer solchen Konzentration von unterschwelliger Grausamkeit bin ich selten begegnet. Meine ganze Jugend stand ich mir hinter der weißen Markierung beschämt die Füße in den Bauch, damit ich mich austobe und keine Flausen in den Kopf bekomme. Meine ganze Jugend ließ ich mich von einem Ball abschlagen, damit ich mich nicht mit einem Busfahrer gehen lasse.

Beide Könige suchen sich ihre Mannschaft zusammen. Zunächst rufen sie natürlich die Besten auf, dann die mittelmäßig Guten – und erst zum Schluss Skippy, mich und die Větvičková (in genau dieser Reihenfolge). Seht genau her, das also ist meine lebenslange Rolle: Die Zweite von hinten. Zu wenig zum Leben, zu viel zum Freitod.

Die Könige selbst werden am Anfang der Stunde von der Sportlehrerin Marta bestimmt. Meistens sind das Eva und Jeff, weil sie (wie jeder weiß) auch wirklich die Besten sind. Während des Spiels spiegelt sich in ihren Gesichtern eine stille Konzentration, sie kontrollieren die Bewegungen der Gegenspieler mit einem einzigen Blick. Sie fangen den Ball, ohne ihn anzuschauen, und schicken ihn sofort zurück ins Feld. Ihr Abspiel erfolgt so schnell, dass ich den Bewegungsablauf nicht einmal genau *verfolgen* kann, und trotzdem sehen beide gar nicht … abgehetzt aus. Šálková lächelt sogar ruhig, fast schüchtern. Der Ball fällt ihr nie aus der Hand, nie federt er ab (Větvičková und ich, wir fangen höchstens jeden zweiten Ball) – als ob auch er wissen würde, dass sein Flug unweigerlich im Arm von diesem wunderschönen, blonden Mädchen endet. Fliegt der gegnerische Ball zu niedrig, bückt sich Eva nicht (wie Větvičková oder ich, und stöhnen tut sie dabei schon gar nicht), sondern verlagert mit der Elastizität einer Katze bloß ihren Schwerpunkt, so dass ihr vollkommen geformter, fester Hintern etwa zwanzig Zentimeter über dem Bodenbelag schwebt (in solchen Fällen ragt mein riesiger Arsch hoch in den Himmel), und sie greift nach dem Ball, noch bevor er die Erde berührt. Ohne jegliche Anstrengung richtet sie sich dann blitzschnell auf. Fliegt der Ball zu weit oben, zieht sie ironisch die Augenbrauen hoch (Ist das noch zu fassen? Sie hat noch genug Zeit, um die Augenbrauen hochzuziehen!), macht zwei, drei kleine Schritte rückwärts, stellt sich auf die Zehenspitzen, zeigt Jeff, Tom, mir und allen anderen ihren vollkommen flachen, braungebrannten Bauch und zieht den Ball geschickt zu sich herunter. Bei hochfliegenden Bällen hüpfe ich immer schwerfällig in die Höhe, als ob ich eine hoch oben wachsende Birne pflücken würde. Wenn Eva Jeffs Ball ausweicht, beobachtet sie seinen Flug bis zum letzten Moment (Větvičková und ich, wir schließen angesichts des fliegenden Balls sofort die Augen, legen schützend die Hände vors Gesicht, pressen die Ellbogen zusammen, kauern uns zusammen und warten ergeben auf den schmatzenden Aufprall, den stechenden Schmerz und das trockene Gelächter der Klasse), passt den richtigen Augenblick ab und springt in die Höhe, geht in die Grätsche oder drückt ihr Kreuz nach vorne, der Ball fliegt natürlich an ihr vorbei und sie –

»Und sie«, erzählt Tom, »schon wieder leichtfüßig zwischen den weißen Markierungen hin und her laufend, auf eine

Art, die an einen rituellen Tanz erinnert, wirft Jeff noch einen bedeutungsvollen Blick hinterher, so dass sich für eine Sekunde sein kämpferischer Ausdruck lockert und über seine verbissen verschlossenen Lippen ein Lächeln huscht, ein Lächeln, dessen Glanz bis über die Markierung zu uns abgeworfenen Trotteln hinüber strahlt und unsere vor Sehnsucht triefenden Herzen dahin schmelzen lässt.«

Ein einziges Mal, da bin ich etwa siebzehn, halte ich es nicht mehr aus und fange hinter der Markierung an, leise zu weinen. Irena, obwohl sie noch früher als ich abgeworfen wurde, schaut mich angewidert an.

»Hujerová, hör mit dem Geheule auf, ja?«

Aus meiner Ohnmacht und Trauer wird schlagartig pure Wut.

»Fick dich ins Knie, Větev, ja?«

Für einen kurzen Moment hält sie inne, dann kommt sie näher. Wie kann Gott überhaupt etwas so Grässliches geschaffen haben?, schießt mir durch den Kopf. Irena blickt sich vorsichtig um.

»Was erwartest du denn noch?«, zischt sie. »Warum meinst du, dass ausgerechnet unser Leben nicht die Hölle sein soll?«

Ich ringe nach Luft.

»Unser Leben ist die Hölle«, spricht Větev zufrieden aus. »Es ist die Hölle und bleibt die Hölle. Am besten du gewöhnst dich ganz schnell daran.«

Tom

Auf der Holztafel bei den Kassen steht, dass die Lufttemperatur fünfzehn Grad beträgt; das Wasser soll angeblich neunzehn Grad haben. Ich frage, ob wir nicht ausnahmsweise einmal das Schwimmen auslassen und lieber ins Kino gehen könnten; Jeff ist dafür, aber Eva bettelt doch bitte nicht aufzugeben.

»Ich muss einfach schwimmen gehen«, behauptet sie. »Ich muss!«

Jeff schaut mich an.

»Na gut«, sage ich mit einem tiefen Seufzer.

Eva springt auf mich zu und gibt mir einen Wangenkuss.

Kalter Wind zerreißt den trüben Himmel in grauweiße Fetzen. Die Liegewiese ist komplett leer, auch der Bademeister muss sich irgendwo verkrochen haben, im Becken ziehen zwei einsame Schwimmer ihre Bahnen. Jeff und ich hocken zu beiden Seiten der Eingangstür zum Damenbereich, mit dem Rücken lehnen wir uns an die Wand, unsere Zähne klappern vor Kälte und wir versuchen verzweifelt, uns in unsere kleinen feuchten Handtücher einzumummeln (große Badetücher nehmen wir nie mit, aus irgendwelchen Gründen käme uns das verweichlicht vor).

»Die haben uns ganz schön angeschwindelt«, stellt Jeff mit finsterem Blick fest. »Mehr als zwölf Grad sind das nie und nimmer.«

Ich nicke. In der Umkleidekabine hatte ich vorgeschlagen, ob wir in Anbetracht der Wetterlage nicht vielleicht aufs Duschen verzichten könnten. Mein Vorschlag wurde abgelehnt – Eva würde es sofort merken. Eine etwa dreißigjährige Frau kommt auf uns zu, sie schleppt ein blauangelaufenes Vorschulkind im Bademantel hinter sich her. Sie ist in Eile, trotzdem schafft sie es, uns einen belustigten Blick zuzuwerfen – der natürlich eine Sekunde länger an Jeff als an mir hängen bleibt. Ich bin das schon gewöhnt. Mir fällt ein, dass wir in dieser Aufstellung wie eine Parodie auf steinerne Löwen aussehen, die vor einem Palast hocken. Die Tür zum Damenbereich fällt zu, und erneut wird es ganz still.

»Die macht mich ganz kirre«, sagt Jeff zum zweiten Mal.

Mich auch, denke ich.

»Was macht sie denn da so lange?«

Das will ich mir lieber gar nicht vorstellen. Endlich hört man schnelles Patschen von nackten Füßen. Ich bleibe in der Hocke, lediglich mein Blick fliegt nach oben: Als Erstes sehe ich ihren durchgedrückten Rücken und den ausgestreckten Popo, mit dem sie die verglaste Tür aufmacht – sie hat beide Hände voll. Auch sie hat geduscht, der gelbe Badeanzug klebt an ihrer Haut. Im Gegensatz zu uns ist sie bereits braungebrannt; an den Stellen, wo der Badeanzug verrutscht ist, sieht man einen helleren Hautstreifen. Sie sieht uns und ihr bis dahin konzentriertes Gesicht wird durch ein scheues Lächeln lebendig. Der Wind zerzaust den hellen Flaum an ihren Schläfen. Sie bleibt genau in der Mitte zwischen uns beiden stehen – als ob man Gerechtigkeit durch bloße Symmetrie herstellen könnte. Als ob sie dadurch, dass sie nicht näher bei Jeff steht, die Tatsache ungeschehen machen könnte, dass sie nicht mit mir, sondern mit Jeff zusammen ist.

»Schau, Herrin, deine Palasthündchen«, sage ich (im letzten Moment tausche ich die Löwen gegen Schoßhunde aus, das kommt mir besser vor). »Wuff wuff!«

Ich werfe Jeff einen Blick zu; er begreift.

»Wuff! Wuff! Wuff!«, bellt auch er voller Hingabe.

Das Lächeln, mit dem mich Eva belohnt, ist so süß, dass es mir den Atem verschlägt.

»Jesusmaria, könnten wir endlich?«, ruft Jeff.

Wie auf Befehl rennen wir alle drei los, erst vor dem kleinen Desinfektionsbecken bleiben wir stehen. Eva streckt ihren Fuß aus und probiert mit dem großen Zeh die Wassertemperatur. Wie immer kräuselt sie die Nase und zieht gleichzeitig die Augenbrauen hoch, kullert mit den Augen und spitzt den Mund.

»Uiii, ist das kalt!«, japst sie.

Solche Grimassen, unkontrollierbare Lachanfälle und plötzliche Freiübungen und Sprünge sind ihre letzte Verbindung zur Kindheit. Ich greife nach ihrer großen Sporttasche (*eine qualvolle Höflichkeit,* lese ich viele Jahre später im *Alexandria Quartett* von Lawrence Durrell), und Jeff nimmt Eva auf den Arm. Er trägt sie viel weiter als nur über den Beckenrand; entweder will er ihr seine Kraft demonstrieren oder sie möglichst weit weg von mir schaffen. Er schaut ihr in die Augen, und Eva erwidert seinen Blick – ich wiederum beobachte ihre vorübergehend deformierten Brüste und das überraschend dunkle Schamhaar, das aus ihrem Badeanzug hervorlugt. Mein hervorlugendes Schamhaar fällt keinem auf. Für lange Sekunden höre ich auf zu existieren. Ich stehe bis zu den Knöcheln in einer scharf riechenden chemischen Lösung, zittere vor Kälte und umklammere mit beiden Händen Evas Tasche.

Der Mai ist da, der Monat der Liebe.

Der Autor

Mit siebzehn verliebt sich der Autor in ein Mädchen aus einem Jahrgang unter ihm, dem er immer wieder beim Wechsel zwischen den einzelnen Lehrsälen im Flur begegnet. Sie hat lange braune Haare und ein sanftes Lächeln, das ihn sogar mehrere Unterrichtsstunden lang wärmen kann. Nach zwei Wochen weiß er schon genau, wann und wo er ihr begegnen wird, und auf diese Zufälle bereitet er sich methodisch vor. Er zwickt sich in die Lippen, damit sie röter werden, öffnet den Reißverschluss seiner Grundig-Jacke, wölbt die Brust und bemüht sich um einen interessanten, tiefen Blick (eine Freundin seiner Mutter hat zweimal gesagt, er habe schöne Augen). Gleichzeitig verdeckt er seine Mängel: Unauffällig lässt er seine kleinen Hände (auf diese Indisposition hat ihn eine taktlose Eisverkäuferin in Kutná Hora aufmerksam gemacht) wie auch die goldene Krone rechts oben verschwinden. Er weiß, dass er nicht zu breit lächeln sollte (erst Jahre später stellt er mit Schrecken fest, dass sein Lächeln ziemlich ungleichmäßig ist). Als ihm jemand sagt, er sehe ungesund blass aus, schmiert er sich jeden Tag vor der Schule mit der Bräunungscreme Nubian ein.

Nach zwei Monaten schiefem Lächeln in fettglänzendem Gesicht wechselt er mit ihr ein paar Worte. Seitdem reden sie jede Pause miteinander. Welches Thema auch immer sie anschneiden (die Rockgruppe Katapult oder den Folksänger Karel Kryl), das Mädchen ist immer einer Meinung mit ihm. Andere Schüler drehen sich nach ihnen um – das tut dem Autor gut. Das Mädchen erzählt ihm von ihren Pferden, sie trainiert Parcoursreiten. Nachts träumt er davon, wie er sie in die Geheimnisse der Liebe einweiht (natürlich nachdem er sie sich selbst beigebracht hat), aber in den Pausengesprächen unternimmt er nichts, was diesen Traum der Realität etwas näher bringen könnte.

Erst ein halbes Jahr später zieht der Autor an einem Samstagvormittag die Markenjeans von seiner Mutter an, sucht sich die passende Busverbindung heraus und fährt zu dem Mädchen. Über die Liebe weiß er immer noch kaum Bescheid, innerlich hat er sich schon mit der Variante »süße Suche zu zweit« abgefunden. Das Mädchen ist von seinem Besuch sichtbar irritiert: Zum einen findet an dem Tag irgendein Pferderennen statt, an dem sie teilnehmen muss, und zweitens ist sie seit mehr als einem Jahr mit einem verheirateten Mann zusammen. *Die Parcourshecken auf der Trabrennbahn / trugen die giftigen Blüten der Herbstzeitlosen,* dichtet an jenem Abend der Autor in sein Heft.

In den nächsten Jahren wechselt er von Lyrik zur Prosa.

Hujerová
Wie Sie wahrscheinlich schon vermutet haben, hat mir Völkerball keine einzige Flause aus dem Kopf vertrieben.

Im Gegenteil, meine Sexualität erwacht sogar ein paar Jahre früher, als es sich Vater Busfahrer überhaupt vorstellen kann. Den kleinen Lustknopf entdecke ich mit dreizehn, zu jener Zeit, als er mir vor dem Einschlafen (wenn er dazu in Stimmung ist) immer noch *Schlaf Kindchen schlaf* und andere Wiegenlieder singt. Zum Schluss *zählen* wir gemeinsam *Schäfchen*, wobei es sich eher um eine formale Angelegenheit handelt, denn Vater fehlt die Geduld abzuwarten, bis ich wirklich eingeschlafen bin. Deswegen haben wir nur zwölf gemeinsame Schäfchen: Sobald *das zwölfte Schäfchen den schmalen Steg über den Bach* hinter sich gebracht hat (ja, genau so hat er es immer gesagt; heute steigen mir bei dieser Erinnerung Tränen in die Augen), haucht er mir den Gutenachtkuss auf die Stirn, zieht mir die Decke bis zum Kinn, knipst das Licht aus und kehrt in die Küche zu seinem Bier zurück – während ich in der Dunkelheit mit breit geöffneten Augen und meiner Hand im Schoß auf das dreizehnte Schäfchen warte. Sobald es kommt, rollen sich jedes Mal meine Fußnägel nach oben und ich blöke so laut, dass ich mir das Kopfkissen vor den Mund pressen muss.

An das erste Mal kann ich mich bis ins letzte Detail erinnern: Eines Abends, nachdem Vater mein Zimmer verlassen hat, drehe ich mich auf den Rücken, schiebe mein Baumwollnachthemd hoch und denke an Tom – seit der Grundschule sind wir in der gleichen Klasse. Seine Gesichtszüge entwischen mir aber immer wieder. Plötzlich fällt mir ein, dass ich mir eine konkrete Geschichte ausdenken muss, in der Tom die Hauptrolle spielt (heute, nach dreißigjähriger autoerotischer Praxis, würde ich es natürlich präziser formulieren: Damit sich die Phantasie an etwas hoch hangeln kann, muss das Objekt der Begierde in ganz reale Kulissen gesetzt werden). Ohne groß darüber nachzudenken stelle ich mir – wer weiß, warum – vor, dass ich gemeinsam mit Tom in der menschenleeren Schulkantine an einem Tisch sitze. Auf unseren Tellern liegen eine Frikadelle mit Kartoffelbrei und eine saure Gurke. Wir essen schweigend. Ich trage meine damaligen besten Kleider (die, die ich ins Theater und zur Zeugnisvergabe anziehe): meinen rotschwarzen Faltenrock, das weiße bestickte Hemd, den schwarzen Pullover mit Knopfleiste und die schwarzen Lackschuhe mit der abgetretenen Spitze. Tom steckt in seinem funkelnagelneuen Trainingsanzug, mit dem er heute am Sportunterricht teilgenommen hat. Er sitzt nicht mir gegenüber, sondern zu meiner Rechten. Unsere Knie berühren sich. Durch die Durchreiche schaut uns die alte Köchin zu.

»Beeilt euch mit dem Essen!«, ruft sie gereizt.

Zum Schein nickt Tom brav, dann aber dreht er sich zu mir und grinst. Sein Mund ist voll mit Kartoffelbrei.

»Pfui!«, schreie ich.

»Na wird's bald?«, drängelt die Köchin.

»Ich komme schon!«, rufe ich bemüht (und in gewissem Sinn lüge ich gar nicht), beeile mich trotzdem kein bisschen. Die Köchin winkt resigniert ab und zieht polternd das Rollfenster herunter. Tom und ich schauen uns an. Die Neonröhren über uns gehen plötzlich aus, und die ganze Kantine versinkt in einem aufregenden Halbdunkel. Tom legt sein Besteck zur Seite, dreht sich zu mir und schiebt mir langsam den Rock hoch. Meine weiße Unterhose wird sichtbar. Ich höre auf zu atmen. Mit der anderen Hand greift Tom nach der halbaufgegessenen Frikadelle in den Teller – an dieser Stelle möchte ich gerne darauf hinweisen, dass der Film *9 1/2 Wochen* erst viel später gedreht wurde.

»Willst du was sehen?«, fragt er. Er schaut mich aber gar nicht an und bekommt daher mein eifriges Nicken nicht mit.

»Jaa!«

Mit seinem Daumen und Zeigefinger fasst er nach dem Spitzenrand meiner Unterhose und zieht ihn nach vorne. Er schielt hinein. Da schon durchzuckt es meinen Unterleib lustvoll, und ich presse meinen Mund auf das Kopfkissen, trotzdem läuft irgendwo im Hintergrund meiner Phantasie die Geschichte weiter, quasi als Alibi – als ob ich mir einreden möchte, dass die Lust nur ein zufälliges Nebenprodukt meiner Geschichte ist: Tom spannt den Gummi meiner Unterhose, der Stoff dehnt sich und er lässt aus der Höhe die Frikadelle hinein plumpsen.

»Fliegende Kacke!«

Darüber müssen wir beide lachen. The End.

Im Laufe der Zeit stelle ich natürlich fest, dass durch eine zu häufige Wiederholung auch die raffinierteste, erotische Phantasie ihren Reiz verlieren kann. Wenn zum zehnten- oder fünfzehnten Mal in der Kantine das Licht ausgeht, ist der Zauber dahin. Im Geiste *schreibe* ich manche Details *um* (zum Beispiel ziehe ich uns anders an oder nehme statt der Frikadelle die Gurke). Dadurch lebt die entsprechende Szene kurz auf – mir wird aber schnell klar, dass das hier nicht der richtige Weg ist. Ich begreife, dass ich eine neue Szene schaffen muss, die sich in ganz anderen Kulissen abspielt. Hier ein paar Beispiele: Nach der Sportstunde sagt die Lehrerin zu mir und Tom, wir sollten das Volleyball-Netz wegräumen, und – inmitten einer leeren Turnhalle, in der selbstverständlich auch das Licht ausgemacht wurde – verfangen wir uns immer mehr darin. Oder durch eine Verkettung von glücklichen Umständen werden Tom und ich abends von der Putzfrau im Klassenraum eingeschlossen. Und so weiter. Eines haben alle diese Geschichten gemeinsam: Immer bleiben Tom und ich irgendwo ganz alleine – und immer herrscht zumindest Halbdämmerung, meine lebenslange Verbündete. Ich weiß ganz genau, dass Tom vor Zeugen und bei normaler Sicht nie etwas mit mir anfangen würde.

Die Tatsache, dass ich auf diese Weise allabendlich meine Phantasie und auch meinen Wortschatz weiter entwickle, kommt mir später richtig zupass: Im letzten Jahrgang des Gymnasiums geben fast alle Mädchen in der Klasse mit ihren sexuellen Erfahrungen an. Und wenn ich dann endlich an der Reihe bin, brauche ich mich nicht etwa in peinliches Schweigen zu hüllen wie Irena Větvičková. Ich bin vorbereitet. Ich habe schon so viele erotische Szenen erlebt, dass ich damit die ganze Wohnung tapezieren könnte. Meinen viel hübscheren Altersgenossinnen stehen zwar zunächst die Zweifel ins Gesicht geschrieben, aber als ich sie mit so vielen realistischen Geschichten und so vielen glaubwürdigen Details überschütte, bleibt für sie die Frage meiner Jungfräulichkeit zumindest offen (im Gegensatz zu Větev, bei der wir uns alle ganz sicher sind).

Die kann sich doch die ganzen Einzelheiten nicht einfach ausgedacht haben, oder? Aber doch, meine Lieben, natürlich kann sie das. Da ist gar nichts dran, man muss nur das Angenehme mit dem Nützlichen verbinden … Heimlich habe ich einen Riesenspaß daran, dass ich für meine Mitschülerinnen so schwer zu knacken bin: Irgendwelche erotischen Abenteuer muss ich wohl wirklich erlebt haben – auch wenn ich überhaupt, aber überhaupt *nicht danach aussehe.*

Tom

Seit Anfang des dritten Jahrgangs, praktisch den ganzen Herbst über, reden Jeff und ich darüber, dass wir in diesen Weihnachtsferien endlich Eva und Zuzana zum Skifahren mitnehmen müssen.

»Du bist nicht ganz dicht, oder?«, sagt Zuzana, als ich ihr meinen Vorschlag unterbreite.

Ihre Reaktion ist verständlich. Ähnlich wie Jeff und Eva sind auch wir beide bisher nicht viel weiter gekommen als bis zu ein paar Küssen und etwas Herumschmusen – und plötzlich schlage ich sechs Nächte in einer Berghütte im Riesengebirge vor.

»Nein, ich versuche lediglich *meine Träume zu verwirklichen,* das ist ein Unterschied. Du weißt ja – Irre, Verliebte und Dichter jagen ständig nur Chimären nach.«

In ihrem Blick flackert Interesse auf. Ich bin zwar kein Beau wie das Klassenidol Jeff, dafür aber bin ich *ein kluger und sensibler Junge* – wie es Hujerová einmal auf einen Nenner gebracht hat. Wenn ich ehrlich sein will, muss ich zugeben, dass ich diesen schmeichelhaften Ruf drei Büchern zu verdanken habe: Der verbotenen Biographie des ersten tschechoslowakischen Präsidenten T. G. Masaryk von Professor Machovec, die ich zufällig im Bücherschrank meiner Eltern entdeckt habe, einem kleinen Band von Shakespeare-Sonetten und einer dünnen Anthologie tschechischer Liebeslyrik unter dem Titel *Für ein wenig Liebe liefe ich weit* (den letzteren Band kenne ich praktisch in- und auswendig).

»Hübsche Träume«, sagt Zuzana traurig. »Aber meine Eltern werden es nicht erlauben. Und Evas Eltern schon gar nicht.«

Damit ist die Sache beendet, und ich versuche auch gar nicht mehr auf sie einzureden. Jeff bekommt von Eva dasselbe zu hören. Er ist wütend und enttäuscht, ich fühle mich eher erleichtert.

Also fahren wir alleine.

Gleich nach der Ankunft stellen wir fest, dass der Ofen schlecht zieht, und aus dem Nebenzimmer ertönen jeden Abend und manchmal auch morgens die unverwechselbaren

Geräusche von Geschlechtsverkehr (das Paar bekommen wir allerdings die ganze Woche lang nicht zu Gesicht).

Zur Eröffnung der Silvesternacht trinken wir etwas überstürzt eine ganze Flasche ungarischen Rotwein, Egri Bikaver, leer. Wir torkeln vor die Hütte und versuchen, auf der Zufahrt einen Schneemann mit einem Riesenpenis zu bauen. Glücklicherweise liegt auf dem Weg so viel Schotter, dass wir unsere pubertäre Idee bald aufgeben müssen. In das kalte und verrauchte Zimmer zieht es uns nicht zurück, und so machen wir uns durch den Wald auf nach Žalý. Wir begegnen keiner Menschenseele. Die Nacht ist gar nicht frostig, etwa Null Grad, und immer wieder fällt nasser Schnee von den Ästen herunter. Hinter den schwarzen Spitzen der Fichten leuchtet der Mond. Wir gehen Seite an Seite und stellenweise versinken wir bis zu den Knien im Schnee. Das Laufen ist so anstrengend, dass wir bald ganz nüchtern sind.

»Ich liefe für ein wenig Liebe weit/mit bloßem Fuß bis an den Rand der Erde/durch Eis – mich trüge Maies Seligkeit«, rezitiere ich langsam, mit pathetisch erhobener Stimme.

»Nicht schlapp machen«, sagt Jeff. »Das geht doch noch weiter, oder?«

Ich ringe nach Atem und muss stehen bleiben.

»Im Sturm ich noch das Lied der Amsel hörte/die Wüste ich, im Herzen Tau, durchquerte./Gleich dem, der fleht, vor Türen singt sein Leid,/so liefe ich bis an den Rand der Erde.«

Jeff nickt ernsthaft mit dem Kopf.

»Morgen rufen wir ihre Eltern an«, beschließt er dann.

Zu Neujahr steigt das Thermometer weiter an und die kaputte Asphaltstraße, die ins Dorf führt, verwandelt sich in einen reißenden Bach. Vor der Telefonzelle bleibe ich stehen, aber Jeff hält mir die Tür auf und holt mich hinein. Während er seine Handschuhe auszieht, werfe ich einen kurzen Blick auf die Uhr.

»Der Präsident hält gerade seine Neujahrsansprache«, sage ich.

Die Telefonzelle ist klein, wir haben wenig Platz und müssen ganz dicht nebeneinander stehen.

»Ich glaube nicht, dass die sich den Husák anschauen.«

»Und wenn sie gerade Mittag essen?«

Jeff schneidet nur eine Grimasse, nimmt den Hörer ab, wirft die im Voraus abgezählten Münzen in den Schlitz und wählt die Nummer – zu meiner Enttäuschung weiß er sie auswendig. Er hält den Hörer zwischen unsere beiden Köpfe, so dass ich seinen Atem spüren kann.

»Šálková, bitte?«

Ihre Mutter nimmt ab. Die Ähnlichkeit mit der jüngeren, für mich so kostbaren Stimme ist so auffällig, dass sich mein Bauch zusammenzieht. Jeff sagt Guten Tag und stellt sich mit vollem Namen vor.

»Hallo Jeff. Eva treibt sich leider irgendwo draußen herum.«

Es kling freundlich, beinah fröhlich. Sofort sehe ich Evas Gesicht vor mir, eingerahmt von dem vertrauten weißen Schal und der gleichfarbigen Pudelmütze.

»Das macht nichts. Ich wollte Ihnen, Frau Šálková, und selbstverständlich auch Ihrem Mann, für das neue Jahr alles Gute wünschen«, sagt Jeff etwas steif.

»Das ist aber nett von dir, Jeff. Auch dir alles Gute.«

»Danke.«

»Wie geht es dir?«, fragt Frau Šálková nach einer längeren Pause.

»Mir geht es gut. Ich bin zusammen mit Tom in den Bergen. Im Riesengebirge.«

Eine Weile plaudern sie über das Wetter, die Schneequalität und die Liftpreise. Durch die beschlagene dreckige Fensterscheibe der Telefonzelle sieht man nichts mehr, und der Holzfußboden, auf dem wir nervös von einem Bein auf das andere treten, ist ganz nass.

»Und dann möchte ich noch fragen, ob Sie Eva im nächsten Jahr erlauben würden, mit uns in die Ferien zu fahren?«

Diesmal dauert die Pause unerträglich lange.

»Nun, ich weiß nicht, da müsste ich …«

»Ich frage Sie das lieber im Voraus, damit Sie und Ihr Mann genug Zeit haben, darüber nachzudenken.«

Frau Šálková prustet los, reißt sich aber sofort zusammen.

»Gut, Jeff. Wir reden noch darüber.«

»Versprochen?«

Frau Šálková kichert leise.

»Versprechen Sie mir das bitte?«

Die Stimme am anderen Ende wird ernst.

»Gut, Jeff. Ich verspreche dir, dass wir die gemeinsamen Ferien besprechen wollen.«

»Ja. Dann vielen Dank und auf Wiedersehen.«

Jeff hängt auf und tritt triumphierend vor die Telefonzelle. Draußen schaut er mich an, rennt los und grölt dabei in seinem fürchterlichen Englisch *We Are The Champions.* Vor dem nächsten Haus bleibt er stehen, reißt von der verschneiten Dachrinne einen riesigen Eiszapfen ab und ein paar Minuten trägt er ihn vor sich her wie ein Banner seiner Entschlossenheit.

Hujerová

Die große Pause vor der Biologiestunde: Ich hocke im Flur auf der warmen Heizung, zum Schein starre ich in mein Heft (natürlich habe ich alles schon zu Hause auswendig gelernt) und wärme meine jungfräuliche Muschi – als, aus heiterem Himmel, ein plötzlicher Angriff kommt.

»Also, ich finde, die Hujerová hat sich die Geschichte mit

ihrem Typen ganz einfach ausgedacht«, sagt Marie absichtlich so laut, dass ich es nicht überhören kann.

Sie steht neben mir am Fenster mit Blick in den asphaltierten Hof und zwickt von den verstaubten Pelargonien die Blätter ab. Sie ist ein Jahr älter als ich und im Gegensatz zu mir *hat sie wirklich* einen Freund: Seit einem Jahr ist sie mit Karel zusammen. Kurz schnuppert sie an ihren Fingern, dreht sich ohne Vorwarnung um und schaut mich direkt an.

»Wie heißt er denn eigentlich?«

»Libor.«

»Und wie alt?«

»Dreiundzwanzig.«

Es gelingt mir, meine Panik unter Kontrolle zu halten. Solche Fragen könnten zwar die Grundmauern meiner gymnasialen Existenz regelrecht ins Wanken bringen, aber letztendlich habe ich sie erwartet und bin vorbereitet.

»Ein Student, hm?«

»Nein«, ich bleibe ganz ruhig. »Kein Student.«

Libors Beruf steht schon längst fest.

»Und was ist er dann?«

»Elektriker«, antworte ich. »Ärzte und Juristen gab es gerade keine …«

Meinen Versuch, unser Gespräch aufzulockern, übergeht Marie schweigend. Unbeirrt setzt sie das Verhör fort.

»Wo wohnt er?«

»In Vršovice«, sage ich mit einer Engelsstimme. »Čechov Platz. Möchtest du vielleicht die Hausnummer auch noch haben?«

»Nein, danke.«

Wir messen uns mit den Augen. Es ist Marie, die am Ende ihren Blick abwenden muss. Sie schüttelt den Kopf:

»Ich nehme ihn dir einfach nicht ab, tut mir leid.«

Tief in meinem Inneren weiß ich, dass sie es nicht böse

meint – sie mag es einfach nicht, wenn man sie anlügt. Sie ist groß, ehrlich und praktisch. Sie und Karel wollen heiraten, ein Haus bauen und zwei Kinder bekommen. Ich ziehe bedauernd die Schultern hoch.

»Eigentlich kann ich dich gut verstehen«, sage ich langsam und lächle dabei. »Wo ich so ein Gesicht habe, nicht wahr? Welcher Typ fängt schon gerne was mit einer an, die so eine Fresse hat, das wolltest du doch sagen, oder?«

Diesen Trick beherrsche ich gut: Sie sprechen laut aus, was die anderen über Sie denken – und nehmen ihnen damit den Wind aus den Segeln. Marie schweigt verlegen.

»Ich weiß, dass er mich nicht liebt«, fahre ich *ruhig* fort. »Bin doch nicht so blöd zu denken, dass er mich etwa hübsch findet.«

Spätestens jetzt haben alle im Flur das Heft zur Seite gelegt und starren Marie und mich an. Eine peinliche Stimmung breitet sich aus.

»Ich weiß, dass er nur Sex will. Der ist immer so spitz, als ob er gerade aus dem Knast kommt«, sage ich und genieße heimlich all die verdutzten Gesichter.

Endlich macht Marie den Mund auf: »Woran merkst du das?«

Ihre Angriffslust ist verflogen, Marie ist nur noch angewidert. Ihr weiblicher Instinkt beharrt zu Recht darauf, dass ich eine gemeine Lügnerin bin – sie kann es aber nicht beweisen. Mir gelingt sogar ein kurzes trockenes Lachen. Ich bin mächtig stolz auf mich.

»An dem riesigen nassen Fleck, den er gestern im Park auf seiner Jeans bekam.«

Es sieht nach einem Siegeszug aus, aber in den tiefsten Windungen meines Gehirns wird mir die Armseligkeit meiner Lage bewusst.

»Was, ist er *in der Jeans* gekommen?«, japst Zuzana.

Marie verzieht den Mund. Eva Šálková wird unter dem feinen Flaum auf ihren Wangen rot. Sie zieht die Augenbrauen hoch, und die Pulsader an ihrem schlanken Hals schwillt an, gleichzeitig öffnet sie den Mund, und ihre vollkommenen weißen Zähne glänzen feucht auf. Wäre ich ein Junge, würde ich auf der Stelle um ihre Hand anhalten.

»Klar, sag ich doch. Und da haben wir nicht mal richtig los gelegt … Ich hab ihm gerade noch gesagt, wenn schon unter freiem Himmel, dann bitte auf einer besseren Bank, bei der unsrigen war die Rückenlehne abgebrochen und irgendwelche Schrauben drückten mich fürchterlich in den Rücken – aber noch bevor wir umziehen konnten, ist es ihm halt gekommen.«

Noch ein paar solche Details – und bald fressen sie mir aus der Hand.

»Und wie groß war der?«, fragt Zuzana arglos.

Jetzt lachen schon alle, bis auf Marie.

»Der Fleck, meine ich!«, ruft Zuzana. »Wie groß? Wie …«

»Wie eine Hochzeitstorte!«, sagt Marie schnippisch, aber sie weiß, dass sie verloren hat.

Draußen vor dem Gymnasium drehe ich mich kurz um. Die hinausströmenden Schüler der unteren Jahrgänge sehen so normal aus, so unschuldig. Die Luft schmeckt angenehm würzig und die abgeblätterte Schulfassade wird von der tief stehenden Nachmittagssonne mit Gold überzogen. Ahnt man im Vorbeigehen, dass sich hinter diesen warmen Farben die Hölle verbirgt?

Als ich nach Hause komme, zittere ich immer noch am ganzen Leib. Den ersten Verdacht habe ich zwar zerstreuen können, aber es war richtig knapp. Und vor allem: Wann wird die nächste Attacke kommen? Als ob in meinem Leben soeben endgültig die Weichen gestellt worden wären. Mein Magen zieht sich nervös zusammen. Ich komme mir vor wie Raskolnikov – aber was habe ich denn so Furchtbares getan? Ich wollte sein wie alle anderen – ist das so schwer zu begreifen? Offensichtlich bin ich zu weit gegangen – allerdings bleibt mir nach dem heutigen Tag nichts anderes übrig, als noch weiter zu gehen.

»Wie war die Arbeit?«, frage ich Vater.

Der Rettungsanker der häuslichen Rituale.

Aus seinem Fernsehsessel ertönt nur ein Brummen, wahrscheinlich hat auch er einen schlechten Tag hinter sich. Ich gehe ins Wohnzimmer, stelle mich hinter den hässlichen Ohrensessel, in dem er wie immer hockt (Innenarchitektin bin ich aus *innerem Überdruck* geworden ...) und massiere seinen steifen Nacken. Eine Weile ziert er sich, dann lässt er mich machen.

»Möglichst schnell in die Rente«, sagt er. »Das sind alles Schweine.«

Dazu sage ich nichts. Seine Meinungen sind festgefahren. Eine Polemik erübrigt sich.

»Wie war es in der Schule?«, fragt er automatisch, ohne mich anzuschauen.

Nichts Besonderes. Um ein Haar ist herausgekommen, dass ich immer noch Jungfrau bin, obwohl ich seit Monaten das Gegenteil behaupte, aber sonst nichts.

»Zweimal eine Eins bekommen: in Tschechisch und in Mathe.«

Endlich dreht er sich zu mir um. Wenn er lächelt, sieht er gleich viel jünger und hübscher aus. Manchmal frage ich ihn, warum er nicht wieder heiraten oder zumindest jemanden nach Hause bringen will. Ich versuche ihn zu überzeugen, dass er wirklich nicht meinetwegen solo bleiben muss.

»Fehlt uns beiden denn etwas?«, fragt er, und es klingt fast wie eine Drohung.

»Nein. Mir nicht. Und wenn auch dir nichts fehlt, dann ist ja alles prima.«

Vater schaut mich misstrauisch an, das Wort *etwas* war zu doppeldeutig (Völkerball scheint mir keine Flausen aus dem Kopf vertrieben zu haben).

»Mir fehlt rein gar nichts!«, beendet er mit Nachdruck unsere Unterhaltung.

»Na super.«

»Oder meinst du etwa, dass ich eine neue Frau mit Lockenwicklern bräuchte?«, fügt er hinzu.

Eine Frau mit Lockenwicklern, Vaters Universalvorstellung von Frauen im mittleren Alter. Das ist sein schwerstes Argument – und kaum zu toppen. Wer vermisst schon eine Frau mit Lockernwicklern?

»Sehr schön«, äußert er sich lobend zu meinen Zensuren. »Und was gibt es zu essen?«

»Eine Suppe mit Ei«, sage ich neckisch.

Nach dem Essen schließe ich mich in mein Zimmer ein. Ich robbe unters Bett, wo ich *hübsche* Pappkartons aufbewahre (ich bin erst siebzehn und habe bereits Gewohnheiten von alten Jungfern!), ziehe den größten hervor und falte ihn auseinander. Die Außenseiten sind bunt bedruckt, die Innenseiten aber weiß. Ich nehme eine Schere, schneide die beiden Seitenteile ab und hole mir Buntstifte aus der Schublade. Es ist halb acht und bis morgen früh muss mein noch zu verschwommener Allerliebster fertig gestellt sein: seine Figur, Größe und Gewicht, seine Haare und seine Augen (braun oder doch lieber grün?), seine Stimme und die Art, wie er sich bewegt. Auch seine Hemdkragenweite und seine Schuhgröße muss ich wissen. Ich muss seine Eltern beschreiben können (ist seine Mutter auch eine *Lockenwickler-Frau*?), womöglich auch seine Großeltern. Über seine Gewohnheiten und Hobbys muss ich ebenfalls Bescheid wissen: Was für Sport treibt er, welches Auto fährt er, wann steht er am Wochenende und wann während der Woche auf, wo verbringt er seinen Urlaub. Ich muss seinen Körpergeruch und den Duft seines Rasierwassers kennen, seine Zigarettenmarke und die Namen der Arbeitskollegen. Ich muss wissen, ob er schnarcht. All seine Vorzüge und Nachteile müssen klar definiert werden. Die Art, wie er küsst, ist genauso zu klären wie die Frage, ob wir Kondome benutzen. Weiters ist zu überlegen, worüber wir uns streiten und wie wir uns versöhnen. Und das alles muss auswendig gelernt werden. Ich muss also die unglaubwürdige fiktive Figur namens Libor in meinen zukünftigen Erzählungen dermaßen zum Leben erwecken, dass ich Marie, Tom und allen beweisen kann … ja, was will ich ihnen denn eigentlich beweisen?

Wie groß ist meine Verzweiflung wirklich?

Wie sehr habe ich einen echten Libor nötig?

Jeff

Dezember 2003: Der Sessellift bringt sie zu einem der vielen schneebedeckten Gipfel der Dolomiten. Der Himmel ist azurblau. Ihre Skier (die von Tom sind sieben Jahre alt und beinah zwei Meter lang, während Jeff sich im letzten Winter das neueste Carving-Modell von Atomic zugelegt hat) schweben über dem breiten funkelnden Schneestreifen, der auf beiden Seiten von Zwergkiefern gesäumt ist; das meist satte Grün wird ab und zu von den gelbbraunen Flecken der Lerchen ohne Nadeln unterbrochen.

»Und schon wieder sind wir alleine in den Bergen«, sagt Tom.

Jeff nickt.

»Schon wieder haben wir keine Mädels mit.«

Stoßweise kommt ein kalter Wind auf. Jeff beobachtet, wie

ihm die Wipfel trotzen, und versucht seine Geschwindigkeit einzuschätzen. Sobald der Wind eine bestimmte Grenze überschreitet, hält die Seilbahn nämlich automatisch an – allein im Laufe des Vormittags ist sie bereits dreimal stehen geblieben. So wird es nichts mehr mit unserem Tagespensum, denkt er mürrisch.

»Ich habe mich immer gesträubt, das menschliche Leben rein mechanisch in Dekaden aufzuteilen, aber ich muss gestehen, dass ich die vierzig tatsächlich als eine Art Bruch empfinde«, redet Tom weiter. »Auf einmal bekommt das Leben eine zeitliche Begrenzung. Aus dem unendlichen Ozean, der noch vor ein paar Jahren vor mir lag, wird plötzlich ein bloßer Teich. Man muss sich langsam an den Gedanken gewöhnen, dass man beim besten Willen so manches nicht mehr schaffen kann.«

»Was meinst du konkret?«

»Reich werden. Die Olympischen Spiele gewinnen. Nobelpreisträger werden. Eine Blockhütte in Alaska bauen. Den dreißigsten Geburtstag vom eigenen Sohn feiern.«

»Du hast doch keinen Sohn.«

»Eben.«

Jeff fällt auf, dass manche Kiefern überraschend, fast unglaublich dick sind.

»Schau da, der Stamm«, er deutet mit der Hand hin. »Nicht übel, oder?«

Widerwillig blinzelt Tom gegen eisigen Wind, seine Falten treten deutlicher hervor, und er sieht älter aus.

»Ein echter Wonneproppen, ja.«

Es klingt sarkastisch, aber Jeff hat schon vor langer Zeit beschlossen, Toms bissige Anmerkungen zu ignorieren.

»Die Bergstation liegt über 2300 Meter hoch. Wird sind bald bei der 2000-Meter-Grenze. Dünne Bäume würden hier nicht überleben«, sagt er.

»Hier«, Toms Skifäustling umschreibt einen breiten Halbkreis, der – wie Jeff bewusst wird – offensichtlich mehr umfassen will als nur das weiße Felsmassiv vor ihnen, »hier überleben nur die Stärksten.«

Jeff zieht eine Grimasse. Sie beide sind so verschieden. Schon die Art, wie sie in ihrem Liftsessel sitzen: Tom bequem hingefläzt, Jeff aufrecht und sich ungeduldig umschauend. Plötzlich legt sich der Wind. Schlagartig wird es warm. Paradoxerweise bleibt in dem Moment die Seilbahn stehen. Jeff trommelt mit dem Stock gegen das schützende Plexiglas.

»Typisch Italiener …«, schnaubt er verächtlich.

Tom legt den Kopf nach hinten, kneift die Augen zusammen und genießt die warmen Sonnenstrahlen. Die Windstille dauert an.

»Ich habe gedacht, man wird mit dem Alter zumindest ruhiger«, philosophiert Tom laut. »Wenn man schon nicht weiser wird. Eine Ruhephase als Bonus vom Reisebüro Leben. Wenn man ohne eigenes Verschulden beim Umsteigen den Anschluss verpasst, bekommt man von jeder anständigen Fluggesellschaft auch ein Gratisessen serviert.«

Um Gottes willen, denkt Jeff. Dazu habe ich momentan wirklich keinen Nerv.

»Aber es ist eher schlimmer geworden. Ich setze mich zu Hause in meinen Sessel, mit dem Buch in der Hand, so wie man das in alten Filmen macht, aber in einer halben Stunde schaffe ich gerade zwei Seiten. Ich starre die Wand an und lasse mich vom Geklingel der Straßenbahn, dem Martinshorn der Krankenwagen und dem Lärm der Autoalarmanlagen einlullen.«

Die Seilbahn nimmt geräuschlos die Fahrt wieder auf.

»Ich könnte hier ewig so sitzen bleiben«, nuschelt Tom faul.

»Hm. Ich würde eindeutig die Fahrt *nach unten* vorziehen.«

»Rauf oder runter. Spielt doch keine Rolle.«

Jeff überfällt das unangenehme Gefühl, dass er und Tom sich mittlerweile in viel zu vielen Bereichen zu weit voneinander entfernt haben, um so dicke Freunde zu bleiben wie früher – aber er behält diese Erkenntnis vorläufig für sich.

»Wir dürfen nicht vergessen, die Kanten schleifen zu lassen«, sagt er. »Auf dem Eis haben wir sonst keinen Halt.«

Tom lacht, und Jeff wird sauer. Was ist verdammt noch mal so lustig daran, dass man die Skikanten schleifen lassen will? Er schweigt beleidigt. Diese *Dichter*, denkt er. Während die Seilbahn langsam zur Stütze hinauf gleitet, rutscht ein Teil der Piste in sein Blickfeld. Er beobachtet die einzelnen Skifahrer und bewertet heimlich ihren Fahrstil. Auch diesmal sieht er keinen, der besser fährt als er. Das freut ihn. In der Kurve taucht ein Skilehrer mit einer Traube von Vorschulkindern auf: Alle tragen kleine Helme und leuchtend grüne Westen.

»Bravo!«, feuert der Skilehrer sie an. »Bravo!«

»Auch die sind schon an der Reihe«, spricht Tom düster vor sich hin. »Im nächsten Jahr bekommen sie Schulranzen umgehängt, und noch bevor sie sich umgeschaut haben, müssen sie acht Stunden am Tag einen quietschenden Bürostuhl drücken.«

Jeff schnalzt unzufrieden mit der Zunge.

»Und die restliche Zeit streiten sie sich mit ihrem Partner, bei wessen Eltern sie häufiger am Wochenende vorbeikommen ... Man hat sie *auch* schon erwischt. Sie wissen es noch nicht, aber sie stecken in der gleichen Tretmühle wie wir.«

Jeff hält es nicht mehr aus. »Soweit ich das beurteilen kann, lernen diese Kinder lediglich skifahren. Mehr sehe ich nicht. Alles andere ist nur dein lyrisches Gequassel.«

Erstaunlicherweise setzt Tom eine belustigte Miene auf. Jeff bereut, dass Skippy nicht skifahren kann und den gemeinsamen Winterurlauben fern bleibt – sein ewiges vulgäres Zeug wäre womöglich netter als dieses pseudophilosophische Gelaber. Jeff schnäuzt sich. Dann erinnert er sich an seinen alten Vorsatz, seine Freunde nie zu bewerten.

»Schon gut«, sagt er versöhnlich. »Jetzt lass uns einfach zweimal die Schwarze fahren, das schaffen wir bis zwölf gerade noch. Dann nehmen wir die Rote und fahren in diese Hütte von gestern.«

Er findet seinen Vorschlag äußerst entgegenkommend: Wäre er alleine hier, würde er mindestens eine Stunde länger fahren, um eins ein Schinkensandwich am Kiosk hinunterwürgen und sich sofort wieder auf die Piste stürzen. Aber Toms Gesicht sieht alles andere als glücklich aus.

»So hat mich nicht mal Klára herumkommandiert. Und mit ihr hatte ich wenigstens noch eine *Motivation*.«

»Die kann ich dir auch liefern: Unser Skipass hat viereinhalb Tausend gekostet.«

Die Verachtung, mit der Tom ihn anblickt, ist für Jeff unverständlich.

»Darf ich dich um etwas bitten, Jeff? Könntest du in meiner Anwesenheit auf deutsche Wörter wie zum Beispiel Skipass verzichten?«

»Sorry. Das ist ein normales internationales Wort. Jeder benutzt es, und auch ich werde es weiterhin benutzen. Ich glaube, du bist der einzige Touri in den ganzen Dolomiten, der sich an diesem Wort stört.«

»Das kann gut sein«, gibt Tom zu. »Und darüber würde ich mich sogar freuen.«

Nachdem sie oben ausgestiegen sind, besteht Tom darauf, vor den geplanten drei Abfahrten ein *Gläschen* zu trinken.

»Ein Schnäpschen noch und wir fahren los.«

Im ersten Moment dreht Jeff ihm wütend den Rücken zu, aber dann gibt er Toms Wunsch seufzend nach. In der kleinen

Bar am Eingang der Gipfelstation bestellt er hastig zwei Grappa, die er auch gleich bezahlt. Sie gießen sie im Stehen hinunter. Jeff steuert sofort den Ausgang an, Tom rührt sich aber nicht.

»Was ist denn schon wieder?«, fragt Jeff, und sein Blick ist schon ganz böse.

Tom setzt eine schuldbewusste Miene auf.

»Ich muss ganz dringend aufs Klo. Es ist mir klar, dass ich deine Geduld nicht bis zum Äußersten strapazieren sollte, und daher würde ich verstehen, wenn du in dieser Situation einfach alleine losfährst.«

»Ich warte auf dich«, sagt Jeff frostig. »Mach schnell.«

»Willst du wirklich auf mich warten? Und ganze drei Minuten von deinem wertvollen *Skipass* opfern? Für mich?«

»Geh schon!!!«

Jeff wird sich der Hysterie, die in seiner Reaktion mitschwang, sofort bewusst. Etwas betreten bleibt er stehen. In Toms Gesicht zuckt es.

»Mensch Jeff, ist doch nur *Skifahren* …«

Hujerová

Mit allem habe ich gerechnet, nur mit einem nicht: Seit jener Szene mit Marie will keiner mehr etwas über Libor wissen, nicht einmal Marie. Sie kennen das Gefühl: Das ganze Jahr pauken Sie mit peinlicher Sorgfalt alle Daten wie blöd und die Lehrerin ruft Sie kein einziges Mal auf. Sollte mein Libor denn plötzlich keinen mehr interessieren? Das will mir nicht in den Kopf. Manchmal sage ich mir ketzerisch, es wäre sogar besser, wenn sie mich enttarnen würden als dass ich mich weiterhin von dieser ewigen Unsicherheit quälen lasse. Aber warum enttarnen: Ich glaube an mich. Der raffiniertesten Falle werde ich spielend entkommen. Auch die kniffligste Frage werde ich mit dem bezauberndsten Lächeln beantworten. Ich male mir das aus, zum Beispiel so:

Marie (vor der ganzen Klasse): Hat denn unsere Hujerová von ihrem Süßen überhaupt etwas zum Namenstag bekommen? (Dreht sich um zu mir, angrifflustig.) Gestern war doch dein Namenstag, oder?

Im Geiste schneide ich ihr eine mitleidige Grimasse: wie vorhersehbar. Sie hält sich für unglaublich klug, aber eigentlich ist sie doof. Glaubt sie denn wirklich, dass sie mich mit dieser Frage in die Ecke treiben kann?

Ich: Stimmt, gestern war mein Namenstag, ja. Erinnere mich bloß nicht daran …

Marie (wirft der Klasse einen bedeutungsschweren Blick zu): Willst du etwa sagen, dass dir *Libor* nichts geschenkt hat?

Ich: Er hat mir was geschenkt und auch wieder nicht. Wie man's nimmt.

Marie (starrt mich unverwandt an): Das wirst du uns wohl erklären müssen.

Ich (mit einem belustigten Lächeln): Mit anderen Worten hat sich dein Misstrauen gegen Libors Existenz immer noch nicht gelegt … (seufzend) Na, ich merke schon, dann muss ich es dir wohl erzählen: Er hat mir eine von diesen komischen künstlichen Rosen gekauft, die eigentlich keine echten Rosen sind, sondern, wie man erst bei näherer Untersuchung feststellt, eine zusammengefaltete Unterhose. Tanga.

Marie (sauer): Ist ja irre …

Ich: Deine Ironie ist nicht zu überhören. Mach dir bloß keine Mühe, ich bin ganz deiner Meinung. Du hast vollkommen Recht. Es ist nicht irre, sondern peinlich. Schließlich weiß er ganz genau, dass ich rot nicht mag. Und Tanga hasse ich geradezu. Also war es weniger ein Geschenk für mich als eher eines für ihn – falls du verstehst, wie ich das meine.

Kofpschüttelnd verlasse ich stolz den Raum.

Aber keiner fragt mich. Keiner will wissen, was ich zum Namenstag bekommen habe, mit wem ich im Kino war oder was ich am Wochenende gemacht habe. Wenn ich ausnahmsweise von alleine Libors Namen fallen lasse (auf dieses Vergnügen kann ich einfach nicht verzichten, ich weiß doch so viel über ihn!), quittieren sie es mit Schweigen oder wechseln auffällig schnell das Thema. Das beunruhigt mich. Wenn sie Zweifel haben, warum sagen sie das nicht? Binnen einer Minute räume ich sie für immer und ewig aus dem Weg!

Der einzige Mensch, der mir in dieser Zeit willig sein Ohr leiht, ist Větev. Ihre Anteilnahme trägt allerdings alle Zeichen von einem Tauschgeschäft. Weil sie offensichtlich als Einzige an meinen Libor glaubt (oder zumindest ziemlich glaubwürdig so tut), erwartet sie, dass ich im Gegenzug an ihren Mirek glaube.

Wir treffen uns jeden Freitagnachmittag in einem abgelegenen Kaffeehaus auf Výtoň – und hoffen beide, dass wir hier keinem aus unserer Schule begegnen werden. Zu diesen Treffen fahre ich jedes Mal mit gemischten Gefühlen (die arme Irena wird es wohl damals genauso empfunden haben). Einerseits freue ich mich darauf, endlich jemandem von Libor erzählen zu können (wie er schläft, wie er redet, wie er lacht und wie er die Zigarettenasche in seine Hand abklopft …), gleichzeitig finde ich die Vorstellung, wie ich mit Větev gemeinsam an einem Tisch sitze, schon im Voraus grauenhaft. Das hässlichste Paar im ganzen Kaffeehaus! Jedes Mal habe ich das Gefühl, dass uns der Kellner heimlich auslacht und dass uns alle Nebentische anstarren – als ob wir zwei blinde, taubstumme oder sonst wie behinderte junge Frauen wären, die gemeinsam *ausgehen*, um zu beraten, wie sie das harte Leben meistern sollen.

Letztlich ist das auch so.

»Weißt du, der Mirek ist ziemlich launisch«, sagt Větev leise, damit sie keiner hören kann. »Aber am schlimmsten finde ich, dass er, wenn er Probleme hat – zum Beispiel mit seinem Chef oder mit den Kunden –, nicht mit mir darüber redet.«

»Macht Libor genauso.«

Irena weiß so gut wie ich, dass ihr ein toller, hübscher und in jeder Richtung vollkommener Partner kaum durchgehen würde. Sie gründet daher die Glaubwürdigkeit seiner Existenz auf seinen Unvollkommenheiten. Mirek ist nicht nur launisch, sondern auch klein und dick, und er raucht zu viel. Sonst ist er nett. Und wenn er will, kann er wunderbar zärtlich sein. Libor wiederum ist verantwortungslos (manchmal meldet er sich mehrere Tage lang nicht – obwohl er weiß, was für Sorgen ich mir mache); darüber hinaus ist er egoistisch, und nicht zuletzt würde ihm häufigeres Duschen nicht schaden. Irena lächelt voller Verständnis.

Ihr Mirek ist Automechaniker. In einem erdachten Service irgendwo in Kobylisy oder noch weiter (Sie merken, wie sie den entlegensten Stadtteil anpeilt) wechselt er nicht existierenden Autofahrern in ihren nicht existierenden Autos die Reifen. Das also ist der Stoff, aus dem unsere Freitagnachmittage bestehen. Imaginäre Menschen und Gegenstände. Träume. Phantasien.

»Erst im Bett wird er gesprächiger. Ich meine, danach …«, lacht Větev und schickt mir einen schnellen Blick zu, ob ich auch diese Ungeheuerlichkeit geschluckt habe.

Ich nicke.

»Und dann würde er am liebsten bis in die Puppen plaudern«, fügt sie dankbar hinzu.

»Ja, das machen alle so«, sage ich *erfahren*. »Nach dem Sex sind sie irgendwie wehrlos und gleichzeitig …« Ich kneife die Augen zu und tue, als ob ich mich an Libors postkoitales Verhalten erinnern würde, »… auch irgendwie offener. Entspannter.«

Větev nickt fröhlich. Sie erkennt meine Überlegenheit an, auch wenn sie ahnt, dass sie keine Frage der Erfahrung, sondern der Imagination ist. Sie hat begriffen, dass ich länger und besser tagträume als sie. Außerdem weiß sie ganz genau, dass ich auf der Hässlichkeitsskala vor ihr liege – ich bin eine solide neun, wenn nicht sogar acht, während sie eine hoffnungslose zehn ist.

»Nach dem Sex werden sie alle immer total flockig«, sage ich, und wir lachen darüber.

Manchmal plappert Větev einfach so vor sich hin und vergisst, sich zu kontrollieren.

»Trotzdem finde ich sie immer noch komisch – ich meine, nachdem sie gekommen sind«, flüstert sie. »Meinst du nicht? Wie sie da liegen mit dem geschrumpften Ding?«

Meine Güte Větev, was für einen Quatsch erzählst du da, denke ich. Lenk ein Mädchen, lenk mal ein.

»Er zeigt sich nackt vor dir, auch nach dem Sex?«, sage ich und lege absichtlich Zweifel in meine Stimme. »Das wundert mich aber, Libor, der deckt ihn immer gleich mit der Bettdecke zu.«

Větev wird sofort unsicher. So könnte sie vor Marie nicht bestehen.

»Na, das macht Mirek ja auch«, platzt sie heraus. »Ich meine, bevor er sich zudeckt … verstehst du?«

Ihre Augen betteln um Zustimmung – und ich gewähre sie großzügig.

Ein paar Monate später hören unsere Freitagstreffen schlagartig auf. Einmal kann aus irgendeinem Grund ich nicht kommen, das nächste Mal sie. Beide haben wir wohl Angst, unsere stille Abmachung unter dem Titel *Ich weiß, dass du weißt, dass ich weiß* nicht weiterführen zu können. Die ganzen Lügen kommen uns allmählich nur noch peinlich vor.

Das letzte Mal treffen wir uns im Juli nach dem Abi: Irena ruft mich überraschend an, und wir machen einen kurzen Spaziergang an der Moldau. Wir reden weder von Libor noch von Mirek.

Eva

Nach und nach mag sie Völkerball immer weniger. Es ist zwar angenehm, immer im Mittelpunkt der Aufmerksamkeit zu stehen, aber gleichzeitig macht es sie nervös. Und zum Schluss hat sie es satt. Fast jedes Mal ist sie Königin, und jede ihre Bewegungen wird ständig beobachtet: Wem spielt sie am meisten zu, wie genau wirft sie, wie hoch springt sie, wenn sie einem Ball ausweichen will. Ihre Verstimmung hängt bestimmt auch damit zusammen, dass Jeff ihr dabei regelrecht nachstellt – und das nicht nur in der Turnhalle. Anfangs wirbt er noch verdeckt um sie, aber nach einigen Wochen hält er mit seinen Absichten nicht mehr hinterm Berg. Wenn er morgens den Klassenraum betritt, schaut er sie so an, dass sich alle weiteren Worte erübrigen. Es ist der gleiche Blick wie beim Völkerball, wenn er sie abwerfen will. Er hat sogar den gleichen wütenden Ausdruck in den Augen.

Mit dem Abstand von mehr als zwanzig Jahren kann ihn Eva gut verstehen. Kaum jemand hat es geahnt, aber die ganzen drei Jahre hatte sie ihm nie mehr als ein paar Küsse und Liebkosungen gestattet. Sie fand ihn hübsch, das schon, aber sie liebte ihn nicht (nach der Hochzeit gab Jeff das gerne zum Besten und dann lachten sie gemeinsam darüber). Die ganze Klasse, das Lehrerkollegium und sogar Evas Eltern hielten sie allerdings von Anfang an für das Traumpaar schlechthin. Im letzten Jahrgang stand für alle fest, dass Eva und Jeff miteinander schliefen (nur Tom und Skippy wussten die Wahrheit). Kam Jeff morgens nicht zur Schule, fragte die Klassenlehrerin natürlich Eva, was mit Jeff los sei. Holte Evas Vater seinen neuen Wagen ab, nahm er Jeff mit. Eva stellte erstaunt fest, dass sie – im Gegensatz zu allen anderen Mädchen in ihrem Alter – ihren Eltern eine sexuelle Beziehung vormachen musste. Dabei wussten die Eltern über ihre Beziehung (und letztendlich auch über Eva) kaum etwas. Wie konnten sie sich so sicher sein? Sie kam sich wie eine Spielverderberin vor. Alle wollten mitmachen, nur sie nicht. Aber warum musste es ausgerechnet Jeff sein?, fragte sie sich oft. Sollte sie Jeff nur deswegen heiraten und mit ihm Kinder bekommen, weil er sie damals vorbestellt hatte? Oder weil er gut aussah? Oder nur weil alle anderen diesen Gedanken so toll fanden?

Die Besessenheit, die sie, ohne es zu wollen, in Jeff entfachte, fand sie ebenfalls unangenehm. Sie empfand ihre Sexualität immer als etwas höchst Intimes, aber durch Jeffs öffentliche Werbung wurde sie in den Mittelpunkt gezerrt, vor aller Augen. Jeff versuchte so hartnäckig, Eva an die Wäsche zu gehen (wie Skippy es mit seinem sprichwörtlichen Taktgefühl formulierte), dass Eva das Gefühl hatte, in aller Öffentlichkeit in eben jener Unterwäsche zu stehen. Sie weiß nicht, wie sie dieses Gefühl am besten beschreiben soll: Sie kam sich vor wie in der Grundschule, als die Jungs beim Unterricht mit einem Spiegel Lichtreflexe auf ihre Brüste warfen. Damals hatte sie gedacht, vor lauter Scham im Erdboden versinken zu müssen. Überspitzt gesagt war Jeffs rasendes Interesse für sie eine Art Bloßstellung.

Jahre später erzählt ihr Marie, was Tom bei einem Klassentreffen (bei dem sie gefehlt hat), über sie gesagt hat: »Sie kam zu uns – und ein fertiges Drehbuch lag für sie bereit. Ein Soap-Drehbuch: Ein gut aussehender junger Mann verliebt sich auf den ersten Blick in eine wunderschöne Frau, und am Ende heiraten sie ... Das Problem war nur, dass sie – so wie wir alle – zu jung und zu dumm war, um die Hauptrolle in einer solchen Lovestory abzulehnen.«

Eva fühlt sich leicht pikiert, muss aber zugeben, dass etwas Wahres daran ist.

Die ganzen drei Jahre waren Jeff und Tom ein unzertrennliches Duo, erst später kam Skippy dazu. Eva hat das Gefühl, von allen dreien geliebt zu werden: Jeff liebt sie verbissen und hartnäckig, Tom verzweifelt. Skippy, der offensichtlich weiß, dass er keine Chance hat, liebt Eva am lustigsten – ihm macht es nichts aus, sich lächerlich zu machen, denn er weiß, dass es sowieso keine Rolle spielt. Er wirft Eva verliebte Blicke zu, wälzt sich zu ihren Füßen, umarmt ihre Knie und küsst in der Schulkantine den blauen Plastikbecher ab, aus dem sie soeben getrunken hat. Und er schüttet Evas Eltern sein Herz aus: Einmal kommt Eva von einem neuerlichen platonischen Rendezvous mit Jeff nach Hause und findet im Wohnzimmer Skippy, wie er mit ihrer Mutter Mate trinkt.

»Darf ich vorstellen? Das ist sie!«, ruft er, als er die sprachlose Eva in der Tür erblickt. »Die Sonne meiner Tage, die Düsternis meiner Nächte. Eva. Die tödliche Krankheit in drei Buchstaben.«

Mit herzzerreißendem Stöhnen lässt er sich auf den Teppich fallen und schlägt sich dabei am Konferenztisch die Stirn auf. Evas Vater, der Skippy nicht ausstehen kann, muss ihn nolens volens zum Notarzt bringen, wo die heftig blutende Wunde genäht wird.

Als Skippy an die Medizinische Fakultät aufgenommen wird, sind Evas Eltern noch überraschter als Eva selbst – und als sie ein paar Jahre später erzählt, dass Skippy sich auf Frauenheilkunde spezialisiert, lacht Mutter noch tagelang darüber.

Mit Tom ist es anders. Eva findet es zwar beeindruckend, wie er unter allen Umständen versucht, seine Würde zu wahren (manchmal liegt darin sogar etwas Heroisches – auch wenn das übertrieben klingen mag), auf der anderen Seite fühlt sie sich in seiner Anwesenheit nie richtig wohl. Sogar mit der Quasselstrippe Skippy kommt sie sich lockerer vor als mit dem ewig düster dreinschauenden Tom, der jeden Blick und jede, auch die kleinste Berührung von ihr meidet und meist ganz abrupt Reißaus nimmt.

Alice behauptet, dass Evas Sexualität damals noch nicht *erwacht* war – und jetzt wohl wieder *eingeschlafen* sei. Eva weiß nicht, woher ihre Tochter diese Ausdrücke nimmt.

»Na, dann will ich mal hoffen, dass auch deine Sexualität noch im unerwachten Zustand schlummert«, sagt sie und setzt eine Miene à la strenge Mutter auf.

»Klar, die Hoffnung stirbt zuletzt«, lächelt Alice geheimnisvoll, woran Eva merkt, dass sie doch nur an der Nase herumgeführt werden soll.

»Mamaa?«, sagt ihre Tochter gedehnt, »auf welche Typen stehst du eigentlich? Gibt es einen Schauspieler ...?«

»Ach Gott ... Lass mich doch in Frieden mit Männern.«

»Bitte, sag es mir. Einer *muss* dir doch gefallen!«

Alice heftet ihre unschuldigen Augen auf Eva.

»Vielleicht ein Sänger?«

Eva schüttelt amüsiert den Kopf.

»Warum willst du es mir nicht sagen?«

Alices Stimme klingt vorwurfsvoll, traurig. Eva streicht ihr die Haare aus der Stirn.

»Daniel Bárta«, sagt sie nach einer Weile ernsthaft.

Alice schaut Eva misstrauisch an, aber nachdem sie sich sicher ist, dass ihre Mutter keine Witze macht, leuchtet ihr halb kindliches Gesicht vor aufrichtiger Freude auf. Die freut sich wohl darüber, dass ich überhaupt noch an Sex *denke,* begreift Eva.»Ist doch toll! Da haben wir einen ähnlichen Geschmack!«

»Und weißt du, wo ich ihn am besten finde?« Jetzt muss wiederum Alice Evas Lächeln geheimnisvoll vorkommen. »In dieser Balladenverfilmung.«

»In Kytice?«

»Ja. Da wo er den Wassermann spielt.«

Hujerová

Immer wenn ich Vater nach Bohnice besuchen fahre, freue ich mich auf die Bäume im Krankenhauspark (*freuen* ist zu viel gesagt, aber Sie verstehen schon, was ich meine) – auf die hundertjährigen Linden, Tannen, Fichten, Ahorne und Rotbuchen. Solange ich denken kann, versuche ich das Leben rational und pragmatisch anzugehen, nichtsdestotrotz habe ich in diesem einen Fall den Eindruck, dass diese alten Bäume eine Art grenzenlosen, mystischen und irgendwie grundsätzlichen Frieden ausstrahlen. Können Sie nachvollziehen, was ich hier erzähle? In dem riesigen Areal von Bohnice stehen Pavillons voller Irrer und Psychopaten, dahinsiechender Alkoholiker, müder Krankenschwestern und nervöser Besucher, und trotzdem strahlen diese Bäume eine absolute Ruhe aus. Aufrecht stehen sie da, durch ihre Baumkronen blinzelt die Sonne, zwischen ihren Blättern rauscht der Wind – und plötzlich kommt es Ihnen fast so vor, als ob hier keine Tragödien stattfinden würden. Die Menschen sterben, weil ihre Zeit gekommen ist. Mehr ist es nicht. Das nicht gerade glückliche Leben meines Vaters neigt sich seinem Ende entgegen, und ich, seine Tochter, bin bei ihm. Alles läuft so, wie es laufen soll. Inzwischen habe ich das Gebäude erreicht, wo Vater seit einigen Monaten liegt, die Bäume verschwinden, und ich bin nur noch von nackten Mauern umgeben. Sobald ich durch die offene Tür in das nächste Zimmer hinein schaue und den ersten röchelnden Greis erblicke, sind alle Illusionen wie weggeblasen. Keine Buche und kein Ahorn wird uns je mit dem Tod versöhnen können.

Er liegt mit geschlossenen Augen da, aber ich weiß, dass er nicht schläft.

»Hallo, Papa.« Ich berühre seine Hand.

Er schaut mich an, stoppelig wie ein schlecht gemähter Rasen (hat er immer gesagt), in seiner Nase steckt ein Sauerstoffschlauch. Seine Freude über mein Kommen sieht echt aus. Mit dem Blick streife ich die Infusionsflasche und setze mich vorsichtig zu ihm aufs Bett. Der Harnbeutel, der über die Seitenlehne hängt, ist randvoll. Bevor ich nach Hause gehe, muss ich einen neuen holen.

»Soll ich dir das Bett höher stellen?«

Er nickt. Sein Schweigen beunruhigt mich. Ich greife nach der Fernbedienung, drücke sanft auf den Knopf und mit einem leisen Summen wird Vaters Bett in die Sitzposition verstellt – der ganzen Situation haftet etwas Groteskes an. Trotzdem mache ich es nicht gerne, weil ich die passende Lage nie richtig abschätzen kann.

»Ist das gut so?«, frage ich.

Vaters Gesicht drückt Unzufriedenheit aus.

»Tiefer?«

Erneutes Nicken. Ich senke das Bett um etwa zwei Zentimeter tiefer, er verzieht wieder das Gesicht.

»War das zu viel?«

Mit den Augen stimmt er zu. Plötzlich begreife ich: Für einen Sterbenden gibt es keine *gute* Bettlage. Wenn Sie im Sterben liegen, kann keiner, nicht einmal Ihre eigene Tochter, für Sie die *optimale* Liegeposition herstellen.

Ich bringe das Bett in die ursprüngliche Position zurück, und er zieht zischend die Luft ein. Manchmal sind seine Schmerzen echt, manchmal spielt er sie nur; das Problem ist, dass ich das nicht unterscheiden kann. Ich überlege, was ich ihm als Erstes erzählen soll.

»Und jetzt rate mal, wem ich gestern die Wohnung eingerichtet habe«, frage ich und nenne den Manager einer bekannten Bank.

Vaters Reaktion übertrifft meine Erwartungen: Er greift nach meiner Hand, drückt sie und dann streichelt er mir sogar über die Wange. Mein Gott Papa, denke ich, ich habe dem Typen bloß geholfen, Gardinen auszusuchen … Vater tastet den Nachttisch nach seiner Zahnprothese ab. Als Vater einer Frau, die den Managern der größten Bankhäuser Wohnungen einrichtet, kann er sich nicht so gehen lassen.

»Die könntest du auch mal putzen«, empfehle ich.

Er winkt ab.

»Wir werden es schon irgendwie gemeinsam bis ans Ende schaffen, geputzt oder ungeputzt«, sagt er. »Was hat denn der Herr Generaldirektor bestellt, erzähl mal. Ich würde mal schätzen, der ist in seinem Leben nicht viel Bus gefahren, oder?«

Im Handumdrehen wurde mein Manager schlagartig nach oben katapultiert, aber ich protestiere nicht. In einer vereinfachten Form erzähle ich Vater, wie ich das besagte Interieur gestalten werde: Wendungen wie *Seifenspender aus Porzellan (Design Bernard Vichet)* oder *Wellness-Sofa Rolf Benz in Sonderanfertigung für drei Personen mit Stahlkufen und abnehmbarem Bezug in den Kategorien Stoff, Leder oder Alcantaraimitat* lasse ich natürlich aus.

»Du bringst mich nur durcheinander«, würde Vater ohnehin sagen. »Ein Bett bleibt doch immer nur ein Bett.«

Stattdessen erzähle ich ihm, dass der Herr Direktor und

seine Frau für mich Kaffee gekocht und mir gleich zwei Gläschen von einem 7-Sterne Cognac eingeschenkt haben.

»Sie haben dich wohl nicht lange überreden müssen, was?« Vaters Zahnprothese grinst mich triumphierend an.

Aus lauter Freude darüber, dass er gute Laune hat, vergesse ich, mich zu kontrollieren: Ich schneide eine Grimasse wie ein kleines (hässliches) schuldbewusstes Mädchen und strecke wie eine Naschkatze die Zunge aus. Vater wendet sofort die Augen ab – mein Anblick ist wohl selbst für ihn kaum zu ertragen. Im Krankenzimmer wird stark geheizt, und mein Gesicht glänzt verschwitzt. Die menschliche Haut ist ein Schund, denke ich. Als Material höchstens dritte Qualitätsstufe – mindestens zwei Fehler pro Quadratzentimeter. Matter Chrom, gebürsteter rostfreier Stahl oder Qualitätskunststoff, das ist was anderes. Oder das vorher erwähnte Alcantaraimitat: Es hat die besten Eigenschaften von Leder, sieht auch wie geschliffenes Leder aus, und durch die Teflonverarbeitung ist es sogar schmutzabweisend. Hätte ich Alcantara statt meiner Haut, bräuchte ich nicht einmal zu duschen, sondern mich immer nur mit Teflon einschmieren. Vater schläft ein.

Mein Abi habe ich mit Auszeichnung gemacht (dem Klischee von einer unansehnlichen Klassenbesten mit Brille blieb ich die ganzen vier Jahre meiner Gymnasialzeit treu). Vater wollte aus irgendeinem Grund, dass ich *Tierärztin* werde, ich wehrte mich aber dagegen: Jeden Tag muss ich mich im Spiegel anschauen, da möchte ich wenigstens *bei der Arbeit* etwas Schönes sehen, sagte ich. Berufe wie Zahn- oder Tierärztin sind daher von vornherein ausgeschlossen. Soll ich denn für den Rest meines Lebens irgendwelchen Viechern in den Arsch schauen?

Ich teilte Vater mit, dass ich Innenarchitektin werde.

»Wozu braucht man innen einen Architekten?«, brummte er verärgert. »Um eine Wohnung schön einzurichten, brauche ich keinen Architekten, sondern einen Tisch, ein paar Stühle, einen Teppich und fertig ist die Laube. Von wegen entwerfen, dekorieren … Ein Bett bleibt doch immer nur ein Bett.«

Als Vater seinen Bus *schön einrichten* wollte, brauchte er auch keinen Innenarchitekten dazu: Auf das Armaturenbrett klebte er ein Stück weinroten Teppich (ein sowohl optisch als auch physisch widerliches Kunststoffteil mit langem Flor) und darauf befestigte er *mit ein paar Schrauben* einen Spielzeughund mit Wackelkopf und goldene Kronjuwelen aus Plastik. Über die vordere Fensterscheibe hängte er bunte Wimpel mit Wappen von allen Städten, in denen sein Bus jemals gewesen war. Und fertig war die Laube.

Nachdem ich die Kunsthochschule absolviert und meine Promotion mit Auszeichnung (wie denn sonst) gemacht hatte, bekam ich einen Monat später gleich die erste Stelle, um die ich mich beworben habe. Da war Vater ganz platt – ich nicht. Die abgelehnten Mitbewerberinnen hatten Design lediglich studiert, während ich seit meiner Kindheit ununterbrochen über Schönheit, Symmetrie, Ausgewogenheit, Proportionen und so fort nachdachte – und nachts sogar davon träumte. Mich konnte keine schlagen. Kurz vor dem Bewerbungsgespräch genehmigte ich mir zudem auf die Schnelle zwei Schnäpse – und dann habe ich die hübschen nüchternen Bohnenstangen regelrecht platt gewalzt.

Der Autor

Es ist später Nachmittag an einem normalen Wochentag, ob Frühling oder früher Herbst, das weiß er nicht, er erinnert sich lediglich daran, dass der Krankenwagen kam, als es noch nicht dunkel war. Er befindet sich im Leichtathletikstadion in

Sázava und zusammen mit allen anderen *älteren* Schülern aus seinem Sportverband freut er sich darauf, dass das Training bald zu Ende ist und sie endlich ihren geliebten Fußball spielen können. Sie können es kaum abwarten. Auf der ovalen Rennbahn läuft einer der Verbandsveteranen, ein ausgemergelter etwa siebzigjähriger Greis. Sie nehmen seine Anwesenheit kaum zur Kenntnis, er gehört einfach dazu, ist Teil der Umgebung wie die hohen Pappeln am Zaun oder die Umkleidekabinen aus Holz. Er hat nie mit ihnen gesprochen – und auch sie haben nie über ihn geredet; wenn sich der Autor nicht täuscht, blieb er sogar von ihren bissigen Sprüchen verschont.

Sie bemerken daher nicht einmal, dass er in der Kurve vor der Zielgeraden plötzlich zusammensinkt. Erst nach einer Weile fällt ihnen die Menschentraube auf. Sie verstehen nicht, was dort gesprochen wird, aber aus der Art, wie sich die Erwachsenen bewegen, lesen sie einiges über die Ernsthaftigkeit der Situation ab. Der Trainer rennt plötzlich weg, auf ihre Fragen bekommen sie keine Antwort. Das Training scheint zu Ende zu sein. In der Kurve liegt unbeweglich ein zierlicher Körper; ein zweiter Trainer neigt sich über ihn. Sie möchten näher heran, aber jemand schärft ihnen ein, zu bleiben, wo sie sind. Was ist mit ihm passiert? Er ist gestorben, seht ihr das nicht?, lautet die gereizte Antwort. Eine Weile schweigen sie betreten. Dann kommen die ersten düsteren Kommentare: In dem Alter sollte man mit dem Laufen aufhören. Selber schuld. Minuten vergehen. Was vor kurzem noch aufregend war, wird langweilig. Nichts geschieht. Der Körper liegt immer noch da. Alles zieht sich zu lange hin, sie schaffen es nicht, ernsthaft zu bleiben. Wenn er nicht so alt wäre, hätte er nicht sterben müssen. Ein paar Jungs, der Autor auch, lachen darüber. Seid ihr blöd, sagt jemand. Was ist jetzt mit Fußball? Lasst uns spielen! Zögernd holen sie einen Ball und stellen zwei Laufhürden als Tore auf. Der Trainer kommt und erklärt leise, dass ein Fußballspiel jetzt wohl ziemlich unpassend wäre. Mit der Hand zeigt er auf die Kurve der Rennbahn hin. So wie die anderen fühlt der Autor Enttäuschung, wenn nicht sogar Wut in sich aufsteigen. Nur wegen dem ollen Alten. Mann, schafft ihn doch weg, damit wir spielen können!, ruft jemand ungeduldig. Der Trainer beschlagnahmt den Ball. Der Krankenwagen kommt.

Hujerová

Möchten Sie das größte *echte* erotische Erlebnis meiner Jugend wissen? Interessieren Sie sich für den Höhepunkt meines *realen* sexuellen Lebens, der in meiner Erinnerung sogar noch nach Jahren immer wieder aufgefrischt wird; für jene Schlüsselszene also, bei der in einem amerikanischen Film die Musik anschwillt und die Streicher einsetzen?

Ich will es Ihnen sagen: Es war ein einziger Kuss.

Unsere Abi-Fete findet in einem Erholungszentrum am Slapy-Stausee statt – und wird von Jeff, Tom und Skippy organisiert (der allerdings den beiden Ersteren ständig ins Wort fällt und ihre Anweisungen durcheinander bringt). Ihre Energie und Begeisterung überträgt sich auf uns alle – als ob uns eben erst klar geworden wäre, dass wir von dem Schönen, das angeblich zur Jugend gehört, längst nicht alles gekostet haben, und dass diese Fete unsere letzte Chance ist.

Schlafen werden wir zu zweit in kleinen Blockhütten. Tom sagt, dass wir uns in Zweiergruppen aufteilen müssen. Trotz anfänglicher Skepsis stellt sich das als absolut unproblematisch heraus. Guter Wille und Zusammengehörigkeitsgefühl hängen förmlich in der Luft. Katka, mit der ich die letzten zwei Monate für die Prüfung gelernt habe, will sich mit mir die Hütte teilen; das freut mich. Skippy meldet sich und schlägt ernsthaft vor, die Paare ohne Rücksicht auf ihr Geschlecht per Los zu bestimmen. Zum Glück wird er von den anderen ignoriert.

»Veranstalte jetzt bloß kein Chaos«, bittet Tom ihn.

»Wir finden schon alle ein Bett«, sagt Jeff und zwinkert den anderen Jungs bedeutungsvoll zu.

Skippy schneidet eine geile Grimasse.

»Ich verstehe nicht, warum ausgerechnet du dir noch Hoffnungen machst!«, weist Zuzana Skippy lächelnd in die Schranken.

Es ist offensichtlich, dass sich alle freuen, sogar Větev und ich (wir reden zwar immer noch nicht miteinander, aber ich sehe es ihr an).

Dass ausgerechnet wir beide uns noch Hoffnungen machen, ist wirklich schwer zu verstehen.

Die Blockhütten stehen in vier Reihen hintereinander. Die Saison hat noch nicht begonnen, und das dichte Gras dazwischen ist noch nicht ausgetreten. Die Hütten sind so winzig, dass sie fast unwirklich anmuten: Es kommt mir vor, als ob hier Zwerge wohnen würden – oder als ob sie hier als verkleinerte Modelle von menschlichen Behausungen in einer Art Freilichtmuseum der Zukunft aufgestellt worden wären. Wenn Katka und ich in der Tür stehen, können wir leicht mit der Hand das erhitzte und abgeblätterte Blechdach berühren. Aus dem schwarzbraunen Holz dünstet in der Nachmittagssonne der vertraute Geruch von Motoröl (Vater schenkt davon jedes Jahr einen vollen Kanister einem Nachbarn für sein Wochenendhaus auf Sázava). Drinnen herrscht ein stickiges Halbdunkel. Die Wände und die Decke sind mit vergilbter Raufaser tapeziert, auf dem Fensterbrett unter den dreckigen Glasscheiben liegen tote Fliegen; die Matratzen sind durchgelegen und merkwürdig fleckig. Auf den beiden schmalen Betten liegt eine kleine, in Papier eingewickelte Seife, ein grobes, verwaschenes Handtuch und außerordentlich geschmacklose Bettwäsche mit rosafarbenem Blumenaufdruck.

»Ach wie hübsch«, sagt Katka und reißt das Fenster auf.

Sie hat Jeansshorts und ein weißes Trägertop an. Zum ersten Mal in den vier Jahren sehe ich sie ohne BH (wie kurz darauf viele andere Mitschülerinnen). Beunruhigt stelle ich fest, dass der Holzfußboden unter unseren Füßen wankt. Stimmen kommen näher. Auf unser Fenster rennt eine dreiköpfige Gruppe Jungs zu. Warum müssen sie denn bei dieser Hitze so rennen?, denke ich. Honza und Karel haben einen freien Oberkörper. Sie wissen genau, dass sie es sich erlauben können. Ihre Waschbrettbäuche sind wunderbar muskulös, und starke Arme haben sie auch. Skippy steckt zwar in einer Badehose, er hat aber sein kariertes Hemd anbehalten.

»Hallo Mädels!«, ruft Honza. »Wie ist doch gleich die Nummer von eurer Hütte?«

Skippy kichert. Er hat zwar vor einer Woche die Reifeprüfung abgelegt, benimmt sich aber immer noch so, als ob er fünfzehn wäre. Katka lehnt sich aus dem Fenster.

»Warum wollt ihr das wissen?«

»Nur so«, grinst Honza und linst, genauso wie Karel, in ihren Ausschnitt.

»Vielleicht wollen wir ja heute Nacht vorbei kommen«, kündigt Skippy an. »Wir werden zwar fürchterlich viel zu tun haben, aber auf jeden Fall kommen wir vorbei. Was sagt ihr dazu, Weiber?«

Auch wenn er ein Dussel ist, bin ich froh, dass seine Frage auch mich einbezieht.

»*Dir* würde ich nachts nicht aufmachen, auch wenn ich vor lauter Sehnsucht dahinsiechen sollte«, sagt Katka.

Wir lachen alle gemeinsam. Katka tritt einen Schritt vom

Fenster zurück, schaut mich an und zieht ausgelassen die Schultern hoch.

»Da werden wir uns wohl heute Abend verbarrikadieren müssen …«

Sie hat den Plural benutzt, schießt es mir durch den Kopf. Wir *beide* müssen uns verbarrikadieren. Wie nett von ihr. Wir lächeln uns an.

»Und nun? Gehen wir baden?«, fragt sie.

Ohne Vorwarnung streift sie sich das Top über den Kopf (sie hat kleine, feste Brüste) und schiebt sich an mir vorbei. Ich rieche ihren Schweiß, es ist nicht unangenehm – genauso wie alle anderen Gerüche in der Hütte. Katka setzt sich aufs Bett, greift nach ihrem großen roten Rucksack, hält ihn mit den nackten Knien fest und fischt drinnen nach ihrem Badeanzug. Entschlossen ziehe ich mich auch aus. Den ganzen Frühling lang habe ich Diät gehalten und mich zielbewusst der Sonne ausgesetzt. Meine Figur ist zwar alles andere als vollkommen, aber trotzdem wird hoffentlich keinem entgehen, dass es zwischen mir und Větev einen meilenweiten Unterschied gibt.

Wir sind noch im Wasser, als auf dem Schotterweg zwischen den Blockhütten ein nagelneuer weißer Škoda anhält. Am Steuer sitzt Ruda, auf dem Beifahrersitz Vartecký. Ruda drückt kurz auf die Hupe, steigt würdevoll aus und räkelt sich, als ob er nicht aus Prag, sondern vom Mittelmeer gekommen wäre. Das hat er wohl seinem Vater abgeschaut. Rudas Führerschein ist gerade drei Monate alt. Vartecký lächelt freundlich. Wie auf Befehl rennen alle Jungs aus dem Wasser und auf sie zu. Fast alle sind schlank und braungebrannt, und trotzdem wirkt ihre Rennerei irgendwie komisch – sogar bei Tom und Jeff. Ich schaue mir die Mädchen an: Anička und Jiřina versuchen sich im Rückenschwimmen, Eva, die verträumt im seichten Wasser am Ufer steht, sieht aus wie eine geglückte Kopie von Botticellis Venus. Katka winkt Vartecký zu, aber ihr breites Grinsen lässt ahnen, dass sie womöglich das Gleiche denkt wie ich.

»Warum müssen die nur ständig rennen?«, sage ich laut.

»Das möchte ich auch gerne wissen.«

»Vielleicht habe ich soeben begriffen, was es bedeutet, erwachsen zu sein: Man geht langsam.«

Marie schickt mir einen prüfenden Blick zu. Da habe ich dich überrascht, wie?, stelle ich befriedigt fest. Vartecký zieht seine Badehose an – dafür, dass er schon über vierzig ist, sieht er gut aus – und kommt zu uns ins Wasser.

»Aus der Tiefe des Sees schäumte das glitzernde Nass«, rezitiert er parodistisch.

»Für die Menschen ein Unglück, für den Wassermann ein Spaß!«, antworten wir wie ein Mädchenchor.

Ruda, den Schlüsselbund um den Zeigefinger, geht um sein Auto herum und tritt mit düsterer Miene vorsichtig gegen die Reifen.

»Ruda«, rufen Anička und Jiřina, »machst du mit uns eine Probefahrt?«

Rudas Zögern ist kaum zu übersehen – wahrscheinlich stellt er sich die durchnäßten Bezüge vor.

»Mit euch beiden – immer!«

Jede Wette, dass er heute Abend gar nichts trinken und mindestens zweimal das Auto umparken wird – nur um das Rückwärtsfahren zu üben und sich am Anblick des leuchtenden Armaturenbretts zu ergötzen. Gerne würde ich das Marie erzählen, mache es aber doch nicht. Ruda öffnet den Kofferraum, und Jeff und Tom holen mit übertriebener Vorsicht vier Fünfliterflaschen Wein heraus, die mit buntem Plastikdraht umwickelt sind (sie würden viel besser aussehen, wenn das Glas mit Jute oder dickem Stroh geschützt wäre). Sie stellen sie feierlich im Gras ab. Es kommt mir peinlich vor:

Sie tun, als ob es keine Flaschen, sondern Bomben wären ... Tom hebt triumphierend eine von ihnen über den Kopf und dreht sie zu uns hin, als ob diese Pulle eine Sporttrophäe wäre, die er für seinen mutigen Einsatz bekommen hätte – aber wie jede, die wirklich liebt, bin ich imstande zu verzeihen.

»Juhuu«, rufe ich, »das Saufen geht los!«

Bis zu dem Tag habe ich praktisch keinen Alkohol getrunken: Bier schmeckt mir nicht, Weißwein, den mir Vater etwa zweimal feierlich eingeschenkt hat, finde ich zu sauer, Liköre machen dick und Sektblasen verursachen mir Sodbrennen. Vater ist über meine mangelnde Trinkerfahrung im Bilde, und das scheint ihm Sorgen zu bereiten.

»Dir ist doch klar, dass alle dort nur saufen werden«, bemerkt er am Vorabend unserer Fete.

»Aber Papa, das werden sie nicht.«

Er schickt mir einen vorwurfsvollen Blick mit folgender Botschaft: *Bin zwar nur Busfahrer, aber nicht blöd.*

»Du willst doch nicht etwa vor allen kotzen müssen, oder?«

Grinsend wartet er ab. Seine pragmatische Einstellung hat Erfolg.

»Nein, natürlich nicht«, gebe ich zu.

»Endlich eine vernünftige Antwort«, sagt Vater zufrieden. »Also erstens: Trink nur Wein. Ist das klar? Vorher musst du natürlich etwas essen. Viel Wasser und keinen einzigen Schnaps. Auf keinen Fall mischen. Und zweitens: Trink langsam.«

»Und wie soll ich das machen?«

»Hol dir ein kleines Glas. Du wirst wohl noch ein Weinglas von einem Wasserglas unterscheiden können. Und dann nur nippen.«

Diesmal höre ich aufmerksam zu. Ich merke, die Ratschläge kommen von einem echten Profi.

»Nach jedem Glas machst du eine Pause und schaust, was es mit dir macht. Auf keinen Fall solltest du mehr als einen halben Liter trinken. Achte in deinem eigenen Interesse darauf.«

»Schon gut, mach ich.«

Mitternacht: Für Anfang Juni ist die Nacht unerwartet warm, am klaren Himmel zeigen sich Sterne. Dank Vaters Anweisungen bin ich immer noch nüchtern – im Gegensatz zu vielen anderen, die vom Alkohol bereits dermaßen überwältigt wurden, dass sie gerade noch wankend ihre Hütten ansteuern konnten. Eda ist direkt auf der Terrasse, wo wir sitzen, eingeschlafen. Zur allgemeinen Belustigung deckten Anička und Větev ihn mit einer Armeezeltplane zu, mit der vorher die Tischtennisplatte abgedeckt war. Skippy kann sich zwar noch auf den Beinen halten, aber sein Hemd zeigt deutlich, dass er sich schon übergeben hat. Vartecký verabschiedet sich.

Zehn Minuten später steht Eva auf: Merkwürdig aufrecht, blass vor Müdigkeit, herzzerreißend schön.

»Ich gehe schwimmen«, sagt sie.

Tom versucht ihren Blick zu erhaschen. Marie beugt sich zu Jiřina und flüstert ihr etwas zu; Jiřina nickt. Vom Wasser kommt Kälte herauf, in den Einmachgläsern zittern die Kerzenflammen. Jeff schüttelt resolut den Kopf.

»Wir haben gesagt, nachts gibt es kein Schwimmen. Keiner, der getrunken hat, geht baden.«

»Ich habe nicht getrunken«, sagt Eva barsch und rennt in die Dunkelheit hinein.

Bestürzt schweigen wir: Die Königin ist gegangen.

»Macht euch bloß nicht ständig in die Hose wegen ihr«, zischt Zuzana, aber keiner sagt etwas.

Eine Stunde später sind wir auf der Terasse nur noch zu acht. Die Party ist vorbei – daran können auch keine Bemerkungen über den *gesunden Kern* etwas ändern.

»Hier geht es zu wie im U Fleků«, sage ich in die Stille.

Jeff schenkt mir schweigend nach. Eine Weile später auf dem Klo untersuche ich im Spiegel mein Gesicht. Gerötete Augen, fettig glänzende Haut, Zähne und Lippen rot gefärbt vom Wein – aber vor allem, wenn ich mich nicht unter Kontrolle halte, taucht in meinem Gesicht etwas herb Primitives auf. So sollte mich Tom nicht sehen, denke ich. Aber ist das eigentlich nicht egal? Mit lautem Lachen patsche ich mit nassen Händen auf meine roten Backen. Kaltes Wasser läuft mir den Hals herunter. Im Spiegel sehe ich Toms Gesicht, es ist überraschend fremd, beinahe hässlich. Erst als er bemerkt, dass ich ihn sehe, lächelt er. Seine Augenlider sind geschwollen.

»Zu spät«, sage ich. »Ich habe dich schon gesehen. Vorher. Das hier ist übrigens das Damenklo.«

»Wie vorher?«

»Vor ein paar Sekunden. Bevor du gelächelt hast. Hast wie jemand anders ausgesehen. Böse.«

»Stimmt. Ich bin auch zwei: ein böser und ein netter Junge. Zwei Seelen schlummern in meiner Brust.«

»Musst du mich also umbringen? Wo ich jetzt dein Geheimnis herausgefunden habe?«

Ich drehe mich zu ihm. Er zeigt mir eine in Stroh eingewickelte Weinflasche.

»Was ist das?«

»Chianti. Hab ich zum Abritur gekriegt.«

Ich muss lachen.

»Weißt du, dass du Abritur gesagt hast?«

Sein Pony hängt ihm in die Augen und ich streiche ihn zur Seite. Das ist das erste Mal in meinem Leben, dass ich Tom *wirklich* berühre. Es ist das erste Mal, dass wir *wirklich* alleine sind. Es fehlt nur noch die Dunkelheit. Die grässliche Neonröhre macht mich ganz nervös.

»Wollen wir nicht spazieren gehen?«, frage ich.

Draußen unter dem Sternenhimmel rede ich mir die ganzen frostigen Wahrheiten von der Seele. Er versucht, die unerwartete Flut zu stoppen, aber ich lasse mir das Wort nicht nehmen.

»Du bist ein totaler Egoist, wusstest du das?«, ich lächle ihn an. »Ein total taktloser Egoist, weißt du?«

»Warte mal, warte.«

»Nein, du sollst warten. Jetzt bin ich dran. Ich bin mächtig angetütert und daher endlich mal imstande, irgendjemandem die ganze Story zu erzählen. Und du bist vielleicht auch der Einzige, der mich verstehen kann. Also hör zu. Hörst du mir zu?«

Endlich gibt er auf: »Ja, ich höre dir zu.«

Das Gras ist feucht, unsichtbare Wellen schlagen gegen das unsichtbare Ufer.

»Wir beide haben da so eine *Seelenverwandschaft im Unglück*, das gibst du doch zu, oder?«, sage ich.

Überrascht blinzelt er zu mir hin. Er ist aber aufrichtig genug, um nicht begriffsstutzig zu spielen.

»So ist es brav«, sage ich lobend. »Und wir wissen auch, dass ich ein armer Autoschrauber aus einer Autowerkstatt an der Peripherie bin, für den es außer Mercedes kein *anderes* Auto gibt, wobei er ganz genau weiß, dass er sich nie einen wird leisten können.«

Ich habe Angst, er könnte diesen Vergleich mit irgendeiner banalen Wortklauberei kaputt machen, nur um die eigene Verlegenheit zu kaschieren. Er schweigt aber.

»Oder lass uns ein anderes Bild nehmen: Wenn sich zwei Menschen aus unterschiedlichen sozialen Schichten begegnen, meiden sie taktvoll jede Bemerkung über Geld – verstehst du, was ich sagen will? Verstehst du, woraus eure Rücksichtslosigkeit besteht?«

»Eure?«

Er wankt, ich halte ihn am Ellbogen fest.

»Von dir, Jeff und den anderen hübschen Jungs.«

»Woraus soll die denn bestehen?«

Natürlich weiß er Bescheid, er will es nur nicht zugeben.

»Daraus, dass ihr bei jeder Begegnung mit dem prallen Portemonnaie protzt.«

Ich kann ihn nicht mehr halten. Gleich darauf stoße ich in der Dunkelheit schmerzhaft mit dem Knie gegen eine Holzbank. Ich lasse mich tonlos auf sie fallen. Tom stolpert rückwärts in meinen Schoß. Ich drücke seinen Kopf an meine Brust und streichle sein Haar.

»Die Diktatur der Anmut«, fahre ich fort. »Faschismus des Äußeren.«

Alkohol verleiht mir Flügel.

»Was bleibt mir also übrig? *Libor*«, lache ich bitter, »oder ich mach mir selbst Geschenke.«

Er lehnt den Kopf zurück und schaut mich an, aber anders als vorher.

»Zeig mal«, sagt er. »Zeig mal, wie du dir's machst. Wir könnten die Technik vergleichen.«

Unsere Freiheit ist grenzenlos.

»Bist du des Wahnsinns? Ich habe mir einmal im Spiegel dabei zugesehen … Beim Orgasmus sehe ich aus, als ob man mir mit einer Zange die Fußnägel abreißt.«

Wir lachen. Mit Mühe setzt er sich wieder hin und betrachtet mich neugierig. Dann streichelt er mit beiden Händen meine Brust. Ich wehre mich nicht.

»Nimmst du Geschenke auch von anderen?«

»Nur zu Weihnachten.«

Unruhig rutscht er hin und her: »Nicht mal einen kleinen Vorschuss?«

»Den schon.«

Er gibt mir einen schönen langen Kuss.

(Musik, Streicher.)

Dann rollt er sich in meinem Schoß zusammen und schläft ein. Ich höre sein Schnarchen und fühle mich glücklich und verzweifelt zugleich. Soeben bin ich im Mercedes zweimal um den Block gefahren – und für den Rest meines Lebens werde ich zu Fuß gehen müssen.

Jeff

Der Julinachmittag ist sonnig und warm. Sie treffen sich vor der Eisenbahnbrücke. Natürlich küssen sie sich nicht – seit dem Moment, als Eva Jeff gebeichtet hat, dass sie auf Slapy ihre Unschuld verloren hat, sind erst vierzehn Tage vergangen.

Die ganzen zwei Wochen ging Jeff ihr konsequent aus dem Weg; die Vorstellung, ihr zu begegnen, verursachte ihm ein merkwürdiges Schwindelgefühl, Bauchschmerzen und Herzklopfen auf einmal. Jetzt aber steht sie ihm gegenüber, in Sommersandalen und einem leichten Trägerkleid, mit ernster Miene, ruhig, ohne jegliche Anzeichen von Reue. Vom Fluss her kommt Wind auf, Eva muss ab und zu ihr Kleid festhalten. Noch bevor Jeff etwas sagen kann, tauchen Hujerová und Větvičková auf: Die beiden laufen direkt auf sie zu, man kann die Begegnung nicht vermeiden. Sie sehen verlegen aus, reißen sich aber bald zusammen.

»Ahoj!«, lächelt Větvičková. »Macht ihr auch einen Spaziergang?«

Jeff schweigt.

»Kann man so sagen«, antwortet Eva.

Hujerová beobachtet sie.

»Ihr seht aus wie aus der Werbung für einen Bausparvertrag.«

Eva zuckt mit den Achseln.

»Der Schein trügt.«

Eine peinliche Stille macht sich breit.

»Hab ich was Falsches gesagt?«, fragt Hujerová unsicher.

Větvičková tut, als ob sie das Panorama der Prager Burg auswendig lernen würde. Jeff schüttelt genervt den Kopf und geht ein paar Schritte vor.

»Wir haben ein Problem, Jeff und ich«, klärt Eva die beiden auf und zieht ironisch eine Augenbraue hoch.

Jeff traut seinen Ohren nicht.

»Na dann tschuldigung«, sagt Hujerová. »Wir sind schon weg.«

Aus irgendeinem Grund flüstert sie, womit sie Jeff noch mehr auf die Nerven geht.

»Machts gut, Mädels«, sagt er kühl.

Er schreitet voran, ohne sich umzuschauen. Er weiß, dass das nicht gerade die feine englische Art ist, aber es ist ihm egal. Eva folgt ihm gehorsam, aber nach etwa hundert Metern koppelt sie sich ab, lässt ihn weitergehen und läuft über einen schmalen, nur mit Seilen gesicherten Steg zu einem Schwimm-Ponton hinunter. Sie zieht die Schuhe aus, rafft ihr Kleid hoch, setzt sich auf die graue Treppe und taucht die Füße bis zu den Knien ins Wasser. Nun muss Jeff ihr folgen, und das ärgert ihn: Er fühlt sich in die Defensive gedrängt. Dabei ist sie diejenige, die sich verteidigen sollte. Heute sollte er bestimmen, wo sie sich hinsetzen.

»Drei Jahre habe ich auf dich gewartet«, sagt er endlich. »Drei Jahre lang hab ich keine andere Frau angeschaut. Drei Jahre lang habe ich mich in übermenschlichem Verständnis und in Geduld geübt.«

Kleine Wellen klatschen gegen den Ponton. Diese Sätze hat

er sich zu Hause zurechtgelegt. Eva beobachtet konzentriert ihre Zehen unter der grünbraunen Wasseroberfläche. Es sieht fast so aus, als ob sie sie zählen würde. Jeff findet ihre Reaktion enttäuschend: Er hat erwartet, dass seine berechtigten, logischen Vorwürfe sie mehr treffen würden.

»Drei Jahre«, wiederholt er mit bebender Stimme. »Drei Jahre lang hast du gesagt, dass es noch zu früh ist.«

Er bemerkt, dass seine Hände zittern.

»Ich weiß.«

Beide schauen ins Wasser.

»Findest du nicht vielleicht auch«, Jeff versucht vergeblich ruhig zu bleiben, »dass nach alldem eher ich der Erste sein sollte als der Vartecký?«

Vor lauter Eifersucht kann er den Namen kaum aussprechen. Von der Brücke her nähert sich ein Ausflugsdampfer. Eva dreht sich zu Jeff und will ihn streicheln, er weicht aus. Dich fasse ich nie wieder an, denkt er.

»Das ganze letzte Jahr hast du gebettelt, wir mögen doch noch ein wenig warten, du würdest dich noch nicht so *richtig vorbereitet* fühlen ...«

»Das stimmt.«

Sie will noch etwas sagen, Jeff wartet. Er beobachtet die angeschwemmten Zweige und Abfälle zwischen dem Ponton und den steinernen Quadern der Kaimauer. Vom Dampfer hört man Rufe und Pfiffe, aber Evas heller Kopf bleibt gebeugt.

»In Wirklichkeit habe ich es wohl gar nicht verschieben wollen. Ich wollte wahrscheinlich, dass du es machst.«

Das verschlägt Jeff den Atem.

»Wie??!«

Eva schaut ihm direkt in die Augen.

»Ich habe doch bestimmt nicht gewollt, dass du die ganzen drei Jahre wartest ... Das ist doch lächerlich ...«

Jeff bleibt der Mund offen stehen – er ist vollkommen durcheinander.

»Lächerlich?! Wie lächerlich?«

»Lass uns aufhören.«

»Moment«, sagt Jeff stur. »Nur eine Minute.«

»Ich habe keine Lust mehr, darüber zu reden.«

Jeff starrt sie an wie ein überirdisches Wesen.

»Also, ich fasse zusammen«, sagt er mit plötzlicher Entschiedenheit. »Du hast mich drei Jahre lang gebeten, noch zu warten, aber *tief in deiner Seele,* oder wo auch immer, hast du dir gewünscht, dass ich nicht warte? *Unterbewusst* oder so ähnlich hast du gewollt, dass ich es mache?«

Eva schließt die Augen.

»Du hast es gewollt und hast trotzdem etwas ganz anderes gesagt? Ist das richtig?«

Eva beugt sich noch mehr nach vorne, schöpft mit der Hand Wasser und gießt es über ihre nackten Knie.

»Stimmt das oder stimmt es nicht?«

»Du hast schon Recht.«

Er starrt auf ihren Nacken und die halb entblößten Brüste – und stellt sie sich nackt mit Vartecký vor. Wütend scheucht er dieses Bild weg.

»Wegen solcher Dinge sollte man euch schlagen«, sagt er ernsthaft. »Wenn nicht gleich umbringen.«

»Dann macht es entweder«, antwortet Eva leise, ohne hoch zu blicken, »oder redet nicht darüber.«

Hujerová

Unser erstes Klassentreffen nach dem Abi findet im Restaurant U Medvídků auf Perštýn statt, aber ich steige schon am Karlsplatz aus der Straßenbahn aus: Erstens mag ich diese Haltestelle lieber als das ewige Gedränge vor dem Kaufhaus

Máj – und zweitens kann ich unterwegs alle wichtigen Libor-Daten wiederholen. Vor der Kirche des Heiligen Ignatius laufe ich über die Ječná-Straße und durch den Park bis zum Neustädter Rathaus. Hier hat 1963 mein Vater meine Mutter geheiratet. Da ich zu früh bin, beschließe ich einen kleinen Umweg über die Vodičkova und die Jungmann-Straße zu machen. Vor dem Tuzex-Laden will sich einer der dort herumstehenden Valutenschieber an mich heran machen. Nachdem er mich aber besser ins Visier genommen hat, dreht er sich um und tuschelt mit seinem Kollegen. Ohne es zu wollen, lege ich einen Schritt zu, aber ihr garstiges Gekicher holt mich nach ein paar Metern trotzdem ein.

Das Treffen hat Marie organisiert: Sie rief alle, die ein Telefon zu Hause haben, persönlich an, und denen, die immer noch vergeblich auf den Telefonanschluss warten, schickte sie mit ausreichendem Vorlauf ein Telegramm. Der wahre Grund für ihren unglaublichen Arbeitseinsatz stellt sich bald heraus: Nachdem in dem reservierten Salon im ersten Stock des Restaurants auch der letzte Nachzügler seinen Platz gefunden hat und der Kellner vor jeden von uns einen billigen warm gewordenen Wermut gestellt hat, teilt sie uns feierlich mit, dass sie in anderen Umständen sei und in einem Monat Karel heiraten werde. Karel lächelt.

»Super!«, ruft Skippy und schneidet gleich mehrere Grimassen auf einmal.

Als ich kurz danach erfahre, dass man ihn an der Medizinischen Fakultät aufgenommen hat, überrascht mich dies mehr als die soeben angekündigte Hochzeit – oder als jene genauso vorhersehbare Tatsache, dass wann immer auch Eva und Jeff Händchen halten, Tom die Augen von ihren ineinander verflochtenen Fingern abwendet.

Fast alle sind gekommen, bis auf Dana und Honza: Dana liegt im Krankenhaus wegen einer nicht näher bestimmten Operation (wir sind neunzehn, strotzen vor Gesundheit, und diese Erklärung kommt fast einer Ausrede gleich), und Honza ist mit seinen Eltern nach Schweden emigriert. Fast zwei Drittel von uns sind zum Hochschulstudium zugelassen worden: Tom wurde im zweiten Anlauf an der Pädagogischen Fakultät genommen, Eva und Jeff haben sich an der Juristischen Fakultät eingeschrieben, Marie, Karel und Rudolf studieren Wirtschaft. Katka hat man nicht an der Filmakademie genommen, aber sie will es im nächsten Jahr noch einmal versuchen, Irena macht eine Zusatzausbildung als Zahnarzthelferin, Zuzana hat nach einem Semester die Medizin geschmissen und arbeitet jetzt als Kindergärtnerin. Und so geht es immer weiter. Von all den neuen Informationen schwirrt mir bald der Kopf. Wir bestellen das Essen, die ersten Fotos gehen herum: Unbekannte Gesichter, neue Freunde und Mitbewohner. Worte, die wir die ganzen Jahre kein einziges Mal benutzt haben, kommen uns so natürlich über die Lippen, als ob wir sie seit unserer Kindheit kennen würden: *Semester, irritierend, de facto – de iure, Seminarschein, Studienbuch.* Aus dem Aquarium über der Bar schauen uns irgendwelche hässlichen Fische zu. Ich merke, wie sich einige Mitschüler von diesem Treffen innerlich distanzieren: Sie haben sich inzwischen funkelnagelneue andere Leben zugelegt, und von diesen Leben sind sie quasi nur auf einen Sprung vorbeigekommen. Wir benehmen uns so, als ob ein Klassentreffen so etwas wie eine Schulaufführung wäre – genauso nett und genauso bedeutungslos.

Der Kellner gibt unsere Bestellungen an die Küche weiter, kehrt zurück zur Bar, holt von irgendwoher ein Stück rohes Fleisch, hackt es auf einem Schneidebrett klein und schiebt zu meinem Entsetzen die Fleischstückchen mit dem Messer vom Brett ins Aquarium.

»Um Gottes willen.« Mir stockt der Atem. »Habt ihr das gesehen?«

»Piranhas«, klärt uns Karel unaufgeregt auf.

Wir haben bereits alles gesehen, wir wissen bereits alles.

Der Wein ist miserabel (Marke Klostergeheimnis), aber das stört mich nicht: Bis dahin habe ich ohnehin nie einen richtig guten Wein getrunken und kann daher keine Vergleiche anstellen.

»Und ich habe mich verlobt!«, verkünde ich nach dem dritten Glas (ich zähle immer noch die Gläser) und grinse Irena bedeutungsvoll an.

Nachträglich erschrecke ich vor meinem Mut. Ich hatte nichts dergleichen vor. Ich weiß auch nicht mehr, warum ich das gesagt habe. Irena blinzelt überrascht, presst ihre Ellenbogen ganz dicht an den Körper und hypnotisiert mit den Augen ihre Handtasche – am liebsten würde sie mit beiden Händen nach ihr greifen und sie in ihren Schoß legen. Einige Mitschüler tauschen Blicke aus. Marie seufzt.

»Nein!«, ruft Zuzana laut. »Wirklich?«

Ich bin nicht mehr aufzuhalten.

»Ja, ja.«

»Herzlichen Glückwunsch!«, sagt Zuzana. »Und wann führst du ihn uns vor?«

Die Wahrscheinlichkeit, dass sie an Libors Existenz glaubt, ist mit ihrem Glauben an den Weihnachtsmann zu vergleichen.

»Er holt mich um elf ab. Dann habt ihr endlich die Ehre.«

Jetzt werden alle unsicher. Sie können sich nicht vorstellen, dass man mit einer solchen Leichtigkeit fabulieren kann. Ich selbst hätte es auch nie für möglich gehalten, aber in gewissem Sinn kämpfe ich um das nackte Überleben – und in solchen Momenten bringt man wohl auch Unmögliches zustande.

»Dann hast du auch einen Verlobungsring«, stellt Marie fest.

»Meinst du dieses goldene Ekelteil?«

Ich ziehe von meinem Mittelfinger einen überkandidelten, geschmackslosen Ring mit einem kleinen Diamanten herunter – ich habe ihn im letzten Herbst von Vater zum achtzehnten Geburtstag geschenkt bekommen – und lasse ihn herumgehen. Er wird mit größter Sorgfalt untersucht. Die Piranhas schlucken das Fleisch hinunter.

»Soll das ein Diamant sein?«

»Sagt Libor. Ich glaube eher, dass es Glas ist.«

»Erzähl doch nichts, das ist ganz bestimmt ein Diamant!«, behauptet Adélka.

Sie scheint sich in solchen Dingen auszukennen. Sie hat mich immer nett behandelt und nie an Libor gezweifelt – ihretwegen kann ich endlich nachvollziehen, was *die Gabe des Glaubens* überhaupt heißt.

»Wenn das wirklich ein Diamant ist, dann bin ich wohl eine glückliche Frau«, sage ich lächelnd.

Ich bin mit mir selbst zufrieden; sogar Tom wirft mir einen kurzen Blick zu. Ich verstehe nicht, woher ich solche Sätze nehme. Vielleicht erscheinen sie mir im Traum. Vielleicht bereite ich mich auf solche Auseinandersetzungen im Schlaf vor.

»Woher hat er die Kohle für einen Diamantring?« Zuzana bringt ihre Zweifel zum Ausdruck. »Hast du nicht erzählt, dass er Elektroinstallateur ist?«

»Vielleicht hat er die Elektrik bei einem Juwelier installiert!«, kichert Skippy.

»Na, sag mal, wo hat er das Geld her?«

»Das ist es eben«, sage ich scheinbar genervt und zwinkere dabei Irena zu. »Den Ring hat sein Papa bezahlt.«

»Das hat Libor dir einfach erzählt?«

»Das hat mir Libor einfach erzählt.«

»Und was hast du dazu gesagt?«

Ich schaue quer über den Tisch Adélka an und klimpere gut gelaunt mit den Wimpern:

»Ich habe ihn gefragt, ob ich ab jetzt auch seinen Papa bumsen muss.«

»Super!«, schreit Skippy automatisch.

Es wird immer später und Libor kommt und kommt nicht. Um halb zwölf rufe ich aus der Telefonzelle vor dem Kaufhaus Máj bei ihm zu Hause an. Sein Vater teilt mir mit, dass Libor zum Notarzt musste, er habe sich heute Abend beim Hallenfußball den Meniskus verletzt. Er schlägt vor, dass er mich selbst abholt. Sein Angebot lehne ich natürlich ab. Ich kehre zurück ins Restaurant und erzähle es Marie, Zuzana und den anderen.

»Hab ich es doch gewusst!« Zuzana zieht eine hässliche Grimasse.

Skippy

Im Grunde genommen war es nichts anderes als Unaufmerksamkeit. Jede Wette, dass die halbe Klasse Völkerball regelrecht gehasst hat. Warum haben wir dann immer wieder dieses beschissene Spiel spielen müssen? Jedes Mal drehte ich mich gleich am Anfang mit dem Gesicht zur Wand und ließ mich als Erster abwerfen, direkt in den Rücken. »Skippy, streng dich doch ein bisschen an, so ein Tollpatsch bist du auch wieder nicht!« Das war O-Ton von unserer Sportlehrerin Marta – so jung und schon so grausam. Was hätte ich ihrer Meinung nach tun sollen? Hin und her rennen und warten, bis mir ein wettbewerbsgeiler Idiot aus einem Meter Entfernung den Ball direkt ins Gesicht schießt? Fragt doch die Hujerová. Entweder hat es die Genossin Sportlehrerin damals nicht gemerkt oder sie war eine echte Sadistin. Übrigens ist

Sport ein totaler Blödsinn. Er gibt sich den Anschein eines gut organisierten Freizeitvergnügens, aber in Wirklichkeit hat er sich bereits jeglicher Kontrolle entzogen. Wenn man zum Beispiel weiß, wie viel Dortmund an Rosický gezahlt hat, dann muss doch jedem klar sein, dass sich Sport längst außerhalb aller menschlichen Dimensionen abspielt. Im Fernsehsessel übertrumpfen wir uns gegenseitig mit scheinbar fachmännischen Kommentaren zur Angriffstaktik und zum modernen Fußball überhaupt – und ahnen dabei gar nicht, dass wir uns längst nur noch von Geld verarschen lassen. Das Zuschauertum als Ersatzemotion. Damit wird man nur davon abgelenkt, was im Leben wirklich wichtig ist. Genauso wie mit den ganzen Computerspielen, Diäten, schwimmenden Fußböden und ähnlichem Zeug. Jeff könnte da Geschichten erzählen. Der hat so lange Sport betrieben, bis er sein ganzes Leben verspielt hat. Man pfeift sich abends vor der Glotze ein blödsinniges Viertelfinale rein, während im Schlafzimmer die Ehefrau die Koffer packt – nicht dass ich eine Frau hätte oder haben möchte, das war jetzt nur ein Vergleich. Mensch Skippy, wo nimmst du deine ganzen Vergleiche her ... Und eines sage ich euch: Seit zwanzig Jahren verfolge ich regelmäßig die englische, italienische, deutsche und spanische Liga, all die Pokale, Wettbewerbe, Champions Leagues und Meisterschaften, aber eigentlich hat es mich nie wirklich interessiert. Ich bin kein Fan, ich spiele bloß einen – vor den anderen und auch vor mir selbst. Ich rede mir ein, dass es Spaß macht. Definitiv klar geworden ist mir das bei der letzten Weltmeisterschaft in der Jágr-Bar: Nach ein paar Bieren bin ich dort am Tisch eingenickt, und als ich die Augen wieder öffnete, sah ich etwa fünfzig anständig gekleidete erwachsene Männer (auch unser Chefarzt und der Anästhesist waren mit von der Partie) unisono drei identische Senegalesen auf drei identischen Bildschirmen anschreien. Da habe ich bezahlt und bin nach Hause gegangen, ohne dass es jemandem aufgefallen wäre. Es war wie in einem Thriller: Das Opfer befindet sich alleine mit dem Verbrecher in der Wohnung, und plötzlich klingelt die Polizei. Der Verbrecher schickt die Frau zur Tür, stellt sich aber direkt neben sie und richtet die Pistole auf ihren Kopf. Wenn du nur einen Mucks von dir gibst, bist du tot, du blöde Gans. Alles in Ordnung, Madame? säuselt die Polizei. Wir haben Lärm gehört. Alles in Ordnung, Herr Wachmeister, sagt die Frau, und die Augen springen ihr fast aus dem Kopf, aber dieser Idiot von einem Polizisten legt nur die Hand an die Mütze und geht. Die Menschen sind einfach blind und taub.

Hujerová

Meinen Verlobten verliere ich in der Schleuse neben der Střelecký-Insel.

Noch heute, zwanzig Jahre später, wenn Boris, die Kinder und ich einen Spaziergang auf Petřín machen, bleibe ich an dem steinernen Brückengeländer stehen, lehne mich über die Brüstung nach vorne und versuche, in dem trüben Wasser unter mir sein Gesicht zu erhaschen. Andulka verliert die Geduld und geht vor.

»Jesusmaria, was suchst du denn da?«, ruft mir Boris zu.

In seiner Stimme klingt die gutmütige Überlegenheit mit, die seine Beziehung zu mir kennzeichnet und die ich ihm nicht verübeln kann. Auf dem Kopf trägt er einen grauen Tweedhut. Genau jene Sorte Hut, die ich seit eh und je mit älteren Herrschaften in Verbindung bringe. Nie hätte ich geglaubt, dass mein Mann einen solchen Hut tragen wird – aber aus unerfindlichen Gründen mag Boris ihn, und ich habe nicht das Herz, ihn zu bitten, die Kopfbedeckung zu wechseln.

»Das weiß ich selbst nicht«, antworte ich. »Einen schicken Hut hast du auf!«, sage ich lachend.

Boris schaut vielsagend Lukáš an und tippt sich mit dem Zeigefinger an die Stirn. Lukáš kichert, aber in seinem Lachen schwingt etwas Gezwungenes, Nervöses mit – wie immer, wenn er etwas nicht versteht. Noch als wir Hand in Hand über die Kreuzung am Újezd laufen, spüre ich, wie er mich von der Seite mustert. Im Park rennt er sofort los, dreht sich aber alle zehn Meter um und vergewissert sich, dass ich noch da bin.

Gegen Morgen, an der Grenze zwischen Schlaf und Aufwachen, da habe ich manchmal komische, böse Träume. Etwa eine Woche vor dem zweiten Klassentreffen (diesmal lädt Zuzana alle ein, Marie liegt gerade in der Geburtsklinik) träume ich, wie unsere Klasse durch den Stromovka-Park spaziert und über mich und Větvičková lästert. Irena und ich versuchen, uns näher an sie heranzupirschen, damit wir besser hören können, was sie sagen. Wir schaffen es einfach nicht, weg zu hören – so wie man mit geradezu masochistischer Freude immer wieder mit der Zunge gegen den schmerzenden Zahn stößt ... Die Jungs scheuchen uns weg und werfen mit pieksenden Kastanienschalen nach uns.

»Wisst ihr, warum die Hujerová immer noch Jungfrau ist?«

»Nein, warum?«

Alle, auch Tom, grinsen in freudiger Erwartung. Es tut weh, gleichzeitig ist es auf eine ganz merkwürdige Art auch angenehm.

»Weil sie schneller rennen kann als ihr Vater.«

Diesmal findet das Treffen auf einem Tanzdampfer statt, was ich als keine besonders glückliche Idee bezeichnen möchte (ich muss allerdings zugeben, dass ich nicht gerade objektiv bin): Es sind viel zu viele fremde Leute da, die Musik ist grässlich, und vor der Bar wie auch vor den beiden Toiletten steht man stundenlang an. Zudem verbringt man mehr als ein Drittel der Zeit in den Moldau-Schleusen, wo die Diskomusik und der Motorenlärm dermaßen laut von den glitschigen Mauern zurückprallen, dass man sein eigenes Wort nicht mehr versteht. Von Anfang an versinkt unser Tisch in Rauch und Ölgestank. Die Unterhaltung stockt. Als Organisatorin muss Zuzana lauter kritischen Bemerkungen die Stirn bieten und ist deswegen leicht gereizt.

»Und wie läuft es bei dir, Innenarchitektin?«, schreit sie mich an, als wir in der Schleuse neben der Střelecký-Insel stecken bleiben. »Solltest du nicht eigentlich gerade jetzt vor den Altar schreiten?«

Bis soeben hat sie getanzt, so dass sie noch verschwitzt ist; an ihren Schläfen hängen die Haarsträhnen ganz schlapp herunter. Nach außen hin ist ihr Lächeln freundlich, aber ihre Augen sind ganz kalt. Ich stecke in einer schwarzgrünen Falle aus glitschigen Steinen. Und plötzlich merke ich, dass ich weder die Kraft zu lügen noch eine Möglichkeit zum Flüchten habe.

»Vor einem Jahr habt ihr euch doch verlobt, du und Libor, also hättet ihr binnen eines Jahres heiraten müssen, oder?«, wiederholt sie.

Mutlos schweige ich. Irena steht hastig auf und bahnt sich einen Weg zur Toilette. Man spielt *Das Mädchen mit dem Zitronenschal.* So ein Blödsinn, denke ich. Der Ölgestank verschwindet plötzlich. Um so besser riecht man jetzt den Fisch und das verschüttete Bier. Zuzana schaut den Rest der Klasse an.

»Ich würde mal sagen«, fängt sie ganz langsam an, und die Schadenfreude in ihrer Stimme wird immer deutlicher, »dass es den berühmten Libor gar nicht gibt, was?«

Auf einmal begreife ich, dass ich Libor nie wieder sehen werde. Nie wieder werde ich sehen, wie er vor dem offenen

Schrank mit den Sicherungen steht, wie er sich morgens rasiert oder wie er raucht und die Asche in die hohle Hand klopft. Meine Augen füllen sich mit Tränen.

»Ich habe es immer gewusst, du Lügnerin!«, kreischt Zuzana triumphierend.

Irgendein Mädchen klettert über Rudolf zu mir herüber, setzt sich neben mich und legt mir den Arm um die Schultern. Ich habe nicht den Mut hochzublicken und nehme an, dass es entweder Adélka oder Katka ist. Sie tätschelt meinen Rücken, es ist angenehm, und als ich endlich den Kopf zur Seite drehe, merke ich, dass es Eva ist. Ihre Schönheit ist fast unheimlich.

»Das kommt alles noch«, flüstert sie.

Aus ihrem Mund duftet es fruchtig. Ich kann sogar hören, wie das Bonbon leicht gegen ihre Zähne stößt.

»Die ganze Zeit habe ich es gewusst!«, schreit Zuzana.

Auch das Schlimmste hat sein Gutes: Sobald Libor definitiv im Grabe liegt, begreife ich, dass ich frei bin. Ich habe *tatsächlich* keine Verpflichtungen. Ich bin *wirklich* nicht verlobt, muss mich daher nicht dementsprechend verhalten. Es gibt keinen, dem ich die Treue halten müsste.

Endlich höre ich auf, ständig zu Hause zu hocken und schaue mir mit meinen Studienkollegen (bisher habe ich alle Einladungen ausgeschlagen) einige Kneipen, die in der Nähe von unserer Fakultät liegen, auch von innen an. Mit perverser Freude beobachte ich die ewig voll gekleckerten Tischdecken, die überquellenden Aschenbecher und die verrußten Wände, an denen bunte Wimpel, kunstvoll bearbeitete und lackierte Baumwurzeln, Poster mit nackten Frauen, Schwejk-Figuren aus Draht, signierte Eishockeyschläger und eingerahmte Cartoons aus dem beliebten Witzblatt Dikobraz prangen. In den ersten Wochen komme ich mir vor wie ein Agent auf fremdem Gebiet. Ich spüre eine unbestimmte Angst, dass ich enttarnt werde. Ich habe Angst, dass jemand aufsteht, mit dem Finger auf mich zeigt und schreit: »Was will *die* denn hier? Seht ihr nicht, dass sie *Geschmack* hat?«

Später wird mir zu meiner Überraschung bewusst, dass ich gegen Mitternacht sogar Männerblicke anziehe – allerdings nicht die von meinen Kommilitonen (denen erzähle ich übrigens, dass ich *leicht lesbische Neigungen* habe), sondern von den älteren Herrschaften am Tresen. Habe ich ein tief ausgeschnittenes T-Shirt oder einen hoch aufgeschlitzten Rock an, werfen sie mir schon um neun ihre Blicke zu.

»Männer mögen mich«, gebe ich zu Hause vor Vater an, »aber erst nach dem drittem Bier.«

Für den Anfang ist das wenigstens *etwas,* denke ich. Wenn ich den Bann meiner Virginität brechen wollte, gäbe es genug Möglichkeiten. Endlich höre ich auf, hysterisch zu sein. Es überkommt mich die angenehme Gewissheit, dass ich aussuchen darf – wenn auch erst kurz vor Ladenschluss. Seitdem betrete ich die verrauchten und lauten Etablissements mit dem aufregenden Gefühl, dass nach der Sperrstunde aus jeder zweiten Saufnase mein erster Lover werden könnte.

Ich habe keine Eile, und daher kann ich in Ruhe alles durchdenken. Es ist sonnenklar, dass nur derjenige in Frage kommt, der genau die richtige Menge Bier intus hat. Meine Kommilitonen behaupten nämlich, dass Alkohol in großen Mengen Erektionsstörungen verursacht – das erzählen sie seelenruhig auch in meiner Anwesenheit, was mich freut und beleidigt zugleich.

»Und wenn du ihn trotzdem durch ein Wunder hochkriegst, schläfst du dabei ein.«

»Im schlimmsten Fall kotzt du sie sogar voll.«

»Da versteht ihr hoffentlich, wie leicht eine Frau lesbisch werden kann«, grinse ich.

Allmählich bekomme ich das Image einer *harten Frau.* Wie Tom schon immer gesagt hat: Nichts ist so verlogen, wie der Ruf, in dem man steht.

Nach und nach begreife ich die unerbittlichen Gesetze der Kneipenkonversation. Anfangs herrscht tödliche Langeweile, die Zeit schleppt sich trostlos dahin. Ich sitze schweigend da. Um mich herum sitzen bedeutende Politologen, Psychologen, Philosophen und Kenner der chinesischen Medizin ... Das ganze Gequassel regt mich auf: Ihr oberflächliches Halbwissen bemerkt keiner, eine unsinnige Behauptung stapelt sich auf die nächste, und keinen stört es. Wo Wissen oder logische Argumentation versagen, da helfen Lautstärke oder Pathos. Nach jedem weiteren Bier finde ich es allerdings weniger schlimm, und nach vier fünf Bieren werde ich von einem unkritischen, alles umarmenden Sentiment gepackt (wobei ich allerdings ganz genau weiß, wie schnell dieses Gefühl in Streitsucht und Aggressivität umschlagen kann). Immer öfter beteilige ich mich am Gespräch. Egal was ich sage – zum Beispiel einen totalen Blödsinn über die Expansion des Weltalls – alle nicken zustimmend. Als Gegenleistung erzähle ich auch den größten Idioten, wie unglaublich toll ich sie finde. Ohne dabei mit der Wimper zu zucken. Jemand bestellt einen Fernet für mich. Wir umarmen uns. Immer wieder gibt mir jemand einen Klaps auf meinen dicken Hintern oder sogar einen Schmatzkuss auf die Wange.

Man mag mich.

Ab und zu fragt man selbstverständlich nach meinem Freund. Jedes Mal setze ich ein trauriges Lächeln auf (um später im Notfall behaupten zu können, dass es nicht ernst gemeint war) und erzähle, dass mein Verlobter bei einem Schiffsunglück umgekommen ist. Die Geschichte ist ausreichend originell: Keiner kommt auf die Idee, dass ich mir so etwas ausdenken könnte. Außerdem genießen in der Tschechoslowakei Seeleute ein ziemlich hohes Prestige. Mit dieser Auskunft wehre ich jede wollüstige Attacke kinderleicht ab. Der Tod, wenn auch nur in ausgedachter Form, hält jeden zurück. Ich bin die *Seemannswitwe*. Eine geheimnisumwitterte Frau. Die Details behalte ich für mich.

Sollte ausnahmsweise doch jemand fragen, sage ich: »Sei mir nicht böse, aber ich möchte nicht darüber reden. Das Ganze ist noch zu frisch.«

»Klar, verstehe ich.«

Wenn das menschliche Leben keine Farce ist.

Als ich einmal total betrunken bin, höre ich auf, mich zu kontrollieren, und fabuliere etwas über das furchtbare Los der Seemannsfrauen: die ewige Warterei, die Freuden der Rückkehr … Meine Tischgenossen gehen mir ins Netz wie Walfischbabys (manchmal denke ich, dass ich ruhig Schriftstellerin hätte werden können). Die Vorstellung der Rückkehr eines vor lauter Enthaltsamkeit aufgegeilten Seemanns erregt mich außergewöhnlich stark. Noch in der Kneipe weiß ich ganz genau, wie rasend schnell ich zu Hause die verrauchte Wäsche in die Waschmaschine stopfen, duschen und ins Bett hüpfen werde, um diese Phantasie entsprechend zu vertiefen.

Eva

Autoerotik betreibe sie nicht, sagte Jeff immer. Nicht dass sie es irgendwie anstößig fände, das nicht, sie schäme sich wohl eher vor sich selbst.

Mit vierzehn hat sie es einmal aus Neugierde versucht. Sie nahm ein Bad, sagte den Eltern Gute Nacht, schloss sich leise in ihr Zimmer ein, zog die Vorhänge zu und machte das Licht aus – und trotzdem hatte sie das Gefühl, als ob die vertrauten Gegenstände um sie herum, deren Umrisse sie nur schemenhaft erkennen konnte, sie erstaunt und missbilligend beobachteten. Sie starrte in die Dunkelheit und kam sich dermaßen merkwürdig, fast *fremd* vor, dass sie es nach einer Weile dabei bewenden ließ. Auch später verspürte sie kein Bedürfnis, diese Erfahrung zu wiederholen. Sie hat mit der Sache nie angefangen, kann es also auch gar nicht vermissen – mehr war nicht dabei. In den unendlichen Monaten, als sie Jeff immer wieder zurückwies, fing er natürlich an zu behaupten, Eva sei wohl *etwas frigid*. Sie konnte es ihm nicht verdenken und versuchte daher nicht einmal, es ihm auszureden, aber seit der einen Unterrichtsstunde mit Varteckÿ wusste sie genau, wie es um sie stand.

Varteckýs Erscheinen wird von der Klasse mit einer neugierigen Stille begleitet – sie haben gar nicht mit ihm gerechnet. Er ist kein Jüngling mehr, hat die vierzig schon überschritten; ein großer, stattlicher Mann, etwas beleibt. Vor kurzem muss er beim Friseur gewesen sein (Eva merkt es an den hellen Streifen am Ende seiner Koteletten), das Stoppelfeld auf seinem Gesicht ist aber mindestens zwei Tage alt. Seine Kleidung: hellbraune Cordhose und dunkles kariertes Hemd, hochgekrempelte Ärmel. In seinen starken braungebrannten Armen trägt er einen Plattenspieler, auf ihm liegen zwei Lautsprecher und ein paar Schallplatten, ganz obenauf seine abgewetzte Ledertasche. Ohne jegliche Nervosität betrachtet er die Klasse, jedes Gesicht einzeln. Er strahlt eine sympathische Selbstsicherheit aus, im Gegensatz zu vielen anderen Lehrern braucht er nicht um seine Autorität zu kämpfen. Eva findet das angenehm. Die Nervosität anderer Leute überträgt sich immer sofort auf sie, und wenn sie jemandem begegnet, der – wie soll man sagen – *selbständig ist*, empfindet sie das immer als Erleichterung.

»Die 3C?«, fragt Varteckÿ.

»Ja!«, ruft Zuzana kokett. »Das sind wir!«

Er nickt, stellt die ganze Ladung auf den Tisch, macht seine Aktentasche auf, holt einen großen Schlüsselbund hervor und mustert ihn fragend. Er kneift die Augen zusammen, von seinen Augenwinkeln laufen strahlenförmig kleine Falten auseinander. Eva gefällt es, dass er sich normal benimmt. Skippy zeigt auf den Schlüsselbund.

»Schlüssel«, sagt er laut. »Ein beliebtes, häufig benutztes Werkzeug zum Aufschließen von Türen.«

Die Klasse tuschelt belustigt, und Eva fühlt ihre Nervosität wieder aufsteigen. Irgendwo in ihrem Inneren befürchtet sie, Vartecký könnte mit der Situation nicht fertig werden. Aber sie macht sich unnötig Sorgen. Mit ernstem Gesicht deutet er auf Skippy:

»Klassenkasper. Beliebt, fürs Leben unbrauchbar.«

Erfreut lacht Eva zusammen mit den anderen.

Objektiv gesehen, macht sich Vartecký diese Stunde ganz leicht – er lässt sie abstimmen und spielt ihnen dann kommentarlos zwei Schallplatten vor, die die meisten Stimmen bekommen haben: Fibichs Melodram *Der Wassermann* beruhend auf Motiven der gleichnamigen Ballade von Karel Jaromír Erben und *Das Dschungelbuch* von Rudyard Kipling (das Angebot der Schulphonothek ist alles andere als üppig). Anfangs treiben einige Jungs mit Skippy an der Spitze Schabernack, aber Vartecký bringt sie jedes Mal mit einem Blick zum Schweigen, in dem mehr Mitleid als Drohung mitschwingt. Für den Rest der Stunde bleibt die Klasse ruhig. Skippy lässt in der Pose eines Besiegten den Kopf auf die Tischplatte fallen und verharrt so demonstrativ bis zum Ende der Stunde.

Wie lächerlich das auch klingen mag, fühlt sich Eva von der vertonten Ballade über den Wassermann und seine irdische Braut *erregt*. Bis heute kann sie nicht erklären, warum. Sie kann nicht sagen, ob es an der suggestiven Musik lag, an ihrer eigenen entflammten Phantasie oder an Varteckýs Anwesenheit – etwas Vergleichbares hat sie bisher nie erlebt. Sie presst die Beine gegeneinander und stellt sich die junge Frau vor, wie sie an einem Freitagmorgen zum See läuft. Sie sieht sich selbst mit zitternden Knien, aber trotzdem merkwürdig gelassen, am Holzsteg auf diesen komischen Mann warten, der sie bald zu sich in die Tiefe hinunter ziehen wird.

Bei Mowgli hört sie nicht mehr zu. Vartecký blättert gelangweilt in irgendwelchen Papieren, massiert sich die Schläfen, starrt die graue Fassade des gegenüberstehenden Hauses an und füllt in einem Formularvordruck irgendwelche Namen aus. Ein einziges Mal treffen sich ihre Blicke: Vartecký scheint zu zögern, dann aber stützt er seinen Kopf in eine Hand und beugt sich wieder über seine Papiere.

Es klingelt, und alle rennen aus der Klasse. Die Platte mit Mowgli dreht sich immer noch auf dem Plattenspieler. Normalerweise verhält sich Eva genauso, aber diesmal kommt ihr das plötzliche, beinahe demonstrative Desinteresse am Lehrer taktlos vor.

»Ich helfe Ihnen damit«, bietet sie betont sachlich an.

Instinktiv passt sie auf, dass sie mit ihm nicht so redet wie Zuzana zum Beispiel.

»Schön.« Mehr sagt er nicht.

Eva nimmt die beiden Lautsprecher und die Schallplatten, für Vartecký bleiben der Plattenspieler und die Aktentasche übrig. Jeff, Tom, Skippy und die anderen sehen ihr erstaunt zu, aber sie tut, als ob nichts Ungewöhnliches passieren würde. Schweigend gehen sie durch den Flur. Eva ist froh, dass sich Vartecký nicht um die übliche joviale Konversation bemüht. Den einzigen Witz macht er erst in seinem Zimmer, schaut dabei aber ernst drein.

»Stell es hier hin, Menschenjunges.«

Zum ersten Mal in ihrem Leben streift sie mit Absicht jemanden mit der Brust; so etwas hat sie noch nie gemacht. Er blickt sie an, und sie wird rot.

»Danke.«

Eva nickt und bleibt stehen. Sie weiß nur zu genau, dass ihre Anwesenheit im Zimmer ab jetzt mit nichts mehr zu rechtfertigen ist, tut aber trotzdem so, als ob ihr Verhalten vollkommen normal wäre. Das macht die ganze Situation um so ungeheuerlicher.

»Belastungsprobe«, sagt Vartecký.

Es klingt eher nach einer Feststellung als nach einer Frage.

»Für beide«, fügt Eva hinzu.

Sie erkennt sich nicht wieder. Schluckt. Atmet.

»Wenn du nicht verschwindest, flieg ich hier raus.«

Sie tritt näher. Er fasst sie mit zwei Fingern am Kinn, zieht sie zu sich und gibt ihr einen prüfenden Kuss, dann küsst sie ihn und rennt weg.

»Hätte er mir damals befohlen, mich auszuziehen, hätte ich es gemacht«, sagt sie zwanzig Jahre später zu Skippy. »Ich hätte *alles* gemacht, verstehst du?«

Skippy verdeckt sich unglücklich mit beiden Händen das Gesicht. Eva findet, dass er wie eine Comicfigur aussieht.

»Meinst du immer noch, dass ich *frigid* bin?«, lacht sie.

»Aber damit wird alles nur noch schlimmer!«, ruft Skippy. »Es wäre tausendmal besser, wenn du einfach nur frigid wärest!«

»Tut mir leid, wenn ich dich enttäuscht habe.«

»Von wegen mich … Wie hätte Jeff *das* verkraften sollen? Wie sollte er das Bewusstsein ertragen, in dir nicht einmal die Hälfte einer ähnlichen Begierde entfachen zu können?«

Überrascht streichelt ihm Eva über die Wange.

»So ist das im Leben, Skippy«, sagt sie. »Da kann ich doch nichts dafür.«

Hujerová

Drei Jahre nach dem Abi bringt sich Irena Větvičková um.

Ich erfahre es als Erste aus der ganzen Klasse noch am gleichen Abend von ihrer Mutter (das schlimmste Telefongespräch meines Lebens), und es liegt an mir, diese Nachricht an meine lieben Mitschüler weiterzugeben. Ich stürze zwei Fernet hinunter und rufe bei Tom an.

»Hallo Tom, ich bin's. Störe ich?«

»Nein, überhaupt nicht.«

Es klingt vorsichtig, so dass ich eine gewisse Genugtuung empfinde: Gleich bekommt er den Beweis, dass dieser späte Anruf seine Berechtigung hat.

»Hör zu Tom, ich habe eine ganz schlimme Nachricht: Irena hat sich heute Nachmittag umgebracht.«

»Was? *Welche* Irena?«

Ich verstehe das gut: Wir haben alle vergessen, dass sie einen Vornamen hatte.

»Irena Větvičková ...«

Ihren Spitznamen kann man plötzlich nicht mehr verwenden. Heuchlerisch versuchen wir, eine langjährige Gewohnheit zu leugnen.

Einen Moment lang herrscht eine ungläubige Stille.

»Das ist ja furchtbar!«

»Stimmt.«

Früher oder später kommt die Frage, die sich im Laufe des Abends immer wiederholen wird:

»Um Gottes willen, und wie ist es ...?«

»Sie ist vor die Metro gesprungen.«

Von einem von Irenas Verwandten erfährt Jiřina auch noch ein paar morbide Details, die sie uns am Tag darauf erzählt: Dem Stationsvorsteher sei aufgefallen, wie Irena scheinbar ziellos den Bahnsteig auf und ab lief. Sie habe sogar absichtlich einige Züge verpasst.

Skippy muss unbewusst kichern – und bittet gleich ängstlich um Entschuldigung.

»Du bist und bleibst ein Ochse«, schimpft Marie. »Und du solltest das nächste Mal nachdenken, bevor du was sagst«, dreht sie sich zu Jiřina um.

»Mensch, seit wann muss man hier druckreif reden ... Soll ich weiter erzählen oder nicht?«

Wenn wir ganz ehrlich sind, wollen wir, dass sie weiter erzählt. Auch die unappetitlichsten Details soll sie erzählen. Vielleicht kann man dann besser begreifen, wie es möglich ist, dass jemand morgens ein Mensch – und mittags nur noch Hackfleisch sein kann.

Das Begräbnis (wie ich Begräbnisse hasse!) fördert Ungeahntes zu Tage: Eva Šálková sieht auch mit einem schwarzen Kopftuch toll aus (den ganzen Tag versuche ich mich im äußersten Zynismus, weil ich Angst habe, sonst vor Tom und den anderen heulen zu müssen und ein aufgequollenes Gesicht zu bekommen). Und Irenas Schwester ist eine ziemlich erfolgreiche Pianistin. Ich habe nicht einmal gewusst, dass Irena eine Schwester hatte.

»Skippy, wusstest du, dass Větev – ich meine Irena – eine Schwester hatte?«, sage ich flüsternd.

Den grässlichen Anzug, in dem er steckt, kenne ich von unserem gemeinsamen Tanzkurs – natürlich fällt er jetzt etwas zu klein aus. Skippy gehört wohl auch zu den tschechischen Männern, die als Anzugträger super unmännlich wirken, denke ich.

»Nein – und du?«

Marie dreht sich um und ermahnt uns mit einem Blick. Ich antworte also nur mit einem stummen Kopfschütteln. Irena hat – Wunder über Wunder! – auch Eltern gehabt! Ich beobachte ihre zuckenden Schultern. Die Tatsache, dass man auch den Tod des hässlichsten Entleins aufrichtig beklagen kann, erfüllt mich mit einem skandalösen Optimismus. Mit den Augen zeichne ich die absurd symmetrische Anordnung der Kränze nach, die sich um den Sarg türmen – als ob man das, was hier stattfindet, durch Ordnung besser begreiflich machen könnte. Praktisch alle Blumen und Schleifen sind weiß. *Der Abschiedswalzer* ertönt. Welcher Idiot kann diese Musik ausgesucht haben? Im Tanzkurs hat sich kein Arsch um Irena bemüht. Neben mir fängt Skippy an zu weinen (haben Sie schon mal einen Pinguin weinen gesehen?), und ich zwicke mich an meiner linken Hand in die Haut zwischen dem Daumen und dem Zeigefinger. Als ich vor Schmerz die Augen zukneifen muss, komme ich mir wie in einem Film aus den Sechzigerjahren vor: überall nur schwarz und weiß. Ob sie wohl jemals einen Blumenstrauß von jemand anderem als von ihren Eltern bekommen hat? Bestimmt nicht, jede Wette. Ich zum Beispiel habe keinen bekommen. Einundzwanzig Jahre lang kein einziges Bukett und sobald wir uns umbringen, kriegen wir gleich fünfzig Stück davon. Läuft hier nicht etwas schief? Plötzlich wird mir klar, dass in Wirklichkeit diese Blumen eine der letzten Beleidigungen sind, mit denen Irena im Leben geradezu überhäuft wurde: fünfzigmal das weiße Unschuldssymbol.

Kurzum: Wir haben alle immer gewusst, dass Větev nie im Leben gebumst hat.

Nach dem Begräbnis gehen wir in unsere Gymnasialkneipe. Sofort, noch am Tresen, bestelle ich einen doppelten Fernet. Als ich dem Wirt erkläre, warum wir alle in schwarz sind, tut er ungeschickt so, als ob er sich an Irena erinnern würde.

»Längeres braunes Haar. So eine … Friedfertige … Schweigsame«, versucht ihm Katka zu helfen, und wir alle können ihr geradezu ansehen, wie bemüht sie dem Wort *hässlich* ausweicht. Wenn die Menschen besser lügen könnten, denke ich, wäre die Welt um einiges leichter zu ertragen.

»Sie war nicht gerade hübsch«, sage ich laut. »So wie ich.«

Die Klasse verstummt. Das nenne ich *Coming-out*! Trotzig schaue ich in die Runde. Mir wird etwas bewusst, woran ich bisher noch gar nicht gedacht habe: Seit Větev tot ist, bin ich die Hässlichste.

Diesmal muss ich mir auf die Lippen beißen, um nicht loszuheulen.

Jeff

Obwohl er immer eine Schwäche für ihn hatte, ertappt sich Jeff in letzter Zeit öfter dabei, dass ihm Skippy auf die Nerven geht: Er kauft praktisch überhaupt nicht ein und behauptet, wunderbar mit dem auszukommen, was Tom und Jeff nach Hause bringen. Und dabei lacht er, als ob ihm soeben der Witz des Jahres gelungen wäre. Aber es stimmt leider.

Wenn Skippy dann doch mal zum Einkaufen loszieht, hat es jedes Mal etwas zu bedeuten. Und wenn er zum Beispiel – so wie heute – lauter Putzmittel einkauft, tut er damit indirekt seine Absicht kund, Damenbesuch in die *Höhle* mitzubringen.

»Aah, Mr. Propper«, kommentiert Jeff Skippys Einkauf.

»Mensch, Domol Raumfrische Blue Sky«, sagt Tom.

»Und Pronto Möbelpflege mit antistatischer Wirkung. Jetzt wird es ernst.«

Skippy hebt den Kopf von den prallen Einkaufstüten mit dem farbigen Logo der Drogerie Droxi und grinst verlegen.

»Wir haben schon dreimal zusammen zu Mittag gegessen«, erklärt er. »Ich dachte, ich könnte sie mal zur Abwechslung zu uns einladen …«

»Und sie hat die Einladung angenommen?«

Skippy nickt eitel: »Ich muss sie wohl tief beeindruckt haben.«

»Offensichtlich«, sagt Jeff zu Tom, »stehen Frauen auf Gynäkologen, die die englische, italienische, deutsche und spanische Fußballliga auswendig kennen.«

»Und gerne Country Music im Radio hören und sich die Wettcoupons aus der Verpackung von Kokosplätzchen ausschneiden.«

»Sie kann nicht normal sein.«

»Nein, die Frau ist *ganz* normal. Sie heißt Dana und ist neunundzwanzig.«

»Du hast sie selbstverständlich gleich nach ihrem Alter gefragt, oder?«

»Klaro. Und noch was: Sie ist *rot-haa-rig*!«, buchstabiert Skippy begeistert. »Ein Rotschopf! Ihr wisst, was das zu bedeuten hat?«

»Ja, das wissen wir«, sagt Jeff schnell. »Du brauchst es nicht weiter ausführen.«

»Die wird eine Möse haben wie die Eichhörnchen in Stromovka!«

»Genauso verlaust, meinst du?«, fragt Tom. »Eine Patientin, nehme ich an. Mykose? Oder eher Tripper?«

»Also bitte schön!«, sagt Skippy beleidigt. »Als ob ich es nötig hätte, meine Patientinnen anzubaggern! Das wäre ja absolut unprofessionell. Sie ist Verkäuferin. Gardinen und Dekostoffe!«

Ohne Vorwarnung fühlt sich Jeff durch das Wort Dekostoffe an Karels blutverschmierte Uniform erinnert. Das Leben ist eine einzige Dekoration, denkt er. Tom betrachtet die vergilbten Gardinen am Küchenfester.

»Das ist doch was.«

Jeff schlägt freundlich vor, dass er und Tom am Freitagabend essen und danach ins Kino gehen könnten. Skippy nimmt zuerst dankbar an, nach einer Weile überlegt er es sich anders. Er fände es besser, wenn sie in der *Höhle* bleiben und ihm *bei der Konversation behilflich* sein könnten.

Jeff beschleicht das unangenehme Gefühl, dass Skippy wie jedes Mal in Panik verfällt. Er beobachtet seine heftigen Bewegungen und all die wortgewaltigen Gesten und ist sich schon im Voraus sicher, dass auch dieses Rendezvous nichts bringen wird.

»Das ist keine gute Idee, Skippy«, sagt Tom. »Wenn die Frau nur einen einzigen Blick auf Jeff geworfen hat, wird sie ihn sich krallen wollen, das kennen wir doch schon alles.«

»Du musst nicht immer gleich übertreiben«, kommt es von Jeff wie aus der Pistole geschossen.

»Natürlich, sobald ich den Mund aufgemacht habe, wird sie nur noch mich haben wollen«, fügt Tom lächelnd hinzu.

Skippy besteht trotzdem darauf, dass die beiden bleiben sollen.

»Sie ist in mich verknallt, da brauche ich vor euch beiden keinen Bammel zu haben«, posaunt er selbstbewusst. »Ihr werdet wie immer herumblödeln, und sie wird einfach lockerer. Und ihr müsst ihr nachschenken, ich kann das nicht, das würde auffallen. Ihr helft halt dabei, sie richtig aufzugeilen.«

Jeff kommt Skippys Kichern noch schlimmer vor als sonst. Tom versucht Skippy wenigstens ein paar Ratschläge mit auf den Weg zu geben: »Rede möglichst wenig. Du hast schließlich studiert, du bist Arzt, also musst du nicht versuchen, ihr in jedem zweiten Satz unter die Nase zu reiben, dass du weißt, wann das Mesozoikum war oder wer Ján Jesenius gewesen ist.«

»Jesenius hat die erste Obduktion überhaupt gemacht«, sagt Skippy.

Jeff und Tom schauen sich an.

»Das Sezieren von Leichen könntest du vielleicht diesmal einfach außen vor lassen«, schlägt Jeff vor.

»Sei einfach still. Dadurch können deine Erfolgschancen nur steigen.«

»Wie meinst du das?«

»Erstens bist du immer so vulgär und zweitens hat das, was du redest, oft weder Hand noch Fuß«, Jeff greift Tom unter die Arme.

Skippy setzt eine beleidigte Miene auf.

»Aber wenn du schon unbedingt etwas erzählen musst, dann erzähl es bitte *ihr. Nicht uns.* Schau sie wenigstens ab und zu direkt an.«

»Das ist doch klar, oder?«

»Uns schon, dir nicht. Jedes Mal, wenn du Frauenbesuch hattest, hast du den ganzen Abend entweder mich oder Tom angeschaut.«

»Quatsch.«

»Und noch was, Skippy«, sagt Tom ganz ernst. »Versuch diesmal auf das Wort Möse zu verzichten. Komplett.«

Skippy dreht die Handflächen nach oben.

»Wir wissen ja, dass es dir schwer fällt«, sagt Jeff. »Du musst aber auch verstehen, dass es die Frauen nervös macht.«

Dana ist eine ziemlich gut aussehende stattliche Rothaarige mit überpuderter Akne auf der Stirn. Ihre sorgfältig ausgesuchte Kleidung verrät guten Geschmack. Das ironische Lächeln trägt sie, wie Jeff instinktiv weiß, lediglich als eine Art Rüstung vor sich her. Für den Fall, dass sich dieses merkwürdige Rendezvous zu viert als ein missglückter Witz entpuppen würde, liefert es ihr ein Alibi. Sie scheint ständig auf der Hut zu sein, sogar beim Lachen. Jeff kann das gut nachvollziehen. Er versucht, sich in ihre Gefühle hineinzuversetzen (seit der Scheidung macht er das oft): Ein einundvierzigjähriger, durchgeknallter Frauenarzt lädt sie, eine Verkäuferin, zu einem Abendessen mit einem gleichaltrigen Lehrer und einem

Juristen ein. Danas Situation ist keinesfalls einfach, aber bis jetzt hält sie sich gut. Zumindest kommt es Jeff so vor. Ihr Verhalten erinnert ihn an Eva beim Autofahren: Sie versucht, scheinbar ungezwungen Konversation zu führen, aber man sieht ganz genau, dass sie sich in erster Linie darauf konzentriert, keinen Unfall zu bauen.

Sobald Dana Platz nimmt, bietet ihr Tom das Du an. Jeff findet, dass es etwas zu früh ist, in Nachhinein gibt er ihm aber Recht. Die Konversation kommt dadurch viel natürlicher in die Gänge. Wie immer produziert sich Tom ein wenig, versucht aber gleichzeitig – wie Jeff dankbar feststellt –, Skippy ausreichend Raum zu lassen.

»Mit zwanzig kann gemeinsames Wohnen ganz nett sein«, sagt er und entkorkt die nächste Flasche. »Mit einundvierzig ist es nicht mehr so lustig. Zum Glück haben wir Skippy. Ohne ihn würden wir hier im eigenen Dreck versinken.«

»Stimmmt. Wir sagen Mr. Propper zu ihm«, erzählt Jeff.

»Mr. Skippy Propper«, stellt Tom richtig. »Nur seinetwegen strahlen Bad und Küche bei uns geradezu vor Sauberkeit – kannst du übrigens gleich selbst überprüfen.«

»Dabei haben wir heute gar nicht geputzt.«

»Stimmt«, sagt Skippy zu Jeff. »Nur ich hab die Wohnung geleckt – wie eine Fidschi Putze!«

»Vietnamesische Vorfahren hast du hoffentlich nicht, oder?«, dreht sich Tom zu Dana.

»Nein.«

»Das Schlafzimmer sieht auch picobello aus!«, kichert Skippy vor sich hin.

Tom schickt Dana ein entschuldigendes Lächeln.

»Und wer von euch kauft am meisten ein?«, interessiert sich die Frau.

»Unser Skippy natürlich«, antwortet Jeff ohne zu zögern.

»Deswegen hat er auch den zweiten Spitznamen Mr. Delvita. Mr. Skippy Delvita. Und er kauft nicht nur ein – er kocht auch. Jeden Morgen weckt uns, Jeff und mich, der Duft von frischem Kaffee und von Pfannkuchen mit Blaubeeren oder mit Ahornsirup. Das ist Skippys Spezialität.«

»Nur sein Vanillepudding ist besser«, sagt Jeff.

Dana blinzelt misstrauisch.

»Außerdem«, fährt Tom fort, »besitzt Skippy eine komplette Aussteuer: Acht Frotteehandtücher nennt er sein eigen, vier Kopfkissen und Betten aus echten Gänsedaunen, vier Paar Damastbettbezüge. Ferner verfügt er über vier Seidenmorgenmäntel, zwei in blau, zwei in rosa, ein vierundzwanzigteiliges Set Edelstahlbesteck, einen rostfreien Abfalleimer und eine Küchenmaschine der Marke Bosch.«

»Du siehst es selbst«, sagt Jeff, »einen besseren Jungen findest du kaum«.

Dana amüsiert sich prächtig.

»Alles nur Quatsch«, erklärt Skippy. Auch diesmal schaut er Dana nicht an. »Die reden nur Quatsch. Ich habe keine Aussteuer.«

Erneut prosten sie sich zu.

»Im Ernst«, sagt Tom zu Dana. »Jeff und ich, wir müssen dir was beichten. Natürlich spielen wir heute Abend in Skippys Team. Wir beide wünschen uns nämlich nichts sehnlicher, als dass er endlich eine Frau findet, die ihn zu schätzen weiß.«

Skippy grunzt unartikuliert vor sich hin. Dana lächelt unsicher.

»Eine Frau, die sein Selbstbewusstsein aufpeppen würde. Wir wissen doch alle, dass Skippy ein – wie soll ich sagen – ein scheuer Gynäkologe ist. Auch wenn das genauso absurd klingen mag wie zum Beispiel ein leiser Artillerist.«

»Oh mein Gott, der Mann redet wieder wie ein Buch«, sagt Skippy zu Jeff.

»Du hältst jetzt den Mund, ja?«, bittet Jeff ihn.

»Eine Frau, die es schaffen würde, über alle seine bizarren Hobbys hinwegzusehen, über seine vulgäre Ausdrucksweise, sein kindisches Gekicher, kurzum über all seine Verrücktheiten. Wie du siehst, versuche ich dir einen möglichst objektiven Bericht über Skippy zu liefern – obwohl er mein Freund ist. Glaubst du mir das?«

»Nein«, antwortet Dana fröhlich.

»Ich will es dir beweisen: Solltest du mich aus irgendeinem Grund zum Beispiel nach Jeff hier fragen, müsste ich dir wahrheitsgemäß sagen – obwohl auch er mein Freund ist – dass er homosexuell ist und zoophil noch dazu.«

»Das mit dem Zoophilen ist etwas übertrieben«, berichtigt ihn Jeff.

»Es war ein toller Abend«, sagt Dana, als sie kurz vor Mitternacht Abschied nimmt und mit dem bestellten Taxi nach Hause fährt. »Danke für die Einladung.«

»Ihr seid alle so nett«, fügt sie schüchtern hinzu. »Wirklich.«

»Willst du bestimmt nicht mit uns duschen gehen?«, raunt Skippy Jeff zu und gluckst vor sich hin.

Tom zuckt mit den Achseln. Dana scheint noch etwas sagen zu wollen.

»Und hier, der Herr Lehrer, ist der auch homosexuell?«, fragt sie endlich.

»Nichts Besonderes, wie?«, sagt Skippy, nachdem Dana gegangen ist.

»Wenn du dein Benehmen meinst«, antwortet Jeff, »dann muss ich dir Recht geben.«

»Mich hat ihre Nervosität gestört«, verteidigt sich Skippy. »Ich hab ihren sauren Schweiß förmlich riechen können.«

»Wundert dich das, Skippy?«, ruft Tom gereizt. Er ist bereits total betrunken. »In einem Jahr wird sie dreißig, sie möchte heiraten und Kinder bekommen, aber leider gerät sie immer nur an absolute Deppen – nichts für ungut. Also brauchst du dich nicht zu wundern, dass sie nervös ist. Erbarmungslos rennt ihr die Zeit davon. Was soll sie mit der ganzen Liebe machen, die sie in sich spürt, an wen soll sie sie verschenken?«

Eva

Wasser und Schwimmen hat sie schon immer gemocht, am liebsten Schwimmen im Meer. Sie geht gerne frühmorgens ans Wasser – der Tag ist noch frisch, der Strand leer, und die flachen Steine, die in ein paar Stunden unerträglich heiß sein werden, sind noch so angenehm kühl. Zusammen mit Jeff schwimmt sie vor dem Frühstück eine Runde. Gleich am Anfang des ersten gemeinsamen Urlaubs muss Jeff zugeben, dass er es mit ihrem Schwimmtempo nicht aufnehmen kann. Das will ihm offensichtlich nicht in den Kopf.

»Ich gebe zu, dass meine Technik nicht gerade berauschend ist, aber trotzdem hätte ich gedacht, dass ich mit meiner Kondition es mit jeder Frau, das heißt auch mit dir, problemlos aufnehmen kann«, schüttelt er lächelnd den Kopf.

Eva weiß, dass er innerlich vor Wut kocht. Wann immer er will, bei jedem Wettrennen oder beim Radfahren kann er sie weit hinter sich lassen. Warum nicht auch beim Schwimmen?

»Du bist echt gut«, sagt er, wenn er mit einigen Metern Abstand hinter ihr atemlos zum Ufer watet. »Wie machst du das nur?«

»Sie ist nach mir geraten«, klärt Evas Mutter Jeff beim Frühstück auf. »In meiner Jugend war ich Leistungsschwimmerin.«

Die Haut an ihrem Hals wird langsam schlaff. (Eva stellt erstaunt fest, dass sie ihre Mutter mit einer Art irrationalem Vorwurf beobachtet.) Vater lächelt Eva breit an und zeigt mit dem Daumen nach oben. Mutter und er sind gleich alt, aber er sieht wesentlich jünger aus.

Eva nimmt jeden Tag ihre Bücher zum Lernen mit an den Strand – auch wenn gerade August ist, das neue Semester erst in sechs Wochen anfängt und sie bereits alle Scheine zusammen hat. Auch das kann Jeff nur schwer verstehen. Wie ihre Eltern schüttelt er spöttisch den Kopf.

»Hör doch mal damit auf, du kleine Streberin!«, sagt Vater zu ihr.

Gehorsam legt sie das Buch zur Seite. Das Wort *Streberin* passt überhaupt nicht zu Vater. Vor Jeff benehmen sich die Eltern manchmal ganz anders, als sie es gewöhnt ist. Sie hat das Gefühl, als ob sie durch Jeffs Anwesenheit anders geworden wären, und leider nicht zu ihrem Vorteil. Vielleicht war der gemeinsame Urlaub doch keine so gute Idee – natürlich haben die Eltern Jeff eingeladen. Eva liegt auf der nagelneuen Strandmatte (heute auf dem Markt hat Vater gleich vier Stück gekauft) und hört mit geschlossenen Augen zu, wie die Kieselsteine von der Brandung immer wieder hin und her gespült werden. Die Sonne brennt. Plötzlich taucht in ihr die Erinnerung an Hujerová auf, wie sie auf Slapy erzählt hat, ein Sonnenbad sei für sie mit dem Frisieren von Autos vergleichbar. Sie sei, sagte sie damals, wenn man so wolle, ein altes Schrottauto mit *Metallic-Lackierung*. Gleich darauf muss sie auch an Irena denken und dann, ohne einen bestimmten Grund, sogar an Tom.

»Soll ich dich einschmieren?«, fragt Jeff.

Sie schüttelt den Kopf, berührt ihn aber gleichzeitig am Oberschenkel. Er beugt sich über sie.

»Ich liebe dich«, flüstert er. »Ich liebe dich bis zum Wahnsinn.«

Sie drückt seine Hand, schaut kurz zu ihren Eltern hinüber und schließt die Augen wieder. Das Meer rauscht. Fremde Schritte quietschen im Sand, manchmal pfeift jemand im Vorbeigehen, ausnahmsweise gibt es auch halblaut ausgesprochene Worte der Bewunderung. Durch Jeffs Anwesenheit werden alle Huldigungen zum Glück aufs Mindeste reduziert – seine athletische Figur ruft einen größeren Respekt hervor, als Eva gedacht hätte. Im Unterschied zu den vorbei schlendernden Männern weiß sie nämlich viel zu gut, wie verletzlich Jeff in Wirklichkeit ist.

»Dass dir bloß die Augen nicht aus dem Kopf fallen, du Spanner«, ruft Vater jemandem zu.

Sie bräunt sich gerne, im Gegensatz zu früher nimmt sie es aber gelassen: Mit siebzehn rannte sie im Frühling in jeder Mittagspause nach Hause, um sich zwanzig Minuten auf dem Balkon im Badeanzug zu sonnen ... Jetzt, sobald die Sonnenglut zu stark ist, zieht sie sich für ein paar Stunden in den Schatten des nächsten Pinienbaumes zurück (den Duft von heißem Harz vergöttert sie geradezu). Am liebsten sind ihr ohnehin jene Momente, wenn die Nachmittagssonne schwächer wird und der Strand sich langsam leert, die bunten Flecken der Handtücher verschwinden, Mütter verstreutes Spielzeug aufsammeln und das Kindergeschrei endlich verstummt. Die Wasseroberfläche verdunkelt sich – jedes Mal kommt es ihr vor, als ob das Meer ernst geworden wäre. Auch die Seemöwen schreien anders als morgens.

»Komm schon!« Mutter kann es kaum mehr erwarten, im Hotelzimmer das Salz von ihrem Körper und aus ihren Haaren zu spülen und sich zu schminken. Jeff ist auch schon angezogen.

»Kommst du mit?«, fragt er.

Sie schickt alle vor und als eine der letzten am Strand geht sie schwimmen. Vater tippt sich spöttisch an die Stirn. Eva wartet, bis alle drei aus ihrem Blickfeld verschwunden sind, und entfernt sich weit vom Ufer. Sie hat es nicht eilig. Mit langsamen Bewegungen schwimmt sie um einen Felsvorsprung und lässt sich von den Wellen schaukeln. Zurück auf dem mittlerweile menschenleeren Strand legt sie sich für eine Weile hin – nicht mehr auf die Strandmatte, die hat Vater längst mitgenommen, sondern direkt auf einen dieser riesigen, im Laufe der Jahrhunderte glatt gewordenen Steinblöcke. Sie presst ihren Rücken, ihre Oberschenkel und ihre Handflächen auf ihn, als ob sie mit dem Gestein eins werden möchte. Sie trocknet sich nicht ab, das überlässt sie dem warmen Stein und der untergehenden Sonne. Jetzt, gegen Abend, kommt ihr die Sonne sogar noch heißer vor als mittags – oder sie nimmt ihre Strahlen besser wahr. In einer halben Stunde wird es vielleicht schon zu kühl sein, jetzt aber ist die Lufttemperatur optimal: weder zu kalt noch zu heiß. Eva spürt deutlich ihren Körper, ihre Jugend und ihre Kraft, gleichzeitig aber fühlt sie in sich jene vertraute, irgendwie auch angenehme Trauer aufsteigen, deren Ursache sie nicht so richtig deuten kann.

Jeff

Am ersten Oktober 1988 wird er für ein Jahr zum Militärdienst eingezogen.

Eva begleitet ihn zum Bahnhof. Sie fahren mit der Metro, von der Station Gottwaldova aus; bis zur Ankunft des Zuges bleiben ihnen noch sechs Minuten, also setzen sie sich auf eine Bank. Hinter ihrem Rücken liegt das Nuseler Tal. Jeff dreht sich um: Der Blick über die roten Dächer, Schornsteine und Fernsehantennen kommt ihm diesmal sehr malerisch vor. Kein Wunder, denkt er. Plötzlich fällt ihm ein, dass er ganz vergessen hat, Eva zu erklären, wie man den Wasserboiler an-

und ausschaltet und wie man die häufigsten Störungen beseitigt. Er fängt an, es ihr zu erzählen, sie aber wirkt unkonzentriert. Er hätte es ihr zu Hause demonstrieren müssen, direkt am Boiler. Zu spät. Er legt den Kopf zur Seite und schnalzt mit der Zunge. Wenn dann nur noch kaltes Wasser herauskommt, wird sie wohl jemanden um Hilfe bitten müssen. Ob sie dann Vartecký bittet, schießt ihm durch den Kopf. Eva scheint seine Beklommenheit zu spüren, denn sie fasst nach seiner Hand und gibt ihm sogar einen Kuss. Das hat sie schon lange nicht mehr gemacht. Das Getöse des einfahrenden Zuges erinnert ihn wie immer an Irena. Er möchte wetten, dass Eva auch an sie denkt. Sie hätten lieber mit der Straßenbahn fahren sollen. Zu spät.

Am Hauptbahnhof lässt er Eva allein in der Eingangshalle stehen und geht zu einem der Schalter. Er hält sich ganz gerade, seine Bewegungen und Gesten sind ein wenig energischer als sonst. Er bemüht sich, der Zukunft mit männlicher Haltung zu trotzen.

»Hin und zurück oder nur einfach?«, fragt die grauhaarige Frau am Schalter.

Er ringt sich ein Lächeln ab: »Hoffentlich geht es eines Tages auch wirklich zurück.«

Die Fahrkarte bettet er vorsichtig in sein Portemonnaie. Er streicht sich die Haare aus der Stirn (morgen werden sie ganz kurz geschoren) und greift nach seiner Sporttasche; sie ist leicht, er nimmt kaum etwas mit. Wozu auch. Eva wartet etwas abseits. Der Abstand von einigen Metern unterstreicht ihre außergewöhnliche Schönheit noch mehr. Wenn es ginge, würde er sich ihr zu Füßen werfen und betteln, sie möge ihn so schnell wie möglich besuchen kommen – aber genau das darf er nicht tun.

»I am ready«, verkündet er stattdessen. »Ready for everything.«

Über eine kurze Rolltreppe erreichen sie die zweite Eingangshalle, wo sie auf Marie, Karel und den kleinen Sebastian stoßen. Karel bohrt seinen Finger in Jeffs Brust.

»Wo liegt Ihr Zielbahnhof, Genosse Wehrpflichtiger?«

»Am Ende der Welt«, antwortet Jeff mit saurer Miene und fügt den Namen der slowakischen Stadt hinzu.

Karels Lächeln wird sofort breiter: »Meiner auch!«

Sie geben sich gegenseitig einen freundschaftlichen Klaps auf die Schultern – eine angenehme Überraschung. Auf dem Gymnasium waren sie zwar nie besonders dick befreundet, aber ab jetzt wird alles anders, das ist ganz klar. Auch Eva und Marie lächeln. Karel schaut auf die Uhr.

»Einen Moment mal«, ruft er. »Wartet hier!«

Er rennt zum nächsten Kiosk. Sebastian kann seine Augen von Eva nicht losreißen, schaut aber weiterhin finster drein.

»Was ist los?«, fragt Eva.

»Es soll hier irgendwo eine Modelleisenbahn geben. Eine die *fährt.*« Marie verdreht die Augen. »Wir haben sie nicht gefunden ...«

»Da drüben sind doch Züge«, sagt Jeff zu Sebastian. »Wollen wir da zusammen hin?«

Er zeigt auf die nahe Vitrine mit Modellen von verschiedenen Eilzügen.

»Die fahren aber nicht«, motzt das Kind zurück.

Marie zieht entschuldigend die Schultern hoch. Weil Karel ein verheirateter Familienvater ist, wird er wohl nach dem Gelöbnis näher bei Prag stationiert, erzählt sie. Einen entsprechenden Antrag haben sie bereits bei der Militärverwaltung eingereicht. Sie greift in die Ledertasche, die über ihrem Arm hängt, und kramt einen A4-Bogen mit zwölf Reihen von vielen bunten Kreisen hervor – es dauert eine Weile, bis Jeff begreift, dass jede Reihe einen Monat darstellt.

»Jeden Tag malen wir beide einen Kreis aus, nicht wahr?«

Marie dreht sich zu Sebastian, der ohne größeres Interesse mit dem Kopf nickt. »Damit uns die Zeit schneller vergeht.«

Jeff findet das rührend. Etwas Ähnliches hat Eva nicht und wird es sicher auch nie haben. Noch einmal überfliegt er mit dem Blick alle Kreise. Mein Gott, denkt er, wie soll ich bloß so viele Tage heil hinter mich bringen? Karel kommt mit vier Pappbechern Fernet zurück. Sie prosten sich zu und erzählen sich Neuigkeiten über andere aus der Klasse: Tom leiste seinen Militärdienst im mährischen Mikulov ab, Zuzana habe geheiratet und sei ganz schön dick geworden, mit ein bisschen Glück würde Skippy die Medizin wohl doch noch schaffen. Dann schaut Jeff auf die Uhr.

»Genosse Gefreiter, Abschied nehmen!«, sagt er zu Karel.

Diesen blöden Satz wird er sich bis an sein Lebensende nicht verzeihen. Nur deswegen hat Karel seiner Frau nicht einmal einen richtigen Kuss gegeben, der ganze Abschied war eine reine Farce.

»Zu Befehl!«

Karel umarmt Marie theatralisch und gibt ihr nur einen parodistischen, viel zu lauten Schmatzkuss. Jeff macht ein paar Schritte zur Seite, und Eva schmiegt sich ganz zögerlich an ihn.

»Pass gut auf dich auf«, flüstert sie ihm zu.

Sie küsst ihn, aber Jeff muss die ganze Zeit daran denken, dass sie von jedem, der vorbeigeht, gesehen werden. Dieser Abschied versetzt ihn in eine ganz komische Stimmung. Inzwischen hat Karel seinen Sohn auf den Arm genommen.

»Du gibst jetzt Papa einen Kuss, ja?«, sagt Marie.

Unwillig küsst Sebastian seinen Vater auf die Wange. Seine Aufmerksamkeit wird weiterhin vom Bahnhofsgewühle absorbiert: Dort verkauft einer heiße Würstchen, hier zieht jemand einen quietschenden Koffer auf Rollen hinter sich her, ein winziger Vietnamese schleppt zwei riesige Taschen. Plötzlich beschließt Sebastian, doch zu dieser Vitrine mit den Eisenbahnmodellen hingehen zu wollen.

»Macht nichts, wenn sie nicht fahren« – in seinem Bemühen, niedlich zu sein, lispelt er sogar.

Jeff fragt sich, ob er sich wirklich nach einem Kind sehnt.

»Mama geht mit dir hin, ja?«, sagt Karel. »Sonst verpassen wir den Zug.«

Das ist der allerletzte Satz, den Karel zu seinem Sohn sagt: *Sonst verpassen wir den Zug.* Das kann Sebastian natürlich nicht wissen. Erneut runzelt er die Stirn, und Karel stellt ihn etwas gereizt auf den Boden.

»Abgang!«, gibt Jeff laut das Kommando.

Er gibt Marie einen Kuss auf die Wange, salutiert vor Sebastian und schaut Eva kurz an; dann dreht er sich um und marschiert entschlossen zum Bahnsteig.

Der letzte Satz, den Karel von seiner Frau hört, lautet: *Und keine Slowakinnen, hast du mich verstanden?*

Seit Karels Tod achtet Jeff bei jedem Abschied darauf, was er sagt; er weiß, dass jeder Satz, den wir sagen, auch der letzte sein kann.

»Eine tolle Sache«, sagt er, wenn er von einem Klassentreffen nach Hause geht. »Richtig nett. Das hat Zuzana wieder mal super organisiert.«

»Es war ganz toll mit dir«, sagt er jedes Mal zu Alice, wenn ein gemeinsames Wochenende zu Ende ist. »Wirklich. Pass gut auf dich auf, Schätzchen. Und vergiss nicht, mich anzurufen!«

»Es war wie immer sehr nett hier«, sagt er zu Evas Eltern, wenn er von Vrchlabí wegfährt.

»Hätte ich doch lieber dich geheiratet«, sagt er manchmal im Scherz zu seiner einstigen Schwiegermutter, und sie gibt ihm erfreut einen Klaps auf die immer noch hübsche Wange.

Tom

Erleichtert stelle ich fest, dass die graue zerbeulte Tür von meinem Spind diesmal nicht aufgebrochen wurde und dass Janas Foto unberührt geblieben ist (das letzte Mal hat man ihr Dekolleté zerschnitten). Ich hole meine Ausgehuniform hervor: goldene Borten, weißes Hemd, Mütze mit Abzeichen – billiges Hui für außen, mit dem das Pfui innen verdeckt werden soll, der Alltag mit all dem Dreck, dem Geschrei und dem Gestank. Plötzlich überkommt mich eine merkwürdige Apathie. Langsam ziehe ich die ausgelatschten Militärstiefel aus (vor mir muss sie mindestens drei Jahre lang jemand anderer getragen haben), streife die starren miefigen Socken ab, die mit Schlamm bespritzte Kampfhose im Tarnlook und das verschwitzte grüne Hemd, stopfe alles in den Spind, schließe ab und gehe in Boxershorts und Unterhemd in den Waschraum.

»Chemische Reinigung angesagt, was?«, ruft mir der untersetzte Offizier vom Dienst zu, als ich seinen traurigen Standort direkt gegenüber der Eingangstür passiere.

Über ihn weiß ich nur, dass er Tischler gelernt hat. Er sieht gutmütig aus, aber wenn er mal über seine Verhältnisse getrunken hat, wird er aggressiv. Mich hat er noch vor kurzem mit der üblichen Überheblichkeit alter Hasen gegenüber den frisch einberufenen Grünschnäbeln behandelt, aber seit letzter Woche, als ich auf seinen Wunsch hin auf der offenen Ladefläche des Lastwagens trotz des Motorenlärms etwa zehn Liebesgedichte rezitiert habe, behandelt er mich mit einem gewissen Respekt.

»Getroffen«, sage ich. »Höchste Alarmstufe.«

Plötzlich springt eine Tür auf, und aus dem Schlafsaal fliegt ein Einmachglas mit Sauerkraut in den Flur. Es prallt dumpf gegen die Wand und zerspringt in Tausend Stücke. Die Aufsicht schiebt sich seelenruhig den Zeigefinger ins Ohr. Das Kraut rutscht langsam die mit Latex gestrichene Wand hinunter. Aus dem Schlafsaal schießt ein Neuling in einem orangefarbenen Pyjama, er wirft einen erschrockenen Blick in Richtung Aufsicht, kniet sich hin und sammelt die Scherben auf eine Blechschaufel.

»Und ab zum Rammeln, was, Sandhase?«, stellt die Aufsicht lächelnd fest.

Der blutjunge Soldat hebt den Kopf hoch. Der Offizier schnalzt laut und unzufrieden mit der Zunge. Mit seinem dicken Zeigefinger zeigt er auf die Scherben. Der Junge kauert sich wieder hin und arbeitet noch schneller als vorher.

»Das hoffe ich«, sage ich. »Seit fünf Wochen denke ich an nichts anderes.«

»Rammeln ist doch die beste Poesie, was?«

Resigniert nicke ich mit dem Kopf. Der saure Krautgestank breitet sich im Flur aus.

In Břeclav rufe ich von der Bahnhofstelefonzelle aus Jana an. In dem Moment, als sie abnimmt, sehe ich eine Wache mit roten Baretten vorbeigehen. Mit einem Telefonhörer am Ohr zu salutieren kommt mir absurd vor, und so drehe ich den Jungs einfach den Rücken zu. Insgeheim bete ich, dass sie keine Arschlöcher sind.

»Tommi, Liebster!«

»Ich kann doch nicht kommen, Jana Schatz. Sie haben mir den Ausgang gestrichen.«

Sie schweigt. Enttäuscht oder erleichtert, frage ich mich.

»Tommi, ich fange gleich an zu weinen. Ich werde echt weinen.«

»Es ist nicht meine Schuld, Jana Schatz.«

Wir telefonieren etwa fünf Minuten und dann sagen wir Tschüss. Ich hänge auf, gehe zum Fahrkartenschalter und kaufe mir eine Fahrkarte in die slowakische Stadt, in der Jeff stationiert ist.

Mein erster Urlaub – und ich verbringe ihn in einer anderen Kaserne.

Der Autor

Die Nachricht vom Tod seines Mitschülers Jindřich (er ist während seines Militärdienstes bei einem Autounfall tragisch ums Leben gekommen) erreicht den Autor in dem Moment, als er vor dem Haus seiner Eltern neben der Garage Kohle schaufelt. Er sieht die Briefträgerin auf das Gartentor zukommen und flüchtet in den Keller; er will nicht, dass sie ihn mit ungewaschenen Haaren und in dem grünen wattierten Mantel sieht, der ganz dreckig ist und nach Schwefel stinkt. Er spitzt die Ohren – und hört, wie der Briefkastendeckel zuklappt. Wie jedes Mal fühlt er die freudige Hoffnung auf eine *wichtige Mitteilung* in sich aufsteigen (tief in seiner Seele weiß er allerdings, dass dieses optimistische Gefühl ganz unbegründet ist, er hat noch nichts getan, was eine solche Mitteilung berechtigen würde). Im Briefkasten liegt ein weißer Umschlag. Die unheilverkündenden schwarzen Ränder fallen ihm sofort auf – er ist zwar kein Graphiker, aber er hat ein Gefühl für Proportionen, und die Breite der Ränder kommt ihm fast unanständig vor. Er reißt den Umschlag voller … Zweifel auf. Ja, Zweifel ist schon das richtige Wort. JINDŘICH NEJEDLÝ. *Alles, wonach du streben wolltest, ist mit dir gestorben.*

Zu seiner Überraschung spürt er zunächst eine trotzige, angewiderte Belustigung – ein unbewusster Versuch, die Nachricht zu negieren. So ein schlechter Scherz. Noch einmal liest er die Todesanzeige und begreift, dass das die Wahrheit ist. Ja, Jindřich ist tot. Was nun? Er möchte gerne Rührung spüren, doch sie will sich nicht einstellen. Er gaukelt sich Trauer vor, rotzt schwarzen Kohlenstaub und weiß nicht, was er tun soll. Soll er mit dem Schaufeln aufhören? Soll er seinem Vater sagen, er hätte die Kohle nicht in den Keller abladen können, weil einer aus seiner alten Gymnasialklasse gestorben ist? Schließlich faltet er die Todesanzeige zusammen, legt sie in den Umschlag zurück, steckt ihn in die Tasche des wattierten Mantels und greift nach der Schaufel. Jetzt sind auch wir schon an der Reihe, denkt er.

Eva

Mitte November 1988 kommt Marie kurz bei ihr vorbei, auf dem Weg zu Aerobic: Am nächsten Samstag fahre sie zu Karel in die Slowakei, ob Eva vielleicht mitkommen möchte?

Eva sucht nach einer passenden Ausrede: Zwar hat sie Jeff versprochen, ihn auf jeden Fall in November zu besuchen (schon einmal hat sie zu seiner Enttäuschung ihr Kommen abgesagt, so dass sie so oder so demnächst fahren muss), gleichzeitig findet sie die Vorstellung, eine solche Reise ausgerechnet mit Marie zu machen, nicht gerade angenehm. Nicht dass sie sie nicht mögen würde, sie haben einfach bisher nicht besonders viel zusammen erlebt, und Eva fürchtet, sie werden sich nichts zu erzählen haben. Dieses Gefühl wird womöglich noch von Maries Trainingsanzug und der großen Sporttasche verstärkt, die sie über die Schulter trägt – denn trotz ihres Bewegungstalentes ist Eva die Welt des Sports fremd.

»Komm doch mit«, redet Marie auf sie ein. »Gemeinsam ist es viel netter.«

»Kommt Sebastian auch mit?«

Sebastian stellt in Evas Augen das zweite Problem dar. Sie hat es schon unzählige Male erlebt: Zunächst wird sie von kleinen Kindern verstört angeschwiegen – und sobald es ihr mit großer Anstrengung gelungen ist, sie endlich für sich zu gewinnen, verlieben sie sich in sie. Ab dem Moment weichen sie nicht mehr von ihrer Seite, lassen sie nicht einen einzigen

Schritt alleine tun, sitzen dauernd auf ihrem Schoß, kitzeln sie und wollen ihre Haare bürsten.

»Nein, der bleibt bei der Oma. Wir nehmen uns ein Hotelzimmer, du weißt schon.«

Eva nickt schüchtern.

»Seit er eingezogen wurde, haben wir kein einziges Mal miteinander geschlafen«, fügt Marie mit ihrer üblichen Offenheit hinzu. »Ihr doch auch nicht, oder?«

»Nein«, Eva errötet.

»Na siehst du. Dann komm doch mit.«

Die Reise ist letztendlich viel netter, als sie gedacht hätte. Selbstverständlich fallen sie auf, aber das, was Eva normalerweise als unangenehm empfindet – das ganze Gepfeife, bedeutungsschwere Blicke und andere Sympathiebezeugungen – ist zu zweit einfach nur lustig. Vergnügt malt sie sich aus, wie sie beide von Männeraugen wahrgenommen werden: eine großgewachsene sympathische Brünette und eine nur etwas kleinere hübsche Blondine ... Sie haben zwar Platzkarten, verbringen die meiste Zeit aber im Speisewagen, dessen Personal ausschließlich ungarisch spricht. Sie bestellen ein Mittagessen und trinken jede drei Bier, womit Eva ihren persönlichen Rekord bricht. Fast alles kommt ihnen unglaublich lustig vor: der ältere Kellner, die rosa Lämpchen mit Fransen, die auf jedem Tisch stehen, die Namen der Bahnhöfe und auch manche Leute, die auf dem Bahnsteig warten. Manchmal kichern sie wie zwei kleine Mädchen.

Als Marie einmal auf die Toilette geht, beobachtet Eva die vorbeiziehende Landschaft. Manchmal ist das Leben doch wunderbar, denkt sie, und ist bereit alles zu tun, was in ihrer Macht steht, damit es mit ihr und Jeff gut läuft. Insgeheim überlegt sie auch, wie wohl das Hotel aussieht, in dem sie für die heutige Nacht ihre Zimmer reserviert haben. Sie ist noch nie nur für eine einzige Nacht in einem Hotel gewesen. Ob an der Rezeption heute ein Mann oder eine Frau arbeitet? Die Fragen, ob die Bettwäsche auf dem Zimmer auch wirklich sauber ist und ob in der Dusche im Abfluss keine fremden Haare liegen, bereiten ihr auch Sorgen – gleichzeitig findet sie das Ganze schon ziemlich aufregend. Marie kommt zurück: Ächzend schiebt sie die schwere Verbindungstür zwischen den Waggons auseinander, und der Speisewagen wird für einen kurzen Moment vom Getöse der ratternden Räder erfüllt. Sie wirft Eva einen koketten Blick zu, spitzt die Lippen und schließt erst jetzt demonstrativ den Reißverschluss ihrer Jeans; der ungarische Kellner schaut ihr dabei schamlos zu. Eva verschränkt beide Hände vor dem Gesicht und blinzelt durch die Lücke zwischen ihren Fingern zu Marie hin.

»Trotzdem«, sagt sie nach einer Weile, »findest du nicht auch, wir fahren wie zwei Schafe zum Schlachthof?«

»Mensch, bist du blöd!«, quietscht Marie vergnügt.

Sie beugen sich nach vorne, ihre Schultern zucken vor Lachen, ihre Köpfe berühren einander. Wenn mich Marie jetzt küsst, würde ich mich nicht dagegen wehren, denkt Eva.

Den Zielbahnhof erreichen sie mit einer Verspätung von dreißig Minuten und finden das nicht einmal besonders schlimm.

»Wenn sie es schon ganze sieben Wochen ohne Sex ausgehalten haben, bringt sie eine halbe Stunde auch nicht um«, sagt Marie eindeutig zu laut.

Die Kaserne wie auch das Hotel liegen irgendwo am Stadtrand; in Evas Handtasche steckt zwar ein Zettel mit der Nummer des Busses, der sie vielleicht dahin bringen würde, aber aus einem plötzlichen Impuls heraus entscheiden sie sich für das einzige Taxi, das vor dem Bahnhof steht. Auf der rechten Schläfe des älteren dicken Taxifahrers prangt ein frisches Pflaster. Marie versucht Slowakisch zu sprechen. Eva fürchtet, der Dicke könnte es als Ironie verstehen, aber seine Reaktion ist ausgesprochen freundlich.

»Haben Sie da irgendwelche slowakischen Lieder drin?«, fragt Marie und zeigt auf das Autoradio. »Ich meine die Gruppe ›Elan‹ zum Beispiel?«

Eva schaut sie tadelnd an, aber der Taxifahrer sucht willig den entsprechenden Sender. Als sie vor der Kaserne halten, singen alle drei noch lauter als das Radio.

Sie passieren das Tor durch eine Mauer, die oben gleich dreifach mit Stacheldraht abgesichert ist. Die Mauer ist frisch weiß getünkt, sie blendet geradezu. Im ausgedörrten Gras davor liegen noch Klümpchen von Kalk verstreut. Neu, aber gleichzeitig stümperhaft ist auch der Anstrich der rotweißen Schranke – dahinter liegt eine riesige asphaltierte Fläche, auf der Pfeile, verschiedene Zahlen und unverständliche Kürzel aufgemalt sind. In der Mitte befindet sich eine merkwürdige, kleine Grüninsel, die von einem rotweißen Bordstein umrahmt ist. Etwas zwischen Staatsgrenze und Flughafen, versucht Eva das, was sie sieht, einzuordnen. Auf dem Dach des nächstgelegenen Gebäudes hängt ein Transparent mit dem bekannten Satz über die Bereitschaft, den Sozialismus aufzubauen und die sozialistische Heimat zu verteidigen – auf Slowakisch klingt er allerdings ungewöhnlich, fast wie eine Parodie. Aus einem niedrigen würfelförmigen Häuschen links kommt ein blutjunger Soldat, die Aufsicht wohl, und geht unsicher auf sie zu. In der Hand hält er ein abgegriffenes Schulheft und einen Bleistift. An seiner Uniform prangen dicke rote Schnüre, an deren Ende goldene Projektile baumeln – Eva versteht zwar, dass diese Kleidung nicht den persönlichen Geschmack des Soldaten zum Ausdruck bringt, kann sich trotzdem eines mitleidigen Lächelns nicht erwehren. Die Verlegenheit des Soldaten wird noch größer. Diese Schnüre, die sind ja schier unglaublich, denkt Eva. Die Ästhetik primitiver Volksstämme. Marie meldet der Aufsicht die Nachnamen von Karel und Jeff, und er schreibt sie in sein Heft; dann zeigt er ihnen, wo sie warten sollen.

»Der sollte auf keinen Fall kellnern«, flüstert Eva Marie zu. »Alles, was über eine einzige Bestellung hinausgeht, müsste er sich gleich aufschreiben.«

Sie lachen, aber nicht mehr so entspannt wie vorher bei der Zugfahrt oder im Taxi. Der Besucherraum hat die Form eines Quadrats, an den Seiten stehen in regelmäßigen Abständen Holzbänke und Tische. Obwohl weder Eva noch Marie einen Schalter angefasst haben, beginnt oben an der Decke eine Neonröhre zu summen. Eva findet es seltsam, dass hier – bis auf sie beide – keine anderen Besucher warten. Es ist doch Samstagnachmittag – bekommen die anderen Soldaten etwa keinen Besuch? Vorsichtig schauen sie sich um: Links an der Wand ist ein kleines Fenster, das den Besucherraum mit der Aufsicht verbindet, und ähnlich wie die Durchreiche in der Schulkantine aussieht, im Gegensatz zu dieser aber wohl verschlossen bleiben muss. Der Soldat mit den roten Schnüren und noch ein anderer, großer, starren sie unverhohlen an – hinter der Glasscheibe sieht der Aufsicht habende Soldat deutlich selbstbewusster aus. Er flüstert seinem Kollegen etwas zu (Eva fällt auf, dass er einen abgebrochenen Vorderzahn hat) und greift endlich nach dem Hörer. Marie reibt sich fröstelnd die Arme und sucht mit den Augen nach einer Heizung: Ganz oben an der Wand über dem Eingang entdeckt sie einen elektrischen Heizstrahler, ein Elektrokabel führt von diesem direkt in den Aufsichtsraum.

»Wollen wir denen sagen, dass sie das Ding anmachen sollen?«, fragt sie flüsternd.

Kaum hat sie den Satz zu Ende gesprochen, ertönt ein leises Surren und die ursprünglich schwarze Spirale glüht langsam auf. Marie dreht sich zu den Soldaten hin und zeigt mit dem Daumen nach oben.

Nach einer Stunde ist der kleine Raum deutlich überheizt: Eva und Marie haben längst ihre Pullover ausgezogen, tragen nur noch ihre T-Shirts (genau das haben die Soldaten wohl auch beabsichtigt), und trotzdem fangen sie an zu schwitzen. Eva bemerkt das blaue Licht eines Krankenwagens, der mit ausgeschalteter Sirene vor dem Tor hält. Der größere Soldat hebt die Schranke, und das Fahrzeug rollt hinein. Bisher hat ihnen keiner gesagt, warum sie so lange warten müssen. Sie haben schon dreimal bei der Aufsicht gefragt, ob Karel und Jeff auch wirklich Bescheid gesagt wurde, und jedes Mal hat der Soldat das nickend bestätigt.

»Warum sind sie dann noch nicht gekommen?«

»Weiß ich nicht«, sagt er auf Slowakisch.

Sie wissen nicht, was sie noch tun sollten. Die beiden Soldaten weichen ihren Blicken jetzt aus. Als sie den Vorgesetzten sprechen wollen, bekommen sie als Antwort, dass dies nicht möglich sei. Eva fühlt sich hilflos. Die Hitze ist unerträglich. Marie steht gereizt auf, klopft an die Glasscheibe und zeigt auf den Strahler; mit einer Geste deutet sie an, sie sollen endlich den Stecker rausziehen. Die beiden Soldaten starren ihren Busen an, machen die Heizung aber aus.

»Wenigstens das«, sagt Marie.

Ein älterer grauhaariger Soldat wirft einen Blick in den Raum hinein und schaut sie ausdruckslos an.

»Guten Tag!«, springt Eva auf. »Wir sind hier zu Besuch, aber es kommt keiner.«

Der Soldat verschwindet wortlos. Marie breitet die Arme aus: »Bald drehe ich durch!«

Draußen wird es allmählich dunkel, auf dem Kasernenhof gehen die Straßenlaternen an, orangegelbes Licht fällt sanft auf den Asphalt. Irgendwas läuft schief bei diesem Ausflug, denkt Eva.

Es folgen weitere zwanzig Minuten, in denen sie ungeduldig auf und ab gehen und nach draußen starren. Dann hält ein weißer Shiguli vor der Kaserne, und zwei Soldaten steigen aus – nach ihren Rockaufschlägen und Hosenstreifen zu urteilen, müssen es Offiziere sein. Die beiden Aufsichtssoldaten rennen hinaus und salutieren. Einer der Offiziere sagt etwas. Alle vier stehen mit dem Rücken zu Eva und Marie. Ist das Zufall oder Absicht, fragt sich Eva. Eine unbestimmte Furcht steigt in ihr hoch, die sie noch für sich behalten möchte. Marie hält es nicht mehr aus.

»Was läuft hier eigentlich ab, verdammt noch mal?«

Eva nimmt es ihr ein wenig übel. Nur nicht in Panik geraten! Jetzt, nachdem sie sich ihre Befürchtungen eingestanden haben, werden sie noch nervöser. Marie zieht ihren Pullover und die kurze Lederjacke an und geht hinaus. Mit einem Seufzer folgt ihr Eva.

»Entschuldigung«, ruft Marie den Soldaten zu, »hätten Sie einen Moment Zeit für uns?«

Eva wartet instinktiv auf irgendeine doppeldeutige Antwort oder zumindest ein bedeutungsschweres Grinsen, sie ernten aber nur einen einzigen verstörten Blick. Etwas ist hier auf jeden Fall nicht in Ordnung. Maries Stimme wird deutlich unsicher. Sie nennt erneut die beiden Vor- und Nachnamen und faltet bittend die Hände.

»Kann jemand die beiden endlich zu uns schicken?«

Ihr *endlich* klingt eher verzweifelt als vorwurfsvoll. Einer der Offiziere will etwas sagen, aber bevor er den Mund aufmachen kann, bremst ein Leichenwagen vor der Einfahrt. Marie packt Eva am Arm. Der zweite Offizier beugt sich zum Fahrer, die Aufsicht hebt die Schranke. Der schwarze

1203-Tatra-Wagen fährt hinein, die Soldaten treten zur Seite, um Platz zu machen. Der Wagen verschwindet zwischen den Häusern, das Motorengeräusch verebbt wieder.

»Ist was passiert?«, schreit Marie.

»Was ist los?«, sagt Eva.

Sie versucht, wenigstens ihre Stimme ruhig zu halten – als ob ruhige Worte Lebenstragödien verhindern könnten.

»Ich habe Angst«, murmelt Marie vor sich hin. »Ich habe solche Angst.«

Eva nimmt Maries Hand. Die vier Soldaten blicken schon wieder an ihnen vorbei und starren Löcher in den Asphalt.

»Reden Sie mit uns!«, schreit Marie schrill.

Keine Antwort. Sie fallen sich in die Arme. Etwas Furchtbares, Irreparables geschieht. Eva schießt folgendes Bild durch den Kopf: Sie und Jeff warten auf die Metro, Jeff schaut besorgt, aus dem Tunnel hört man schon den Zug rattern. Marie schluchzt laut auf. Bitte, lass es Karel sein, denkt Eva. Sie schämt sich, wiederholt dann aber ihren Wunsch noch leidenschaftlicher: Lieber Gott, lass es Karel sein!

Plötzlich sieht sie eine Gestalt über die Asphaltfläche rennen – es ist Jeff. Marie hat ihn noch nicht bemerkt. Zum ersten Mal im Leben sieht Eva Jeff weinen. Sie begreift, was diese Tränen zu bedeuten haben, und wird von einer riesigen schuldbewussten Glückswelle überströmt. Jeffs Kampfhose ist unglaublich dreckig (der Ursprung der riesigen dunklen Flecken wird ihr erst später klar). Am liebsten würde sie ihm um den Hals fallen, aber da weiß sie schon, dass Jeff zuerst Marie umarmen muss.

Jeff

Es fällt ein schwerer, nasser Schnee, der an den Sohlen seiner Militärhalbschuhe kleben bleibt. Er hat nur dünne Socken an und, damit ihm wärmer wird, stampft er immer wieder mit den Füßen auf und wackelt mit den Zehen. Vor der Begegnung mit Marie und Sebastian graut ihm, aber Gott sei Dank sitzen die beiden noch im Auto von Maries Eltern auf dem Parkplatz. Lieber gar nicht daran denken. Die restlichen Mitschüler stehen grüppchenweise herum; manche Jungs tragen noch ihre alten Anzüge aus der Tanzstunde. Bis elf Uhr bleiben noch fünfzehn Minuten, drinnen läuft eine andere Zeremonie – dieser Verstorbene war sechsundsiebzig Jahre alt. Karel war fünfundzwanzig. Jeff tritt nervös von einem Fuß auf den anderen, unter seiner Schuhsohle taucht ein kleines Stückchen Straßenpflaster auf, die scharf gestochenen Ränder seiner Fußabdrücke verwischen sich schnell. Er denkt, dass Karel nie wieder Schneespuren hinterlassen wird. *Alles, wonach du streben wolltest, ist mit dir gestorben* – so steht es in der Todesanzeige. Für seinen Geschmack ist das zu pathetisch, trotzdem trifft es ganz genau zu. Alles ist so unwiederbringlich zu Ende, als ob nie etwas gewesen wäre. Wozu irgendein falscher Trost. Es ist eine Tragödie, kein Abschluss eines langen Lebens, nur ein Albtraum. Jeff versucht herauszubekommen, ob Schneeflocken zischen, wenn sie in das ewige Feuer fallen, das vor dem Krematorium brennt. Aber obwohl er dicht daneben steht, hört er nichts. Ihm wird bewusst, wie unpassend er sich verhält, und er dreht sich wieder um zu Eva und Tom. Eva weint leise, Tom beißt sich in die Lippen. Jeff empfindet jetzt schon mehr Wut als Trauer. Dazu ist er zu durchgefroren und zu müde. Die Fahrt von der Slowakei hat neun Stunden gedauert, die ganze Nacht hat er kein Auge zugemacht. Er kann nicht mehr daran denken. Außerdem ist er bei dem Unfall dabei gewesen, nicht sie. Wenn er noch weiter daran denkt, dreht er durch. Die Tür zur Krematoriumshalle geht auf, die ersten Hinterbliebenen kommen heraus.

»Jetzt kommen wir auch schon an die Reihe«, sagt Tom plötzlich.

Jeff versteht, wie er das meint.

»Du hast Irena vergessen«, korrigiert er ihn.

Tom

Als im Oktober 1989 Eva und Jeff heiraten, ist das jenes längst fällige, positive Ereignis, das alle schön langsam bitter nötig hatten (außer meiner Wenigkeit, klar). Der Glaube an die Existenz des Happyends ist auferstanden. *Das Leben ist doch schön* – dieser Satz hätte haargenau in ihre Heiratsanzeige gepasst.

Am Tag vor der Hochzeit wache ich bereits um halb sechs auf. Mein erster Gedanke gilt Eva: Morgen ist sie also eine verheiratete Frau. Und in einer Woche zieht Jeff aus der *Höhle* aus. Bis jetzt hatte ich mich geweigert, die volle Bedeutung dieser Veränderung zu begreifen, aber in diesem Moment wird sie mir schlagartig bewusst. Das Leben wird weitergehen, nur die Risse werden größer. In dieser hässlichen Untermiete bleibe ich mit Skippy allein – mit diesem Gynäkologen, der Cowboystiefel trägt, Country Music hört und Schokoladenhüllen sammelt. Unter normalen Umständen hätte ich vielleicht versucht noch einmal einzuschlafen, aber so springe ich beinahe energisch aus dem Bett (die obligate Verabschiedung von Jeffs Freiheit steht uns bevor) und steuere sogar die Dusche an – wie alle beginnenden Alkoholiker liebe ich dieses trügerische Gefühl, dass ich mein Leben immer noch fest im Griff habe. Ich rasiere mich und schrubbe nicht nur das Waschbecken, sondern auch den Spiegel *blank*; mit Befriedigung begutachte ich das Ergebnis, muss aber gleich feststellen, dass dadurch der Kontrast zum Fußboden nur noch stärker wird. Also begebe ich mich auf die Suche nach Schrubber und Eimer. Als ich tatkräftig und nach vorne gebeugt den Fußboden scheuere, wird mir ganz schwindlig, und ich setze mich auf das nasse Linoleum. Mit welcher Absicht trägst du dich jetzt, du Idiot?, frage ich mich und starre auf den vergilbten Plastikeimer (wir Trinker führen manchmal Selbstgespräche und sind nicht immer nur nett zu uns). Wenn Jeff aufsteht und merkt, dass ich geputzt habe, kommt in ihm bestimmt der Verdacht auf, ich möchte ihn von der Hochzeit abhalten … Ich stehe auf, ziehe einen frischen Slip und ein Unterhemd an und gehe zurück in mein Zimmer; dort mache ich das Bett und lüfte. Dann gehe ich in die Küche, starre eine Weile wie gelähmt auf die dreckigen Gläser, die Teller mit den eingetrockneten Essensresten und die von verbranntem Fett verkrusteten Pfannen – und spüle anschließend ganz leise alles ab. Zum Schluss scheuere ich auch hier den Fußboden und wische ihn sauber. Mit welcher Absicht, du Idiot?

Es ist noch nicht halb sieben. Ich ziehe mich an und hole Frühstück: Ich kaufe Kipferl, Butter, Eier, dreihundert Gramm Schinken, Emmentaler, Räucherlachs und drei Flaschen Bohemia-Sekt. Als ich zurückkomme, ist Skippy schon auf: Aus dem Badezimmer hört man Wasser planschen, heftiges Schnäuzen und Räuspern. Ich will mir lieber nicht vorstellen, welche Aktivitäten diese furchtbaren Geräusche verursachen (und welche Spuren sie auf dem sauberen Fußboden hinterlassen). Stattdessen räume ich die angeschimmelten Papierboxen aus dem China-Imbiss vom Tisch, die zerknüllten Servietten, die alten Zeitungen und leeren Weinflaschen, und suche dann lange die ganze *Höhle* nach irgendetwas ab, womit ich die Tischplatte sauber wischen könnte. Schließlich stürze ich in mein Zimmer, krame aus der Plastikwanne mit ungebügelter Wäsche das rötliche und reichlich mit Löchern veredelte Basketballdress mit der Nummer 13 hervor, das mir seit Jahren als Schlafanzug dient, und reiße es kurz entschlossen in Stücke. Ich spüre mein Herz pochen. Mensch, es wirft dich also schon um, wenn du keinen Scheuerlappen finden kannst, stelle ich verwundert fest.

Zurück in der Küche wische ich die Tischplatte sauber, setze Wasser auf und decke den Tisch. Aus dem Badezimmer hört man das Zischen eines Sprays, etwas klatscht ein paar Mal dumpf auf und Skippy schnäuzt sich noch mal ordentlich. Dann geht die Tür auf, und ein dünner Dampfstreifen schlängelt sich in den Flur – wie jene Trauer, die sich langsam wie ein Grauschleier über unsere verpatzten Leben legt.

»Da rubbelt sich als Morgenspaß die Jungfrau heut die Möse nass«, rezitiert Skippy.

Die meisten seiner Sprüche sind ähnlich infantile Monstrositäten. *Jetzt geht's gleich los! Der Same denkt, wenn er sich auf die Dame senkt.* Oder: *Wer andern in die Möse beißt, ist böse meist.* Und so weiter. Ich brauche nicht einmal den Kopf von der Zeitung zu heben, um zu wissen, wie Skippy aussieht: ein schmächtiger blasser Brustkorb, darunter ein schwabbeliger Bauch, um die Hüften ein Handtuch in den Farben eines Fußball- oder Eishockey-Teams.

»Wenn ich nicht wüsste, dass du Frauenarzt bist, hätte ich gedacht, dass bis jetzt ein Schwein im Badezimmer herum getobt hat.«

Normalerweise versuche ich morgens Konflikte zu vermeiden, aber mein großzügiger Putzeinsatz und der Frühstückseinkauf machen heute eine größere Portion Aufrichtigkeit möglich. Mein Spruch wird von Skippy aber komplett ignoriert – das üppige Frühstück nimmt seine Aufmerksamkeit voll in Anspruch.

»Hast du eingekauft?«, sagt er erfreut.

»Was fällt dir ein – das ist hier über Nacht gewachsen. Eine erfreuliche Mutation von Hausschimmel sozusagen.«

Skippy versteht die Anspielung nicht. Geschickt stibitzt er zwei Scheiben Schinken vom Teller – trotz der heftigen Abwehr durch meine fliegende Gabel.

»Wir wollen doch auf Jeff warten, oder?«, sage ich mit einem Vorwurf in der Stimme. »Weck ihn doch mal auf.«

Skippy macht zwei Schritte und trommelt gegen die Tür von *Eins*.

»Aufstehen!«, imitiert er stümperhaft den Kasernenappell. »Los los, marsch marsch!«

Fröhlich grinst er mich an. Er ist siebenundzwanzig, und seine Geheimratsecken sind breiter als die von Jack Nicholson. Nicht zum ersten Mal wird mir klar, wie Leid er mir eigentlich tut.

»Zieh dir doch um Gottes willen etwas an, Skippy«, sage ich seufzend.

»Machst du mir Spiegelei mit Schinken, ja? Aber bloß keinen Lachs, bitte. Die Farbe erinnert mich zu stark an die Scheidenschleimhaut.«

Er beugt sich nach vorne und schnuppert an dem Teller.

»Um ehrlich zu sein, *nicht nur* die Farbe ...«, sagt er kichernd und hält sich die Hand vor den Mund.

Wäre ich eine Frau, würde ich der Auswahl meines Frauenarztes verstärkte Aufmerksamkeit widmen.

Jeff kommt und bleibt staunend vor dem Tisch stehen. Mit freiem Oberkörper sieht er aus wie der Mann in der Fernsehwerbung für Rasierwasser. Ich stelle mir vor, wie sich morgen Nacht Eva an ihn schmiegen wird, und reiche ihm ein Glas Sekt.

»Seid ihr total übergeschnappt«, schüttelt er den Kopf. »Ich kann doch nicht um sieben Uhr morgens mit dem Trinken anfangen. Ich muss morgen zum Standesamt!«

»Anders wird ein Schuh draus«, lächelt Skippy ihn an. »Du heiratest morgen, also *musst* du gleich heute anfangen zu trinken«.

»Und jetzt fehlt nur noch ein Trinkspruch«, sage ich. »Skippy, könntest du dir vielleicht etwas Romantisches ausdenken? Etwas, das ausnahmsweise nicht total bescheuert ist? Etwas, das der historischen Bedeutung dieses Tages angemessen ist und ihm den entsprechenden feierlichen Schliff verleiht? Warum bin ich sonst, meine lieben Brüder im Schwanze, seit sechs Uhr morgens auf den Knien durch die Küche gerutscht und hab den Boden geschrubbt?«

Endlich bemerkt Jeff die blankgeputzte Arbeitsfläche und den spiegelglatten sauberen Fußboden.

»Mensch, das ist ja ...!«

»Skippy, was ist mit dem Trinkspruch?«

Skippy hebt sein Glas und schaut jedem von uns tief in die Augen.

»Hoch die Röcke!«, prustet er hervor und kichert.

Am Samstag wache ich um neun Uhr morgens in Jeanettes Appartement in Modřany auf, ohne mir erklären zu können, wie und wann ich hier gelandet bin. Für einen Augenblick fühle ich Panik in mir aufsteigen, dann fällt mein Blick auf den neben dem Bett stehenden Stuhl. Unter der zusammengeknüllten Jeans (die Hosenbeine sind umgestülpt) sehe ich mein Portemonnaie, den Schlüsselbund und alle meine Papiere liegen. *Beschreibung eines Kampfes,* schießt es mir durch den Kopf. Ein lautes Grunzen rutscht mir heraus. Das kann nur eines bedeuten – ich bin immer noch betrunken. Ich höre Jeanette im Badezimmer rumoren. Nach dem Geräusch zu urteilen, schraubt sie gerade eine Creme auf. Die Liposome drängen in die tiefsten Schichten ihrer Haut hinein, die dadurch noch strahlender und klarer wird. Langsam richte ich mich auf: Der Magen scheint in Ordnung zu sein. Natürlich habe ich Kopfschmerzen, aber sie sind nicht so stark, wie sie nach etwa zwanzig Stunden Trinken sein könnten. Ich versuche, den gestrigen Tag zu rekapitulieren: Der Reihe nach haben wir etwa acht oder zehn verschiedene Kneipen und Bars ausprobiert. Ich weiß noch, dass Jeff und Skippy noch vor Mitternacht nach Hause gegangen sind, während ich (endlich allein mit meinem Seelenleid) die Tour in der Weinstube U Sudu fortsetzte, wo ich mich – ja, so muss es wirklich gewesen sein, wie peinlich – an einen Tisch zu zwei jungen Pärchen irgendwo aus Pilsen setzte. Sie rückten willig zusammen, und ich belohnte ihre Gastfreundschaft damit, dass ich jeden Versuch blockierte, über etwas anderes als Eva zu sprechen. An dieser Stelle reißt der Film meiner Erinnerung. Fortsetzung folgt. Ich gehe ins Badezimmer und muss immer noch grinsen. Jeanette beäugt mich misstrauisch.

»Guten Morgen, Liebling. Es war wunderbar mit dir heute Nacht«, sage ich. »Ich schlage folgende Reihenfolge vor: Zuerst putze ich mir die Zähne und dann küsse ich dich.«

»Kein schlechter Versuch, aber du bist heute Nacht nicht hier gewesen«, fertigt sie mich brüsk ab. »Irgendwelche Brünner haben dich gegen sechs Uhr morgens hier abgeliefert. Du bist eingepennt, noch bevor ich dir die Schuhe ausgezogen habe.«

Etwas stimmt offensichtlich nicht ganz, aber warum an einem solch feierlichen Tag die Zeit mit Kleinigkeiten verplempern?

»Ach, meine Brünner verstehen mich.«

»So sah es nicht aus. Sie machten einen eher säuerlichen Eindruck.«

»Bloß eine kleine Auseinandersetzung unter Freunden«, zucke ich mit den Achseln.

Beim Zähneputzen muss ich mich ziemlich konzentrieren,

um gleich beim ersten Mal mit der Zahnbürste den Mund zu treffen – und natürlich achte ich darauf, nicht zu weit nach hinten zu gelangen. Jede meiner Bewegungen ist um das dreifache langsamer als sonst. Dafür werden Jeanettes Bewegungen immer hektischer. Gerade versucht sie den Reißverschluss ihres Cocktailkleides zuzumachen, das ihr – wie wir beide sehen – zu eng ist.

»Mach doch zu!«, zischt sie gereizt.

Sie arbeitet als Filmproduzentin. Im letzten Jahr wurde sie befördert und zum ersten Mal in ihrem Leben hat sie vier Leute unter sich. Ich sehe sie an und vergleiche sie gnadenlos mit Eva.

»Warum?«, frage ich. Somit eröffne ich die so genannte erste *Trinker-Trotzphase.*

»Falls du es vergessen hast, du bist als Trauzeuge geladen. Und vielleicht begreifst du auch in diesem Zustand, dass du dort nicht fehlen solltest.«

»Und du weißt, wovon es zeugt, dass man mich als Zeugen geladen hat?«

Sie setzt den Lippenstift vom Mund ab und seufzt tief.

»Es zeugt davon, dass du der beste Freund von Jeff bist«, sagt sie versöhnlich.

»Es zeugt von meiner Feigheit.«

Sie winkt ab. Davon möchte sie gar nichts hören. Was sie weiß, reicht ihr. Sie wollte mit einem *jungen Dichter* zusammenleben und bekommt zweimal die Woche Besuch von einem fast dreißigjährigen beginnenden Alkoholiker. Anstatt in meinen Versen die Nähe zur Ewigkeit herzustellen, mache ich aus ihr ein ewiges Double. Jeanette, die Ersatzfrau: In jeder Bettszene doubelt sie Eva. Ich muss erneut laut grunzen.

»Du hast noch zehn Minuten, um dich zu fassen«, teilt sie mir trocken mit.

Sie steht hinter mir, fertig geschminkt und traurig. Einst

hoffte sie, ich sei der Richtige, mittlerweile weiß sie, dass ich lediglich die *vierte ernsthafte* Beziehung ihres Lebens bin. Aus einer gewissen Trägheit heraus schläft sie noch mit mir, aber wenn sie am Freitagabend mit einer Freundin in die City aufbricht, erblüht in ihr jedes Mal eine neue Hoffnung. Ihre graugrünen Augen halten schon nach dem Fünften Ausschau. Ich nehme sie in den Arm. Zuerst sträubt sie sich, dann gibt sie nach.

»Du weißt ja, auch mir fällt es nicht gerade leicht, hinzugehen«, sagt sie leise.

Jeff

Was auch immer Eva und er nach der Hochzeit unternehmen – gemeinsame Freunde besuchen, das Wochenende auf einer Datscha verbringen, ans Meer fahren – sie sind immer schon da. *Die kleinen Verehrer.* So werden sie von Eva genannt. Meistens sind sie zwischen fünf und zehn Jahre alt. Bei der ersten Begegnung starren sie Eva lange mit offenem Mund an – und binnen der nächsten zwei Minuten verlieben sie sich kopflos in sie. Dann weichen sie nicht mehr von ihrer Seite. Sie holen Stifte und malen für sie das schönste Bild, das sie zustande bringen. Muss Eva aufs Klo, kommen sie mit und warten ergeben vor der Tür.

»Zumindest will ich hoffen, dass sie vor der Tür warten«, sagt Jeff ranzig.

Bei jedem Spaziergang greifen sie nach Evas Hand und lassen sie nicht mehr los. Sie drängen Jeff zur Seite und stehen ihm absichtlich im Weg. Will er Eva etwas sagen, fahren sie dazwischen. Will er am Strand Eva eincremen, reißen sie ihm die Tube aus der Hand und patschen ihr die Creme selber auf den Rücken. Will er endlich mit Eva schlafen, stellt er fest, dass an seiner Stelle im Bett bereits der kleine Bastian schläft. Formal bleibt er weiterhin Evas Ehemann, für den Moment hilft ihm das aber nicht weiter – Eva gehört jetzt ausschließlich Sebastian. Das nächste Mal wird es ein Richard sein. Oder Paulchen. Oder ein anderer Bengel. Mit geheuchelter kindlicher Unschuld schmiegen sie sich an seine Frau, machen es sich auf ihrem Schoß bequem, betten ihre Köpfchen an ihre Brust und *schmusen* sie sogar ab. Alle Eltern, Großeltern, Onkel und andere Verwandten finden das niedlich; Jeff findet es *abartig*. Nach außen hin lacht er mit den anderen, aber tief in seiner Seele hasst er diese kleinen Gören – genauso wie sie ihn hassen. Sie gehen nur dann Pilze sammeln, wenn *Tante Eva* auch mitkommt. Sie fahren nur dann Ski, wenn *Tante Eva* mit ihnen am Lift fährt. Sie gehen so lange nicht ins Bett, bis ihnen *Tante Eva* ein Märchen vorgelesen hat. Sie werden hysterisch, wenn sie nicht neben ihr sitzen dürfen, und Jeff muss ihnen seinen Platz überlassen.

»Das sind ganz normale Gefühlserpresser!«, belehrt er Eva, als sie nach dem Skifahren in ihrem Zimmer ihre Sportkleidung ausziehen. »Merkst du das nicht? Ich verstehe nicht, wieso ihr ihnen das abkauft!«

Schon wieder klopft es an der Tür: Im Flur steht der nächste Dreikäsehoch. Jeff baut sich in der Tür auf.

»Will Tante Eva mit Memory spielen?«

Der kleine Verehrer späht ins Zimmer hinein, und Jeff schiebt ihn mit der Hand weg.

»Auf keinen Fall«, sagt er, ohne zu lächeln. »*Tante Eva* hasst Memory. *Tante Eva* wird schon beim Anblick von Memory speiübel.«

»Das stimmt nicht!«

Der freche Balg schlüpft zwischen Jeffs Beinen durch, rennt ins Zimmer und springt der halbnackten Eva auf den Arm.

Eva lacht.

Eva

Ende der Achtzigerjahre bekommt sie von Skippy und zwei anderen Ärzten Informationen über alternative Entbindungsmöglichkeiten. Natürlich findet sie die Wassergeburt am schönsten, aber als sie im Februar 1990 ihrem Frauenarzt davon erzählt, starrt der sie an, als ob sie soeben den Wunsch geäußert hätte, direkt in dem dreckigen Schneehaufen unter seinem Fenster entbinden zu wollen.

»Dürfte ich Sie daran erinnern, dass der Mensch ein Säugetier ist,« sagt er mit einem schiefen Lächeln. »Ihr Kind hat bestimmt keine Kiemen …«

Sie weiß, dass der Arzt einfach nur voreingenommen ist, hat aber keine Lust mit ihm zu streiten.

Allen Behauptungen zum Trotz, dass sich das erste Kind gerne Zeit lässt, setzen die Wehen schon am 29. Juni abends ein – drei Wochen vor dem errechneten Termin. Eva ist sich nicht ganz sicher, ob es wirklich die Wehen sind, aber sie will kein Risiko eingehen. Sie packt ihre Sachen und bestellt ein Taxi. Jeff ist gerade auf einer zweitägigen Geschäftsreise in London; sie nimmt es ihm nicht übel, er hat es ja nicht ahnen können. Als sie bei ihren Eltern anruft, springt nur der Anrufbeantworter an. Schließlich wählt sie die Nummer von der *Höhle*.

»Ahoj«, sagt Tom überrascht. »Jeff ist nicht da.«

»Ich weiß.«

Etwas umständlich schildert sie ihm die Situation.

»Ich komme sofort«, unterbricht sie Tom. »In zehn Minuten bin ich da.«

Er schafft es gerade noch: Die nächsten Wehen kommen in dem Moment, als Eva aus dem Haus tritt. Tom stützt sie mit beiden Händen. Der Taxifahrer steht draußen vor dem Wagen und raucht.

»Au weia!«, ruft er, als er sie sieht.

»Nach Podolí«, kündigt Tom an, »in die Entbindungsklinik.«

»Hauptsache ruhig Blut bewahren«, empfiehlt der Taxifahrer, der Tom für einen zufälligen Passanten hält.

Er wirft die Zigarette weg, setzt sich ans Lenkrad und startet den Wagen. Tom öffnet die Hintertür und hilft Eva hinein. Der Taxifahrer beobachtet sie im Rückspiegel, von dem ein kleiner Rubik-Würfel herunter hängt. Eva konzentriert sich auf die Farben des Würfels: rot, grün, gelb, blau.

»Alles in Ordnung, Madame?«

»Absolut.«

Tom rennt schnell um den Wagen herum und nimmt neben Eva auf dem Hintersitz Platz. Die Schmerzen hören auf.

»Der Papa ist immer noch nicht ohnmächtig«, bemüht sich der Taxifahrer um einen Witz.

»Er ist nicht der Papa«, sagt Eva.

»Oh, Verzeihung.«

Sie fahren die Táborská hoch. Eva lächelt Tom an und greift nach seiner Hand. Er spürt, wie sich etwas in ihm lockert und sich einen Weg bahnt – seine Augen füllen sich mit Tränen.

»Hauptsache ruhig Blut bewahren!«, sagt der Taxifahrer wieder in den Rückspiegel.

Tom räuspert sich wiederholt und versucht, die Fassung wieder zu gewinnen.

»Entschuldige«, flüstert er. »Entschuldige.«

Sie fahren von Pankrác zur Moldau hinunter: Schon sieht Eva den Fluss und die Schiffsmasten im Yacht-Hafen. Den Anblick von Wasser findet sie wie immer beruhigend. Als sie auf dem Gehsteig vor der Klinikeinfahrt den winkenden Skippy erblickt, muss sie lachen.

»Um Gottes willen!«, seufzt Tom.

Skippy rennt neben dem Wagen und trommelt auf die Motorhaube.

»Das ist zwar auch nicht der Papa«, informiert Eva den Taxifahrer, »aber Sie können ruhig anhalten.«

Der Taxifahrer bremst, Skippy öffnet die Vordertür und setzt sich hinein; sofort dreht er sich zu Eva nach hinten und greift nach ihrer Linken (in der Rechten hält Eva immer noch Toms Hand fest).

»Mein Liebling! Mein kleines Mädchen!«, stöhnt Skippy. »Alles in Ordnung?«

Der Blick des Taxifahrers, mit dem er sie im Rückspiegel beobachtet, ist diesmal eher kritisch.

Auch wenn die Geburt ohne jegliche Komplikationen verläuft, dauert sie beinahe elf Stunden. Als Eva am nächsten Tag ganz frühmorgens aus dem Kreißsaal gebracht wird, zählt sie sinnlos die Glühbirnen an der Decke ab: drei, vier, fünf ... Als sie aber ihr Zimmer wiedererkennt, kommt sie zu sich und beginnt hektisch nach Alice zu suchen. Bevor ihr der Krankenpfleger alles erklären kann, kommt schon eine ältere Ärztin mit Alice im Arm. Das Kind schläft, seine Haare sind mit getrocknetem Blut verklebt.

»Ein vollkommen gesundes Baby«, die Ärztin lächelt Eva an.

Eva rückt ein Stückchen zur Seite, legt Alice neben sich und deckt sie zu. Sie kann sich an ihr nicht satt sehen. Die Ärztin zeigt auf den kleinen Nachttisch aus Blech, auf dem ein Plastikeimer voller Rosen steht.

»Das hat wahrscheinlich Ihr Vater für Sie abgegeben.«

Eva reißt den Umschlag auf, der neben dem Eimer liegt, überfliegt die Karte und zieht die Augenbrauen hoch.

»Das war nicht mein Vater«, sagt sie, »sondern mein Tschechisch-Lehrer.«

Skippy

Heute kam eine Patientin schon das fünfte Mal in diesem Monat zu mir. Zuerst wurde sie von einem ziemlich hartnäckigen Ausfluss geplagt, jetzt sind es Warzen. Außerdem hat man ihr das Auto geklaut, und seit vierzehn Tagen wird ihre Cousine vermisst. Dabei stand in ihrem Horoskop, März werde ihr Freudenmonat sein. Solche Astrologen liebe ich. Statt ihnen eine mit dem Stock überzubraten, ernennt man sie hierzulande gleich zu Verteidigungsministern – so wie eben diesen Baudyš, der für meine Patientin so wunderbar die Sterne gedeutet hat. Die Welt ist schon ein irrer Ort. Eine Geschlechtskrankheit macht mir nichts aus, da sehe ich wenigstens, was mir bis zum Tode erspart bleibt, cha cha. An meinem Beruf mag ich Ultraschall am liebsten. Wenn mit dem Baby alles in Ordnung ist, kann man sich eine schönere Arbeit kaum vorstellen. Manchmal kommt auch der Papa mit, dann sitzen wir zu dritt da, die beiden halten Händchen, ich plappere vor mich hin und denke: Das Leben ist wirklich gar nicht so übel. Es ist wie Roulette – wir wissen nie im Voraus, an welcher Stelle die Kugel stehenbleibt. Auch dieses halbjährige Embryo, das gerade an seinem Daumen lutscht, kann es nicht wissen. Als ich im Studium die ersten Ultraschallbilder gesehen habe, musste ich heulen – so wie die Muttis heute. Natürlich bringt mich so was nicht mehr aus der Fassung, es ist jetzt reine Routine, Rührung stellt sich nicht mehr ein, das ist immer so, aber ein Kind hätte ich schon gern, das schon. »Dreieinhalb Kilo reines Glück«, sagte Jeff, als er Alice zum ersten Mal im Arm hielt. Das glaube ich sofort. Meine biologische Uhr bimmelt schon seit Jahren wie eine Kirchenglocke. Aber woher soll ich ein Kind nehmen, ohne es zu klauen? Schto delat, was tun?, wie unsere Russisch-Lehrerin immer gesagt hat. Nichts ist zu tun, man muss es nehmen, wie es kommt. Der eine gewinnt bei einer Jägertombola einen ganzen Rehbraten und der andere nur ein Glas mit eingelegten Ebereschen. So ist das Leben und es wäre lächerlich, sich darüber aufzuregen.

Jeff

Die ganze Zeit, während er mit Eva zusammenlebt, duscht er zweimal, manchmal sogar dreimal am Tag.

»Du stinkst, Sportler«, sagt sie zu ihm.

Jedes Mal, wenn er von einer seiner Fahrradtouren zurückkommt, stopft er das verschwitzte Radlerdress sofort in die Waschmaschine, damit Eva es nicht einmal anzufassen braucht. Er zieht sich aus, legt noch andere schmutzige Wäsche in die Trommel, stellt das entsprechende Programm an und duscht gründlich. Als er aus dem Badezimmer kommt, ist es meistens in der ganzen Wohnung richtig frisch – Eva hat inzwischen ordentlich gelüftet.

Jeden Morgen rasiert er sich, aber wenn er mit ihr schlafen will, muss er sich auch abends rasieren.

»Du kratzt«, sagt sie, wenn er es vergessen hat, und dreht ihm den Rücken zu.

Jeff starrt beleidigt in die Dunkelheit und fährt mit der Hand über seine Bartstoppeln. Seine Eltern schneiden einander die Fußnägel und schrubben sich gegenseitig mit Bimsstein die Hornhaut von den Fersen; natürlich waschen sie sich auch den Rücken. Eva schließt sich im Badezimmer immer ein. Jeff versteht das nicht.

»Wenn du etwas nicht verstehst, dann frag einfach«, hat sein Vater immer gesagt, als Jeff noch studierte.

Jetzt begreift er, dass es manchmal besser ist, nicht alles zu wissen.

Nach der Scheidung besucht er etwa zweimal im Monat einen Nightclub (das erste Mal wird er von einem älteren Kollegen aus der Firma eingeführt). Immer sind dort mindestens sechs bis acht Frauen zur Auswahl – trotzdem geht er anfangs nur mit Edita aufs Zimmer. Ihre abendliche Liebesstunde wird immer vertrauter – Jeff braucht nicht mehr vorher zu duschen, geschweige denn sich zu rasieren. Edita erzählt von ihrer Familie: Ihr Vater baue für sein Leben gerne Flugzeugmodelle. Einmal wollte sie ihm eine Freude machen und auch ein Flugzeug nachbauen, beim Zurechtschneiden von diesem dünnen Holz für eines der Modellteile habe sie sich mit der Rasierklinge fast den Finger abgeschnitten – da habe sie es lieber sein lassen. Ihr Vater habe sich immer einen Jungen gewünscht, aber nur drei Mädchen bekommen, der Ärmste. Er, Mutter und die beiden Schwestern ahnen wohl, womit Edita ihr Geld verdiene, tun aber so, als ob sie keine Ahnung hätten. Eigentlich sei sie gelernte Damenschneiderin. Am meisten leide sie darunter, dass sie ihrer Familie keine Geschenke machen darf. Wenn sie eine Mikrowelle kauft oder eine Friteuse, packt Vater das Paket nicht einmal aus – und wenn er es doch mal tut, dann starrt er den Karton an, als ob in ihm ein unappetitliches Ding aus dem Sex-Shop stecken würde. Die fortschreitende Intimität beginnt Jeff zu stören. Als ihm Edita eines abends wie immer zur Begrüßung auf den Schoß springt, schiebt er sie sanft herunter und sagt, heute möchte er gerne eine andere nehmen. Edita wirkt beleidigt, das kommt ihm bei einer Prostituierten richtig lustig vor.

»Ich kann nichts dafür, Sugar«, sagt er. »Wir Männer wurden so geschaffen. Das ist das Leben.«

Noch nie hat er zu jemandem Sugar gesagt, aber in einem Freudenhaus spielt es keine Rolle. In einem Freudenhaus spielt kaum etwas eine Rolle – und genau das braucht er.

»Blödes Leben«, flüstert Edita.

»Da muss ich dir wohl zum Teil Recht geben.«

Er würde es nie offen sagen, aber manchmal ahmt er Toms Art zu sprechen nach, seine Diktion inbegriffen.

Von Zeit zu Zeit geht er aber doch noch mit Edita aufs Zimmer.

»Soll ich die Badewanne einlaufen lassen?«, fragt sie bemüht.

Jeff nickt. Er zieht sich aus, Edita schaut ihn an.

»Warum kommst du eigentlich hierher? Da draußen ...«, ihr nasser Arm deutet auf das mit einem violetten Rollo verdeckte Fenster, »würdest du doch alles gratis bekommen.«

Wenn du etwas nicht verstehst, frag einfach nicht, denkt er.

Tom

Ich weiß, dass sich Geschichte manchmal wiederholt, aber diesmal ist die Übereinstimmung mehr als frappierend. Hier kommt mir die Geschichte vor wie eine launische Person mit einem Hang zur hämischen Ironie: Im Juni 1992 muss ich in Kláras Klasse für eine kranke Kollegin die Tschechisch-Stunde übernehmen.

Die Klasse betrete ich mit einer Laune, die ganz der Tatsache entspricht, dass ich gerade meine einzige Freistunde verliere (ursprünglich wollte ich sie bei einer Tasse Kaffee mit Zeitungslektüre verbringen) – aber dann sehe ich plötzlich sie vor mir: Sie sitzt in der zweiten Reihe am Fenster und wie alle anderen schaut sie mich mit einer bestimmten Neugierde an (der neugierige Blick lässt sich leicht erklären – erstens bin ich erst Anfang dreißig, zweitens habe ich noch nie ihre Klasse unterrichtet und nicht zuletzt genieße ich den Ruf eines Dichters mit bereits zwei *Veröffentlichungen*). Am Anfang werde ich das Gefühl nicht los, Opfer eines von Skippys Aprilscherzchen zu sein: Sie hat den gleichen Mund, die gleiche glatte Stirn und den gleichen hellen Flaum an den Schläfen. Es ist Eva, die mich anschaut.

Schon damals waren mir die leicht obsessiven Züge meiner Sehnsucht bewusst, wodurch diese allerdings auch nicht geringer wurde. Mein jahrelanges Verlangen nach Eva kann genauso gut als lächerlich wie als großartig beschrieben werden – je nachdem aus welchem Blickwinkel man es betrachtet. Die unerfüllte Sehnsucht kann dem Leben einerseits *einen Sinn verleihen* oder es nur *mit Leere füllen.* Für mich gibt es da keine eindeutige Trennung: Manchmal komme ich mir vor wie ein tragischer Held, manchmal (häufiger) wie eine Witzfigur in der sechsten Fortsetzung einer einst erfolgreichen Teenager-Komödie. Das zweite trifft wahrscheinlich eher zu. Heute ist mir das klar, mittlerweile bin ich aber auch schon vierzig. Diagnose: verspätete Reue. Es gibt keine Lösung für mich. Entweder bringe ich mich um (das schaffe ich aber nicht), oder ich mache mit diesem Unsinn weiter. *Sie blieb an ihn durch eine unausgesprochene pubertäre Absprache gekettet,* habe ich neulich in einem Roman von Zadie Smith gelesen. Die paar Jahre, die mir noch bleiben, bis ich mich definitiv zu Tode gesoffen habe, werde ich schon irgendwie schaffen.

An jenem Tag bleibe ich aber ruhig – ich habe genau fünfundvierzig Minuten Zeit. Ich trage mich ins Klassenbuch ein und frage scheinbar gelangweilt, was gerade auf dem Lehrplan steht. Vorkriegslyrik? Gut, dann wollen wir mal. Nur kurz das alte Rüstzeug aufpolieren und schon rezitiere ich auswendig jedes Gedicht, das im Lesebuch steht. Halas, Seifert, Biebl, Nezval? – aber natürlich, kein Problem. Pikante Details jener großen Biographien nicht zu vergessen. Im richtigen Moment den Clown spielen, rechtzeitig wieder nachdenklich werden. Jugendlich verspielt und männlich ernst. Die Dinge beim Namen nennen. Nicht lügen.

All die *Tricks*. Die ganze *Unaufrichtigkeit*.

»Was haben Sie denn letzte Woche mit meiner Klasse gemacht, Herr Kollege?«, fragt mich später ihre Lehrerin. »Sie schwärmen alle nur noch von Ihnen.«

Ich komme mir vor, als ob sie mich gerade beim Onanieren erwischt hätte.

»Ein Routine-Vortrag«, zucke ich verlegen mit den Schultern.

»Dann möchte ich für das nächste Mal um etwas mehr Müdigkeit, Apathie und Desinteresse bitten«, lächelt mich die sympathische Kollegin an. »Sonst machen Sie hier die Normen kaputt.«

»Alles klar.«

»Und eines hätte ich fast vergessen: Klára – diese hübsche Blonde – fragt, ob Sie nach den Ferien nicht die Leitung vom Literaturkreis übernehmen möchten?«

Schon wieder Sommerferien, deren Ende ich kaum abwarten kann – auch das schon mal gehabt. Den ganzen stickigen August über bleibe ich in Prag. In den menschenleeren, klimatisierten Läden decke ich mich mit neuen Jeans, schwarzen T-Shirts und *leger* wirkenden Hemden ein.

Ab September sehe ich sie einmal die Woche: Eine ganze Stunde lang habe ich sie nur für mich alleine. Meine zwölf Jahre jüngeren Nebenbuhler (die ich sofort unter den anderen Schülern ausgemacht habe) entwaffne ich leicht, indem ich ihre Gunst gewinne. Ich leihe ihnen gute Bücher, zeige ihnen anspruchsvolle Filme, lese ihre selbstgezimmerten Prosawerke. Ich bin ausreichend kritisch (um mich nicht zu verraten), kann aber auch Lob spenden. *Dieser Absatz hier, der ist dir wirklich gut gelungen, Petr. Richtig wunderbar – du weißt ja, wie selten ich das Wort wunderbar benutze …* Ich beobachte, wie Klára auftaut, wie sie von Woche zu Woche lockerer wird, wie sie sich langsam in mich verliebt (ich liebe sie schon seit Jahrzehnten), aber außer der zaghaften Freude spüre ich auch eine Art leichten Widerwillen: einen Widerwillen gegen mich selbst, gegen Literatur, gegen junge Frauen.

Jeff

Als ihn Tom mit Klára bekannt macht (sie laufen sich auf dem Platz Bratří Synků zufällig über den Weg), verschlägt ihm ihre Ähnlichkeit mit Eva fast den Atem. Er behält seine Überraschung aber für sich.

»Reicht euch die Hand, aber schnell, Klára muss noch ihre Hausaufgaben für morgen machen«, gibt sich Tom betont witzig.

Jeff hat das Gefühl, durch einen Zeittunnel in die Tiefe zu fallen. Klára errötet.

»Ich habe im letzten Monat Abi gemacht«, bringt sie scheu zu ihrer Verteidigung hervor, als ob ihr Abitur etwas daran ändern könnte, dass sie aufs Haar genau dreizehn Jahre jünger ist als Eva.

Ihre Ähnlichkeit ist verblüffend. Jeff muss unwillkürlich daran denken, wie manche Autofahrer an die Vorderseite ihres Wagens das Firmenlogo eines anderen Autoherstellers anbringen: Man ist sich ganz sicher, vor einem Škoda Favorit zu stehen, aber das blaue Oval aus Email auf dem Kühler versucht einem einzureden, dass man es mit einem Ford zu tun hat.

»Am nächsten Wochenende will ich mich bei Kláras Eltern vorstellen«, Tom lächelt und legt Klára den Arm um die Schultern. »Ich meine pro forma vorstellen, sie kennen mich ja schon von den Elternabenden.«

Als Jeff zu Hause Eva von dieser Begegnung erzählt, findet sie es richtig lustig. Ihm wollte es schon lange nicht mehr gelingen, sie zum Lachen zu bringen, und daher ist er froh, dass sie plötzlich ein gemeinsames Thema haben. Er macht eine Flasche Rotwein auf, und sie verbringen den ganzen Abend damit, dass sie diese ungleiche Beziehung auseinandernehmen. Nach Jeffs Meinung sucht Tom in Klára lediglich – bewusst oder unbewusst – einen Ersatz für das, was ihm in seiner Jugend nicht zuteil wurde.

»Was wurde ihm in seiner Jugend nicht zuteil?«, sagt Eva lächelnd. »Was meinst du damit?«

Jeff weiß, dass sie es laut hören will.

»Dich meine ich. Dich hat er doch nicht bekommen, das wissen wir doch alle. Aber mit Kláras Hilfe kann er heute deine damalige Zurückweisung kompensieren.«

»Das stimmt doch gar nicht«, kontert Eva. »Ich habe ihn nicht zurückgewiesen, er hat mir seine angebliche Liebe ja nie gestanden.«

»Aber sie war nicht zu übersehen.«

Eva schmiegt sich an Jeffs Schulter. Sie nippt an ihrem Glas und blinzelt. Dann sagt sie träge, das Ganze sei nicht ihr Problem, sondern das von Tom. Und dafür möchte sie nun wirklich keine Verantwortung übernehmen.

»Auf jeden Fall ist das Ganze peinlich«, sagt Jeff resolut.

»Leicht pubertär ist es schon«, stimmt Eva zu. »Er könnte schön langsam erwachsen werden.«

An diesem Abend schlafen sie nach einer dreiwöchigen Pause wieder miteinander.

Hujerová

Tom drückt mich wie selbstverständlich an sich und küsst mich auf die Wange.

Wie es dazu kam? Abends wollte Boris kurz zwei Pizzen mit Käse und Oliven holen, aber in der Pizzeria geriet er an Tom, der ihn zu seiner Überraschung sofort erkannte, obwohl sie sich nur das eine Mal bei unserer Hochzeit gesehen hatten. Tom saß alleine am Tisch und sehnte sich offensichtlich nach Gesellschaft, denn er orderte gleich eine Flasche Weißwein. Als sie leer war, lud Boris ihn zu uns ein (aus meinen Erzählungen wusste er schon lange, wie wichtig Tom für mich einst gewesen war, und er wollte mir eine Freude machen).

»Mensch, schön dich wiederzusehen«, sagte Tom zu mir.

Im Gegensatz zu Skippy und den anderen hat er nie einfach Hujerová zu mir gesagt – womit er in mir allerdings auch gleich falsche Hoffnungen weckte. Natürlich war ich damals nicht so naiv zu hoffen, dass sich dieser sympathische und kluge Junge ausgerechnet in mich verlieben könnte, aber … Schon gut, jetzt mal ehrlich: Natürlich *war* ich so blöd! Wenn jemand meint, *hässliche* heranwachsende Mädchen haben keine solchen Träume, dann irrt er sich. Sie haben solche Träume, aber sie halten sie konsequent geheim, weil sie ganz genau wissen, wie lächerlich sie sich machen würden (manchmal frage ich mich, ob es nicht sogar besser gewesen wäre, wenn mich Tom damals genauso behandelt hätte wie die anderen – das heißt mit einer mehr oder minder kaschierten Rücksichtslosigkeit; denn damit hätte er mir geholfen, meinen Realitätssinn zu festigen …).

Wir essen gemeinsam die beiden Pizzen und trinken drei Flaschen Wein. Ich stehe auf und gehe ich die Küche, um die nächste Flasche zu holen. Während ich nach dem Korkenzieher suche, höre ich Toms mühsam unterdrücktes Gähnen. In Anwesenheit meines Gatten kämpfen viele Leute gegen das Gähnen an.

»Und übrigens«, ruft mir Boris zu, »weißt du schon das Neueste?«

Ich nehme drei Teller aus dem Schrank und mache mich an die Vorbereitung von ein paar kleinen *Mitternachtshäppchen* (im Beisein von Tom drücke ich mich manchmal etwas zu schwungvoll aus). Ich habe genau jene Stimmung erreicht, in der ich aufhöre, den Lichtschalter wie ein Viereck aus hartem Plastik zu behandeln, sondern ihm mit der flachen Hand einen Klaps verpasse, als ob er der Arsch eines jungen Toreros wäre (ich bin zwar nie bei einem Stierkampf gewesen, hatte aber schon immer eine Schwäche für Matadoren). Im Licht der surrenden Neonröhre kneife ich die Augen zusammen – ich hasse dieses kalte Licht, aber mein beschwipster Zustand stimmt mich milde – und kicke jede Silberzwiebel, die auf den Fußboden fällt, ausgelassen unter die Anrichte. Meinetwegen könnt ihr dort vergammeln, gebe ich ihnen halblaut mit auf den Weg und verscheuche die Vorstellung, wie ich sie gleich morgen früh auf allen Vieren mit dem Besenstock aus den Ecken schubse, als ob ich Silberzwiebel-Billard spielen würde. Aber im Moment ist mir alles egal. Aus unserem (vom heutigen technologischen Stand aus gesehen) mittelalterlichen Kühlschrank hole ich einen Knochenschinken, drücke ihn an meine Brust und gebe ihm einen Schmatzkuss. Es ist der tollste Knochenschinken, den ich je hatte. Die Welt ist ein wunderbarer Ort. In meinem Wohnzimmer – nur drei Meter vom Schlafzimmer entfernt – sitzt Tom.

»Hallo«, trompetet Boris noch mal. »Ich fragte, ob du das schon wusstest?«

»Nein. Was meinst du denn?«, rufe ich – aber plötzlich macht es klick bei mir.

Ich lege den Schinken neben die Spüle, stütze mich beidhändig gegen die Arbeitsplatte und warte.

»Übermorgen heirate ich!«, grölt Tom.

Aus dem Wohnzimmer hört man, wie sie einander zuprosten. Ich bugsiere mich aus der Küche ins Wohnzimmer und ziehe *fröhlich* meine hässlichen Augenbrauen hoch.

»Du und *heiraten*? Das muss ja die wahre Liebe sein …«

Womöglich haben sie beide vor meiner Reaktion Angst gehabt (warum hätten sie diese grundsätzliche Neuigkeit sonst so lange für sich behalten?), aber jetzt sehen sie zufrieden aus.

»Da hast du Recht«, sagt Tom mit schwerer Zunge. »Sie ist ja so … auch so … schön!«

Seine hübschen Augen fallen zu, und ich kann endlich zu meinem Schinken zurück und mich leise in Tränen auflösen.

Tom

An diesem Morgen lässt mich etwas im Badezimmer stutzen: Meine Haare sind frisch geschnitten (Hochzeit ist Hochzeit), und der Spiegel ist sauber. Das Waschbecken ebenfalls. Ich sehe mich um: Das ganze Badezimmer ist geputzt. Die Geschichte wiederholt sich.

Als ich die Küche betrete, ist der Tisch für drei gedeckt – das bedeutet, dass man wohl auch Jeff zum Frühstück erwartet. Skippy steht am Herd und macht Ham-and-Eggs für mich.

»Nicht zu fassen«, sage ich.

Er setzt ein stolzes Grinsen auf und holt eine Flasche finnischen Wodka aus dem Gefrierfach.

»Danke fürs Frühstück, Skippy, aber Wodka will ich wirklich nicht«, wehre ich mich. »Erstens heirate ich morgen Vormittag und zweitens habe ich gestern genug gesoffen.«

»Man sollte sich nicht damit zufrieden geben, dass man nur Banalitäten von sich gibt. Alles, was du sagst, ist so wunderbar vorherzusehen … Warum bemühst du dich nicht wenigstens ab und zu um etwas Originelles?«

Dieser Satz klingt fast wie der, den ich immer zu ihm sage.

»Gut, dann kommt jetzt doch eine kleine Überraschung: Gestern Abend habe ich mit Hujerová und ihrem Mann gesoffen.«

»Erzähl keinen Stuss! Ihr habt zusammen gepichelt, du und die Hujerová?«, staunt Skippy ganz aufrichtig. »Und warum?«

»Zufall.«

»Warum betrinkt man sich mit einer Frau, die aussieht wie eine Schakal-Mutter?«

Warum betrinkt man sich jeden zweiten Tag mit jemandem, der wie ein Pinguin aussieht und sich Skippy nennen lässt, ohne ein Känguru zu sein?

»Menschenskind, Skippy ... Wo hast du denn bloß deine ganzen Vergleiche her?«

»Der hat gesessen, oder?«

»Weiß ich nicht. Ich weiß nicht, wie eine Schakal-Mutter aussieht.«

»Blöd sieht sie aus«, lacht Skippy. »Genau so wie die Hujerová.«

Was für ein sinnloses Gequatsche. Skippy gießt den Wodka ein, und ich schüttle resolut den Kopf.

»Du heiratest erst morgen *Mittag*«, erinnert er mich. »Übrigens, soll ich vielleicht noch deine Braut untersuchen?«

»Die würde ich dir nicht einmal dann anvertrauen, wenn sie extrem starke Blutungen hätte.«

»Wirklich nicht?«, fragt Skippy arglos. »Warum?«

»Das würdest du nie verstehen.«

Resigniert greife ich nach meinem Glas und suche nach einem Trinkspruch.

»Na dann: Hoch die Röcke!«, ruft Skippy.

Wir kennen uns seit der Grundschule, und ich bin mir ganz sicher, dass die Niederlagen seines Lebens zumindest zum Teil (falls ich mich überhaupt auf eine solch fragwürdige Aufteilung einlassen soll und somit zugeben muss, dass es im menschlichen Leben auch so etwas wie einen Sieg geben kann) auf seine erste richtige Clown-Nummer zurückzuführen sind. Wenn man es als Zehnjähriger schafft, sich mit freiem Oberkörper auf einen Tisch zwischen ältere Mädchen zu legen, sich zwei Schüsseln Vanillepudding auf die Brust zu stülpen und mit seinem so entstandenen Puddingbusen einen Shimmy zu vollführen, da muss man schon echten Mumm haben. Wenn man so etwas fertigbringt, dann wird man schlagartig der bekannteste Exot der ganzen Schule, und in den kommenden Wochen und Monaten suchen einen ganze Prozessionen Schaulustiger auf ... Und für diesen Erfolg büßt Skippy meiner Meinung nach bis heute. Er ist das Opfer seiner eigenen Selbststilisierung. Ein Dreißigjähriger, der mit der Erinnerung an die einstige Schulblödelei zusammengewachsen ist. Je mehr ich darüber nachdenke, desto deutlicher scheint mir, dass es nicht mal die Pickel, die sexuellen Entbehrungen oder all die üblichen Fauxpas der Jugend sind, die das Erwachsenwerden so schlimm machen. Am schlimmsten ist die Tatsache, dass man sich trotz der ganzen Verwirrungen und der Ratlosigkeit immer wieder ganz *natürlich* geben muss. Genau diese vorgetäuschte *Ungezwungenheit* ist das schlimmste an der Pubertät. Ich beobachte es jeden Tag in der Schule. Manchmal möchte ich meine Schüler schütteln und ihnen sagen: Versucht euch wenigstens vorzustellen, dass wir Erwachsenen wissen, was in euch vorgeht. Dass wir wissen, wie doof und unsicher ihr euch vorkommt. Warum setzt ihr um Gottes willen ständig dieses *coole* Gesicht auf? Warum müsst ihr hoffnungslosen Idioten immer herumposaunen, dass ihr *absolut O.K.* seid – auch wenn man euch gerade die Liebe eures Lebens vor der Nase weggeschnappt hat?

Jeff

Es ist zehn Uhr vormittags – und sie haben schon eine halbe Wodkaflasche leer gemacht. Obwohl Jeff zu jedem Gläschen etwas isst, spürt er die aufsteigende Trunkenheit. Dass man sich jetzt schon beim Frühstück mit den beiden betrinken muss, denkt er unzufrieden. Wenn es nach ihm ginge, hätte er am liebsten einen Fahrradausflug gemacht. Eine sanfte kilometerlange Steigung auf einer engen Landstraße, die auf beiden Seiten mit Apfelbäumen gesäumt ist – das fände er jetzt genau richtig. In den kahlen Baumkronen hängen vereinzelt die letzten verschrumpelten Äpfel, die Wiesen sind mit Reif bedeckt. Die Vorstellung, dass er nächste Woche mit dem Fahrrad nach Vrchlabí fährt, erfüllt ihn jetzt schon mit Freude.

»Ich fand schon immer, dass das Trinken am frühen Morgen etwas Besonderes ist«, sagt Tom begeistert. »Abends bin ich müde, und da schlägt mir der Alkohol schnell ein Schnippchen, aber vormittags bin ich frisch und kann ihm lange niveauvoll trotzen.«

Skippy schaut Jeff an und grinst breit: »Schon wieder redet er fast druckreif. Also: Schon wieder total besoffen!«

»Das ist nicht ganz richtig«, widerspricht Tom. »Gerade habe ich erklärt, dass ich vormittags imstande bin, mich gleichzeitig angetrunken und geistig fit zu halten. Oder hast du schon mal einen geistig fitten Saufkopf gesehen?«

Jeff hört nicht mehr zu – wenn er will, kann er ganz abschalten. Toms Gequassel geht ihm auf die Nerven. Mit siebzehn wurde Tom von Vartecký für sein erstaunlich reiches Tschechisch gelobt – und bis dreißig zehrt er davon, denkt er. Manchmal kommt ihm Tom wie ein kleiner Junge vor, der ein neues Fahrrad bekommen hat und von morgens bis abends durch die Siedlung kurvt, um sicher sein zu können, dass auch jeder sein Rad bemerkt hat. Nach einer bestimmten Zeit ist das nur noch peinlich.

»Und weißt du, was am schlimmsten ist?«, sagt Tom zu Skippy. »Sobald ich mich jetzt, nach dreißig, etwas konsolidiert habe und mich von diesen ganzen eingangs erwähnten aufgeknöpften Blusen und tiefen Ausschnitten nicht mehr umhauen lasse« – als Tom Jeffs leeren Blick registriert, wiederholt er das Ganze noch einmal, »da tauchen diese *superkurzen T-Shirts* auf.«

Er schweigt bedeutungsvoll.

»Und zusammen mit ihnen die nackten Bäuche. Die enthüllte Intimität des Bauchnabels, die manchmal sogar vom Erscheinen der beiden Grübchen auf den Pobacken begleitet wird.«

»Mensch ja, die Pobacken! Diese wunderschön knackigen Pos!«, röhrt Skippy.

»Und wenn das T-Shirt ausreichend knapp ist und entsprechend nach vorne absteht, wird auch ein neuer, ungewöhnlich aufregender Blick auf die Brüste von unten frei.«

Skippy beißt in seinen Zeigefinger.

»Brüste von unten?«, wundert sich Jeff. »Kniest du dich denn hin, oder wie?«

Tom ignoriert ihn.

»Und sobald du dich auch daran mühsam gewöhnt hast, sobald du wieder einen bestimmten Grad an Selbstbeherrschung erreicht hast, damit du bei direkter Konfrontation mit solchen erotischen Raffinessen …«

»Urin halten kannst?«, sagt Jeff bissig.

»… deine menschliche Würde wahren kannst, dann erscheint die *Hüfthose* auf der Bildfläche!«

»Ich liebe Hüfthosen!«, kreischt Skippy.

»Mit der hervorlugenden *Unterhose*. Mit der schamlos, vulgär und herausfordernd *zur Schau gestellten* Unterhose. Das, was früher nur ein einziger Mann sehen durfte, darf jetzt *jeder* sehen – darin liegt der grausamste Wesenszug dieser Mode. Jeder von uns kommt mehrmals täglich in den Status eines Auserwählten – aber ohne die dazu gehörenden Privilegien. Wir dürfen schauen, aber nicht anfassen. Die Spitzen kündigen Wonnen an, die nie kommen werden.«

»Super!«, blökt Skippy wie in seiner Jugend.

Tom ist offensichtlich mit sich selbst zufrieden.

»Trägt denn Klára keine Hüfthosen?«, fragt Jeff.

»Sie hat sie in der Schule auch getragen – was meinst du, wie sie mich rumgekriegt hat?«

Nach kurzem Zögern stößt Jeff mit ihm an.

»Viel Glück also. Möge es mit euch beiden gut laufen!«

»Auf die Braut und auf den Bräutigam«, schreit Skippy.

»Und jetzt muss ich dich was fragen«, sagt Tom zu Jeff und stellt sein Glas ab. »Das wollte ich dich übrigens schon lange fragen: Hat sie nun mit Vartecký geschlafen oder nicht?«

Obwohl schon so viele Jahre dazwischen liegen, ruft diese Frage sofort eine bestimmte Spannung hervor. Tom wühlt offenbar gerne in der Vergangenheit herum – dieses Hobby teilt Jeff mit ihm ganz entschieden nicht.

»Es stört dich hoffentlich nicht, wenn ich das frage?«

Jeff schweigt.

»Was ist?«, Skippy versteht nur noch Bahnhof. »Ihr lasst euch doch gerade scheiden, oder?«

»Manchmal habe ich das Gefühl«, sagt Jeff, »dass Eva und Vartecký für euch beide noch in fünfzig Jahren das Thema schlechthin sein werden. Obwohl dann der Gute längst tot sein wird.«

»Möglich«, sagt Tom. »Trotzdem bist du mir eine Antwort schuldig.«

Jeff trinkt einen Schluck, um Zeit zu gewinnen. Er weiß jetzt schon, dass er es Tom sagen wird, auch wenn ihm bewusst ist, dass in seiner Antwort eine leichte Schadenfreude, wenn nicht sogar Rachsucht mitschwingen wird …

»Sie hat mit ihm geschlafen.«

»Ich habe es ja geahnt«, nickt Tom, aber im Gegensatz zu seiner Behauptung schüttelt er immer wieder ungläubig den Kopf.

»Sie haben es jahrelang miteinander getrieben.«

»Jahrelang?«

Tom verbirgt den Kopf in seinen Händen. Jeff und Skippy tauschen einen Blick.

»Was hast du denn jetzt wieder?«, sagt Skippy. »Das ist doch alles Asbach.«

»Diese Hure«, murmelt Tom. »Diese verdammte Hure.«

Hujerová

Wir Hässlichen finden andere Menschen nicht nur hübscher, sondern auch selbstbewusster, klüger, ausgeglichener und insgesamt glücklicher – um so mehr schockiert uns dann, wenn wir feststellen müssen, dass dem gar nicht so ist. Als Eva das erste Mal bei Toms Hochzeit Klára erblickt, zieht sie sich sofort in sich zurück. Das fällt nicht nur mir auf. Jeff will sie wiederholt was fragen, aber sie antwortet nicht. Sie kommuniziert lediglich mit der kleinen Alice. Ich gehe zusammen mit den anderen zu ihr, um sie zu begrüßen und gleichzeitig aus nächster Nähe ihre Reaktion auf diese unglaubliche Ähnlichkeit mitzubekommen.

»Na, was sagst du denn dazu?«, flüstert Zuzana und deutet mit den Augen auf die blutjunge Braut.

»Nichts sage ich dazu.«

»Ich habe nicht gewusst, dass du eine jüngere Schwester hast …«

»Ha, ha, ha.«

Übrigens fühlt sich auch Klára durch Evas Anwesenheit sichtbar irritiert, sie dreht ihr ständig den Rücken zu. Beide benehmen sich wie zwei Frauen, die im gleichen Kleid zu einer Party gekommen sind.

»Sie ist zwar hübsch«, sage ich, »aber etwas Entscheidendes fehlt ihr.«

»Was denn?«, fragt Eva vorsichtig.

»Dein Geburtsdatum.«

Dankbar tätschelt sie meinen Arm.

Marie kommt eine halbe Stunde zu spät (die Zeremonie ist schon vorbei, Klára und Tom lassen sich gerade fotografieren). Ihr gelbes Kleid hat Schweißringe unter den Achseln. Die Frau, die auf Sebastian aufpassen sollte, ist im Stau steckengeblieben, sagt sie zur Erklärung. Der Reihe nach umarmt sie uns alle – mich sogar als Erste. Sie lächelt ständig und hört nicht auf zu plappern. Sie unterrichte in einer Grundschule, übe gerade mit den Kindern ein Theaterstück nach *Puh der Bär* ein und habe mit Joga angefangen. Auch ein neuer Typ habe sich eingefunden, im Moment würde sie ihn aber eher auf *Abstand* halten.

»Männer kennen nämlich keine Verantwortung«, sagt sie mit einer wilden Grimasse, »zuerst schwängern sie einen und dann lassen sie sich von einem Panzerwagen überrollen ...«

Wir schweigen andächtig.

»Und bei euch beiden ist hoffentlich alles O.K.?«, dreht sich Marie zu Jeff und Eva.

»Ja, schon«, sagt Jeff nach einer Weile. »Alles O.K.«

Eva zuckt mit den Schultern. Für jeden sichtbar.

»Solange nicht das Leben im Spiel ist, ist alles scheißegal«, sagt Marie.

Tom

Im Radio läuft eine der üblichen seichten Schnulzen – und Klára stellt mit der Fernbedienung lauter. Gereizt hebe ich den Kopf von den Klausuren, aber sie merkt es gar nicht: Sie liegt mit dem Rücken zu mir auf unserem Karlanda-Sofa und liest die Zeitschrift *ELLE*. Mit der silbernen Spitze ihres Kugelschreibers tippt sie dabei leicht auf ihre Lippen. Plötzlich merke ich, dass sich ihr Mund bewegt. Kein Zweifel – den blödsinnigen Text kennt sie auswendig.

Die Einrichtung unseres Appartements ist das Resultat eines gleich dreifachen Kompromisses: Zunächst musste man Kláras Vorstellungen (IKEA gepaart mit der Romantik von Jungmädchenzimmern) mit den meinigen (Minimalismus, Originalität und Zweckmäßigkeit) in Einklang bringen und unseren finanziellen Möglichkeiten anpassen. Anschließend wurden höflichkeitshalber noch einige Entwürfe von Hujerová einbezogen, die wir angesichts unserer langjährigen Freundschaft (wie sie es selbst etwas hochgestochen formulierte) von ihr als Geschenk bekommen haben.

»Ich mache dich aber im Voraus darauf aufmerksam, dass mich geschmackvolle Wohnungen langweilen«, sagte ich warnend in Anspielung auf Heinrich Böll.

»Na«, bemerkte sie frech, während sie sich Kláras Farbskizzen auf einem Blatt Karo-Papier anschaute, »wenn du die Wohnungseinrichtung ihr überlässt, wirst du dich garantiert nicht langweilen.«

In letzter Zeit langweilen wir uns allerdings beide. (Ich halte Schönheit in meinen Händen – und langweile mich. Nie hätte ich geglaubt, dass so etwas möglich ist.) Wir geben es sogar offen zu: Gemeinsam überlegen wir, wen wir abends einladen könnten. Wenn wir die Wohnung verlassen und ausgehen, ist es nicht viel besser. Kláras Altersgenossen irritieren mich, und ihr geht es mit meinen Freunden nicht anders: Ich verspreche ihr einen gebildeten und witzigen jungen Journalisten – und dann verbringen wir einen ganzen Abend in Gesellschaft von einem glatzköpfigen Dreißigjährigen, der entweder ausschließlich über sich selbst redet oder Klára literaturgeschichtliche Fakten abfragt. Und so weiter. Literatur hat sie schon lange satt. Sie interessiert sich für Sachen, die wiederum mir vollkommen egal sind: Tanzmusik, Inline-Skaten,

Computergraphik, Snowboardklamotten. Sie erhebt einen berechtigten Anspruch auf ihre Jugend – und ich fühle mich angegriffen. Ich trinke und bringe ihr das Trinken bei; Alkohol fördert Verborgenes in ihr zutage – bereitwillig macht sie alles mit, was ich in einem Anfall von Geilheit von ihr verlange. Es wird mir klar, dass sie mich früher oder später betrügen wird. Wir kochen uns leckere Gerichte, nehmen zu, treiben Sport. Denken nach über Sex zu dritt oder zu viert und verspüren Eifersucht, wenn der Vorschlag vom anderen zuerst kommt. Wir lügen uns an. Wir knallen uns die Wahrheit um die Ohren. Wir betrügen uns, denken über Trennung nach, trennen uns und kommen wieder zusammen. Zum Schluss – wie wir beide es lange kommen sahen – trennen wir uns definitiv.

Skippy

Die Preise für Flugtickets purzeln in einem Affenzahn, gestern habe ich es probeweise im Internet gecheckt: Paris dreitausend, London zweieinhalb. Da darf man sich nicht wundern, wenn Mütterchen Prag von ganzen Geschwadern besoffener Briten angeflogen wird, als ob sie dazu nicht ins Flugzeug, sondern in eine Straßenbahn hüpfen müssten. Melbourne zwölftausend. Vor zehn Jahren hat man einen Flug nach Australien nicht unter dreißigtausend gekriegt. Vor einem Monat hat Claude geschrieben, dass ich vor den australischen Gays auf der Hut sein soll, denn jetzt, bei den Flugpreisen, könnte es sein, dass sie tatsächlich kommen. Bisher sei er immer *over the ocean and far away* gewesen und damit war die Sache gegessen, aber heutzutage könne sich auch ein stinknormaler Bibliothekar aus Melbourne einen Europa-Flug leisten. Das müsse mich doch nervös machen, oder? Ohne mit der Wimper zu zucken, habe ich geantwortet, er solle ruhig kommen, ich warte in der Ankunftshalle mit fünf Teerosen auf ihn – und in drei weiteren Mails mit höchster Dringlichkeitsstufe habe ich es ihm wieder auszureden versucht. Bei der Vorstellung, wie er seinen nagelneuen Stringtanga in den Koffer packt, wurde mir ganz mulmig. Klar wurde er sauer und schrieb, warum ich mir nicht jemanden vom Mars aussuche: Wenn man dort endlich Wasser entdeckt hat, wird es vielleicht auch da schwules Leben geben – und so ein warmer Marsbruder würde garantiert nicht so schnell zu Besuch kommen. Fuck you!, tippte ich ein. Du weißt doch gar nicht, wie das geht, schrieb er gleich zurück. Es ist schon wahr, dass ich immer nur jemanden nachmache. In der Schule habe ich den Klassenkasper gespielt, als Arzt imitiere ich die höflichen Docs aus den amerikanischen Fernsehserien und vor Jeff und Tom spiele ich zur Abwechslung die Macho-Rolle: Ich kaufe nicht ein, räume nicht auf und suhle mich in unflätigen Ausdrücken. Cha cha. Natürlich bin ich kein Schauspieler und trage ab und zu etwas zu dick auf, trotzdem haben die beiden Dummbatzen nie etwas gemerkt. Die sind so dicht in der Birne, dass sie mir sogar dabei helfen, Frauen anzubaggern. Ich weiß nicht, was ich noch machen soll, damit sie es endlich kapieren. Wahrscheinlich müsste ich es ihnen sagen. Bloß das kommt nicht in die Tüte: Wenn man sich seit fünfundzwanzig Jahren bei jedem Schwulen-Witz auf dem Boden kullert – und sie sogar selbst zum Besten gibt – dann kann man kaum damit kommen, dass man auch irgendwie schwul ist. Apropos, Jeff, habe ich dir schon gesagt, dass ich andersrum bin? Das schaff ich einfach nicht. Nichts gegen späte Bekenntnisse, aber der Abstand von einem Vierteljahrhundert ist schon starker Tobak. Also bleibt mir nichts anderes übrig, als weiterhin alleine meinen schwulen Karren zu ziehen. Nur wenn die Flugtickets weiter billiger werden, wird Claude eines Tages ohne Vorwarnung kommen, und dann kann ich mir *directement* eine enganliegende Lederhose und ein rosa Rüschenhemd kaufen. Wobei ich noch von Glück sprechen kann, dass ich mir damals, im ersten Jahr auf dem Gymnasium, keinen Sowjetburschen als Brieffreund habe verpassen lassen – statt eines Bibliothekars aus Melbourne könnte hier nämlich auch ein warmer Stahlarbeiter aus der Ukraine aufkreuzen, und Jeff müsste man dann wohl künstlich beatmen.

Jeff

Nach der Scheidung darf Jeff seine Tochter einmal in der Woche und jedes zweite Wochenende sehen. Meistens gehen sie schwimmen oder ins Kino. Am Wochenende fahren sie raus aus der Stadt: Im Winter fahren sie Ski, im Sommer zelten sie oder machen eine Fahrradtour. Wenn Jeff Alice heute nach all den gemeinsamen Ausflügen fragt, muss er enttäuscht feststellen, dass sie sich an die meisten überhaupt nicht mehr erinnern kann. Aber vielleicht waren sie trotzdem nicht ganz überflüssig, tröstet er sich heimlich.

Woran sie sich allerdings noch heute erinnern kann, sind Skippys Blödeleien. Das erste Mal kommt er zufällig mit, später begleitet er sie jedes Mal und lässt deswegen selbst wichtige Fußball- oder Eishockeyspiele sausen. Gleich am Anfang macht ihm Jeff klar, dass er vor Alice keine unanständigen Wörter benutzen darf, und zu seiner Überraschung hält sich Skippy daran. Ansonsten benimmt er sich aber noch infantiler, als man es von ihm kennt (Alices Anwesenheit scheint er als Alibi zu nutzen): Auf der Straße macht er pausenlos Quatsch, hüpft herum, schneidet Faxen und dichtet Stegreifverse à la *Grabt einen Krater sprach der Herr Pater/Wozu? Fragen die Konfirmanden – Für den toten Elefanten!* Skippys Reime geistern zwar noch Wochen später in Jeffs Kopf herum, aber Alice ist begeistert – und das ist die Hauptsache.

Nach ein paar Jahren gesellt sich auch Tom zu ihnen. Auch er gewinnt Alice bald für sich: Als er herausbekommt, wie gerne sie Gruselgeschichten mag, erzählt er ihr seine persönlichen Fassungen von verschiedenen Horrorfilmen (Jeff muss ihn immer mäßigen, damit Alice überhaupt noch einschlafen kann). Und da Tom bei den gemeinsamen Wochenenden weniger trinkt, halten sich seine üblichen verbalen Exhibitionen in einem annehmbaren Rahmen.

Jeff weiß, dass sich Tom bei Alices Anblick immer mehr an Eva erinnert fühlt. Je älter sie wird, desto häufiger kann er die Augen nicht von ihr abwenden.

»Kann es denn auf der Welt etwas noch *Vollkommeneres* geben?«, sagt er eines abends zu Jeff, als sie nach einer Paddeltour auf Sázava unter freiem Himmel sitzen.

Mit den Augen zeigt er auf Alice, die gedankenverloren ins Feuer starrt; sie hat Jeffs schwarzes Kapuzenshirt an, das ihr so groß ist, dass sie es über die angewinkelten Knie ziehen kann. Ihre Wangen sind leicht gerötet und die helle Haarsträhne an ihrer linken Schläfe sieht aus wie ein zarter Flaum.

»Ich lass dich nie mit ihr allein«, antwortet Jeff scherzhaft, aber heimlich muss er ihm Recht geben.

In den letzten Jahren darf Alice manchmal auch in die *Höhle* kommen – Eva war zunächst dagegen, aber dann wurde sie von Skippy zu einem Inspektionsbesuch eingeladen (vorher haben alle den ganzen Tag lang die Wohnung geputzt und gewienert), und sie willigte zögerlich ein. Sie schaffen es natürlich nicht, jedes Mal aufzuräumen, bevor Alice kommt, aber ihr scheint es inmitten der leeren Flaschen, Bierdosen und den in die Breite gegangenen Haufen gelesener Zeitungen und Zeitschriften gut zu gefallen.

»Für sie sind wir eine Attraktion, weißt du?«, sagt Tom zu Jeff. »Die auf Hochglanz polierte Wohnung ihrer Mutter ist öder Kommerzkram, während wir der *Underground* sind. In ihren Augen ist die *Höhle* so etwas wie *alternative Familienkultur.*«

»Warst du auch in meine Mutter verliebt?«, fragt Alice eines Tages Tom.

Sie schaut zu Skippy, greift nach dem Rand von ihrem T-Shirt und verhakt den Stoff hinter ihre Vorderzähne. Tom tut, als ob er nichts gehört hätte. Alice tippt ihm auf die Schulter.

»Warst du in sie verliebt oder nicht?«, nuschelt sie.

»Klar. Du weiß doch, wie ich auf Horrorgeschichten stehe.«

Alice lacht, will sich aber nicht so einfach abwimmeln lassen.

»Komm, sag es mir doch«, drängelt sie. »Hast du sie geliebt?«

Tom dreht sich zu ihr um: »Ja, habe ich. Sie war … unglaublich schön. Sie ist unglaublich schön.«

Alice nickt.

»Aber sie war mit Jeff zusammen«, erklärt Tom. »So etwas kann passieren im Leben.«

Alice denkt nach. Auf ihrem T-Shirt prangt ein großer nasser Fleck.

»Also wart ihr eigentlich alle drei in sie verliebt«, lacht sie plötzlich. »Alle drei.«

»Skippy nicht, sofern ich weiß«, wendet Jeff sachlich ein.

Skippy lächelt verlegen.

»Klar war er auch in sie verliebt!«, behauptet Alice resolut und schaut ihren Vater an. »Sonst würde er uns nicht bis heute besuchen kommen, oder?«

Das ist für Jeff neu – und für Tom auch, wie er sofort an seinen Augen ablesen kann. Keiner sagt etwas. Alices Blick springt hektisch von einem zum anderen; schließlich bleibt sie bei Skippy stehen.

»Sorry«, entschuldigt sie sich. »Das hätte ich wohl nicht sagen dürfen, was?«

Tom begreift es um eine Sekunde schneller: »Mittwochs? Kommt er immer am Mittwoch zu euch?«

Alice nickt zögernd. Skippy wird rot.

»Also keine Jágr-Bar, ja?«, sagt Tom. »Keine großflächigen Bildschirme? Von wegen echte Kerle, frisch gezapftes Bier und tolle Atmosphäre?«

»Ich schau nur Fußball bei Eva!«, ruft Skippy.

»Auf einem 55er Bildschirm?«, fragt Jeff.

Skippy faltet die Hände zusammen.

»Was bildet ihr euch ein?«, er wird lauter. »Was für Blödmänner seid ihr doch! Ganz normale Blödmänner!«

Jeff und Tom starren ihn schweigend an. Skippy fällt auf die Knie.

»Ich schwöre auf das Leben und auf die Gesundheit aller, die mir lieb sind, dass das hier wahr ist. Wir schauen Fußball! Mehr nicht! Reicht euch das?«

Die Szene ist peinlich, dafür aber ausreichend überzeugend. Tom kann schon wieder lächeln.

»Wusstest du denn nicht, dass Eva von Jeff vorbestellt wurde?«, sagt er in einem verspäteten Versuch um Auflockerung.

»Wie meinst du das, vorbestellt?«, will Alice sofort wissen.

Wenn du etwas nicht verstehst, dann frag nicht, schießt Jeff durch den Kopf.

Hujerová

Mein Mann Boris führt Aufsicht in der Prager Metro. Seine Lebensaufgabe besteht darin, den Reisenden mitzuteilen, dass der einfahrende Zug in der Station Kačerov endet. Nach all meinen Jungmädchenträumen von einem erfolgreichen, reichen Ehemann, der mir jedes Mal beim Abschied einen Luftkuss schickt (während ich mit unseren niedlichen drei Kindern auf der verglasten Terrasse unserer funktionalistischen Vorstadtvilla stehe), lebe ich in einer Plattenbauwohnung mit einem Mann zusammen, der acht Stunden am Tag die Menschen mit der Durchsage nervt, dass sie den Sicherheitsstreifen überschritten hätten.

Wenn ich auf dem Weg zu den Berühmtheiten, denen ich die Wohnung einrichte, der Metro-Station, in der Boris arbeitet, nicht ausweichen kann, stelle ich mich wenigstens auf dem Bahnsteig so, dass er mich von seinem Kabuff aus nicht sieht. Das Warten auf den Zug verkürze ich mir dann meistens mit dem Beobachten von hübschen Mädchen. Im Geiste male ich mir ihr Aussehen in zehn, zwanzig Jahren aus – meine persönliche Variante von computergesteuerter Interieur-Simulation (kaum eine der jungen Frauen, die selbstbewusst in die Metro einsteigen, ahnt, dass sie im Kopf dieser molligen, schlecht frisierten älteren Brünetten ein ziemlich getreues zukünftiges Bild von sich selbst erblicken könnte). Natürlich vergesse ich dabei nicht, dass ich mich in Boris' Reich befinde – und wenn es dann plötzlich in den Lautsprechern knackt, bin ich womöglich die Einzige, die dieses leise Geräusch registriert.

»Wir bitten die Reisenden Richtung Háje, den Sicherheitsstreifen nicht zu überschreiten«, erschallt die durch die Routine fast zur Unkenntlichkeit veränderte Stimme meines Gatten aus dem Lautsprecher.

Ich starre die grauen Marmorplatten an den Wänden der Station an.

»Wir bitten die Reisenden Richtung Háje, den Sicherheitsstreifen nicht zu betreten!«

Auch wer meinen Mann nicht kennt, dem wird bei der zweiten Durchsage die wachsende Müdigkeit und Resignation in seiner Stimme nicht entgehen. Der dicke Mann, an den Boris' Mahnung adressiert ist, bleibt weiterhin über die Gleise gebeugt. Offensichtlich liegt dort etwas, das seine Aufmerksamkeit völlig absorbiert. Beim Anblick seiner Kleidung weiß ich – im Gegensatz zu meinem Mann – sofort, dass er Ausländer ist. Man hört den Zug schon im Tunnel.

»Den Sicherheitsstreifen nicht betreten!«, schreit Boris gereizt ins Mikro, rennt aber schließlich heraus – dünn, mit blassem Gesicht und in einer schlecht sitzenden braunen Uniform – und zieht den Mann am Ärmel zurück. Der Ausländer ist zuerst erschrocken, nachdem er aber die Situation begriffen hat, entschuldigt er sich mehrmals. Mein Mann spricht keine Fremdsprache; er spielt den Miesepeter und will verschwinden, der Dicke klopft ihm auf die Schulter und will ihn sogar in die Arme schließen. Der Zug kommt, die Reisenden steigen aus und beobachten das merkwürdige Paar interessiert. Ich steige schnell ein, die Tür geht zu. Ich sehe Boris noch verlegen grinsen – und muss mich in die Unterlippe beißen, um nicht loszuheulen. Das funktioniert genauso gut wie das Kneifen in die Hand.

In beiden Dingen habe ich eine jahrelange Übung.

Ich liebe einen Metro-Angestellten – und fühle mich ständig bemüßigt, es allen erklären. Das ist komisch: In der Theorie ist mir klar, dass das Leben unglaublich bunt und vielschichtig ist, und dass es jeden Lügen straft, der versuchen möchte, es auf einen Nenner zu bringen. Aber wann auch immer mir in der Praxis nur das klitzekleinste Anzeichen einer *echten* Mannigfaltigkeit begegnet, fühle ich mich vor den Kopf gestoßen. Von der Karlsbrücke kommt ein Schwarzer mit einer Osterrute in der Hand, und ich starre ihn an wie ein Gespenst.

Eigentlich muss man die Beispiele nicht so weit her holen: Bis heute haut es mich buchstäblich um, wie mein Mann Boris es schafft, gleichzeitig gutmütig und fremdenfeindlich zu sein, sensibel und beschränkt. Einmal ist er zärtlich und sanft, und kurz darauf benimmt er sich wie ein musterhafter Barbar (als Figur für eine Telenovela absolut ungeeignet).

Etwas unbescheiden möchte ich hier anmerken, dass einige seiner besseren Eigenschaften mir zuzurechnen sind. Manche seiner Bekannten loben bis heute, wie sich Boris an meiner (weit ausladenden) Seite gemacht hat. Ich bin ihm 1991 bei einer zweitägigen Busreise nach Venedig begegnet (zu der Zeit hatte mein Vater den zweistöckigen Neoplan-Bus gerade neu, und er erzählte so lange begeistert davon, bis ich mich zu dieser Fahrt angemeldet habe). Er war allein unterwegs. Sein sanfter Blick und seine leicht angegrauten Schläfen gefielen mir auf Anhieb; außerdem trug er *weiße* Riemchensandalen. Hätten aus ihnen keine Frotteesöckchen mit der seitlich aufgedruckten Aufschrift SPORT hervorgelugt, und wäre über dem Reißverschluss seiner billigen Jeansshorts nicht eine riesige Nierentasche aus Kunstleder gebaumelt, hätte ich ihn glatt mit einem Arzt verwechselt (in meiner privaten Erotikhierarchie rangieren Ärzte – bis auf Skippy, versteht sich – an zweiter Stelle gleich hinter den Matadoren; die Ärzte verbinde ich wohl unbewusst mit einer Art Safer – vermutlich desinfiziertem – Sex, aber warum die verschwitzten und zweifelsohne in Promiskuität lebenden Stierkämpfer ihnen den ersten Platz streitig machen müssen, ist mir bis heute nicht klar).

Im Bus sitzt Boris ganz vorne, häufig neigt er sich vor und beobachtet Vater beim Fahren; wenn der sich hinter dem Lenkrad laut über den *Itaker* echauffiert, der sich mit seinem Auto vordrängelt, nickt Boris zustimmend. Vater drückt auf die Hupe – heimlich hege ich den Verdacht, dass er nur den starken, satten Ton der Hupe hören will –, und aus dem Fahrerfenster des schwarzen Golfs vor uns schießt ein Arm mit gestrecktem Mittelfinger heraus.

»Du Spaghetti-Fresser!«, schimpft Vater.

Der Zweitfahrer schläft, und so blickt er zunächst mich im Rückspiegel an, und als ihm von mir keine moralische Unterstützung zuteil wird, schaut er zu Boris hinüber.

»Der hat es anscheinend super eilig, der Idiot, was?«, sagt Boris servil.

Während der Pause auf einer Autobahnraststätte wechseln sie die ersten Worte. Vater verkauft den Passagieren Kaffee aus dem Automaten, und ich reiche ihnen mit einem ironischen, fast entschuldigenden Lächeln (das den meisten wohl nur spanisch vorkommt) Plastiklöffel, Milch und Zucker. Boris bleibt in der Nähe. Offensichtlich ist ihm meine Rolle schleierhaft, er traut sich aber nicht, mich anzusprechen. Sein damaliges Selbstbewusstsein ist gleich Null: War sein Platz im Kino besetzt, suchte er sich einen anderen, und war es im Saal ganz voll, setzte er sich lieber auf die Treppe. Wenn ihn eine Verkäuferin unter dreißig bediente, fing er an zu stottern. Und so weiter. Er hatte zwar zwei längere Beziehungen hinter sich, aber die Zeit, die er mit seinen Komplexen allein verbrachte, war deutlich länger. Wer könnte ihn besser verstehen als ich?

Auf der Rückfahrt entwickelt sich zwischen ihm und Vater eine rege Konversation. Vater – was für ein Wunder! – lacht sogar mehrmals laut auf.

»Hast wohl einen neuen Freund, wie?«, frage ich ihn bei der nächsten Rast und zeige unauffällig mit dem Kopf zu Boris hin. Vater schaut verdutzt. Mit einem Wassereimer in der Hand läuft er um den Bus und schrubbt mit einer nassen Bürste tote Insekten von den Scheinwerfern. Brav tripple ich hinter ihm her.

»Oder keimt da etwas Tieferes?«

Vater stellt den Eimer ab und deutet eine Erziehungsohrfeige an (er hasst Homosexuelle und bezeichnet sie grundsätzlich nur als Schwuchteln). Dann erzählt er mir, wo Boris arbeitet.

»Also ist die Grundlage eurer Freundschaft«, sage ich lächelnd, »die gemeinsame Übereinkunft, dass alle Reisenden Schweine sind?«

»Über Passagiere haben wir bisher nicht geredet«, antwortet Vater zugeknöpft. »Aber es wäre durchaus möglich, dass wir auch in diesem Punkt übereinstimmen würden.«

»*Auch?* In welchen *Punkten* stimmt ihr noch überein?«

Endlich schaut er mich an.

»Ich finde, er ist ein anständiger Kerl«, sagt er angriffslustig.

Unsere Blicke kreuzen sich.

»Papa, lass das mal!«, warne ich ihn.

»Jedenfalls wäre das wenigstens was«, fährt er mit einer schockierenden Offenheit fort.

Durch dieses *was* gibt er zu erkennen, dass er von meinem *Nichts* weiß.

»Vielleicht sollte ich lieber nach Hause trampen«, sage ich.

Am Ende der Reise stellen wir uns zu Vaters Freude gegenseitig vor. Boris fragt stammelnd, ob ich denn öfter mit Papa reise.

»Nur wenn er den Neoplan fährt«, witzle ich. »In einen anderen Bus bringen mich keine zehn Pferde.«

Vater lächelt. Boris rafft sich zu einer direkten Frage auf.

»Wann bekommst du den Neoplan wieder, Zdeněk?«

Da bin ich platt: Sie duzen sich schon!

»Am nächsten Wochenende. Da mache ich zwei Tage Wien-Mikulov. Kommst du mit?«, er dreht sich zu mir.

Ich durchbohre ihn mit meinem Blick.

»Weiß nicht!«

»Also ich würde mitkommen«, sagt Boris.

Im Weinkeller in Mikulov biete auch ich Boris das Du an.

Als Thema unserer ersten Konversation muss aus Mangel an anderen Möglichkeiten Irenas Selbstmord herhalten. Zu meiner Überraschung kennt Boris alle Einzelheiten. Ja, seinem Kollegen sei Irena tatsächlich aufgefallen. Sie rannte eine Zeitlang am Bahnsteig hin und her, aber da sie immer brav vor dem Sicherheitsstreifen geblieben war, griff er nicht ein. Sie rempelte sogar Menschen an.

»Und das fand er nicht merkwürdig? Warum hat er nichts unternommen?«

»Er war damals ganz neu«, sagt Boris. »Gerade eine Woche da.«

»Trotzdem.«

»Weißt du überhaupt, wie viele Knallis jeden Tag auf dem Bahnsteig hin und her laufen?«

Seine taktlose Bemerkung kränkt mich. Irena war nicht durchgeknallt, protestiere ich innerlich. Sie war nur eine unglückliche hässliche Frau, und ihr Leben war eine wirkliche Hölle.

Zurück in Prag bringen wir auch die unausweichliche Peinlichkeit namens *das erste richtige Rendezvous* unbeschadet hinter uns. Nach dem zweiten, unerwartet netten Treffen werde ich langsam nervös. Bis jetzt ist es immer nur bei einem Abschiedskuss geblieben, aber was wird nächste Woche kommen? Es versteht sich von selbst, dass ich Boris nicht erzählen kann, dass ich Jungfrau bin (im Hinblick auf die *Technik* meiner autoerotischen Spiele ist es Gott sei Dank auch gar nicht nötig). Mit achtundzwanzig noch Jungfrau, das ist nicht normal, das würde ihm einen Schrecken einjagen – und mich in seinen Augen sofort zu einer Ware schrumpfen lassen, die keiner mehr kaufen will.

Also muss aus dem Schlick am Boden der Schleuse neben der Střelecký-Insel Libor her: Ich wasche ihn, trockne ihn ab und bringe ihm das Laufen bei. Noch vor kurzem eine grüne aufgequollene Wasserleiche, lächelt er mich jetzt wieder an. Schon wieder pafft er und klopft die Asche direkt in die hohle Hand. Erneut lerne ich alle dazugehörigen Realien auswendig – widerwillig, aber auch mit einem bestimmten Sentiment, wie ein Schauspieler, wenn er eine längst vergessene Rolle wieder auffrischen muss. Plötzlich kommt mir ein einziger Liebhaber viel zu wenig vor. Ich darf mich nicht unterschätzen, denke ich, muss mehr Selbstvertrauen haben. Warum könnte ich mit achtundzwanzig nicht wenigstens *zwei* Liebhaber gehabt haben? – Und wer soll sich die ganzen Typen ständig ausdenken?, frage ich mich selbst. Wer soll sich das alles merken?, sage ich wütend, aber sofort kommt mir die Idee schlechthin: Petr Stančev, ein glücklich verheirateter Kollege aus meiner Firma. Über ihn weiß ich genug und brauche daher – bis auf den Sex – nicht zu lügen. Ich bin die Frau, die ihrem Partner vorgaukelt, dass sie mit einem Arbeitskollegen *etwas am Laufen hat.*

»Und wieso ist es mit dem Stančev dann zu Ende gegangen?«, interessiert sich Boris später.

»Irgendwann fand ich seine ewigen Versprechungen nur noch nervig«, sagte ich.

Als Boris und ich das erste Mal miteinander schlafen, fragt er mich scheu, ob die beiden vor ihm denn *viel besser* gewesen wären?

»Du willst Unvergleichbares vergleichen«, sage ich mit Absicht zweideutig.

»Wie meinst du das?«, fragt er und seine Stimme versagt fast. Mein Gott, Männer!

»Petr hatte es immer ganz eilig nach Hause zu gehen – falls du mich verstehst. Husch, husch und schnell zurück zu Mami.«

Boris lächelt.

»Noch bevor ich gemerkt habe, dass etwas zugange war, war es auch schon vorbei.«

Eine Weile streichelt er mich sanft, aber dann hält er es nicht mehr aus.

»Und dieser Libor?«

»Libor – der war ein Kind«, sage ich mit einer zärtlichen Geringschätzung. »Er sah aus wie ein kleiner Butschi.«

Ich beuge mich über Boris.

»Willst du wissen, wie ein kleiner Butschi ausschaut?«, flüstere ich ihm ins Ohr.

Er schüttelt den Kopf, aber mich kann er nicht täuschen. Er will es nicht wissen, er will es hören.

»Ich hab ihn drinnen kaum gespürt«, sage ich und *schüchtern* bedecke ich mein Gesicht.

In gewisser Hinsicht sage ich ja auch die Wahrheit.

Skippy

Mein so genannter Vater hat meine Mutter verlassen, als ich fünf war. Übrigens: Solche Geschichten werden meist überbewertet – was mich betrifft, habe ich mich ein paar Jahre später kaum an ihn erinnern können. Heute ist er zuckerkrank, und das hat ihn schon zwei Zehen gekostet. Mich lässt das ziemlich kalt, aber Mutter schickt ihm jedes Jahr kitschige Weihnachtsgrüße mit Bildern von Josef Lada drauf, und die unterschreibe ich dann. Eine so genannte Weihnachtsidylle, cha cha. Mutter lebt mit einem Lebensgefährten zusammen. Der ist ein Vollidiot der ganz besonderen Sorte. Zum Beispiel hatte er die Idee, dass Mutter und er ihre Renten gemeinsam in einer Mon-Chéri-Schachtel aufbewahren. Er nimmt dann das ganze Geld an sich und gibt meiner bald siebzigjährigen Mutter ein großzügiges Taschengeld. Kurzum: ein Schätzchen. Als er zum ersten Mal hörte, dass ich Gynäkologe bin, fing er gleich an zu hecheln und mir neckisch zuzublinzeln. Es fehlte nur noch, dass er nach meinem weißen Kittel verlangte und sich zu einer Exkursion einlud. Wenn ich einmal im Monat zu den beiden zum Mittagessen muss, werfe ich vorher eine Tablette gegen Übelkeit ein (das meine ich eher metaphorisch). Mutter merkt das natürlich, aber sie findet es wohl besser, einen Idioten zu ertragen, als ganz alleine in der Wohnung zu sitzen. Das kann man auch irgendwie verstehen. Nachdem Tom seine Fee geheiratet hat und Jeff noch nicht geschieden war, habe ich mich in der *Höhle* so was von einsam gefühlt, dass ich sogar mit den Fernsehmoderatoren von Nova gequatscht habe. Die Lage wurde immer ernster. Ich bin sogar zum ersten Mal in meinem Leben in einen Gay-Club gegangen, habe mich aber gleich auf der dritten Stufe umgedreht. Mir war sofort klar, dass das nicht meine Welt war. Erstens war ich schon immer eher ein Einzelgänger, und zweitens ist meine sexuelle Orientierung eher asexuell als homosexuell. Was bei einem unberührten, keuschen Einundvierziger kaum weiter überraschen mag. Wie sollte ich denn mit den schwulen Profis überhaupt kommunizieren? Darf ich dich am Ellbogen streicheln, magst du das? Oder meinen Kopf an deine Schulter lehnen, ist das richtig so? Glücklicherweise haben sich Tom und Jeff rechtzeitig scheiden lassen, so dass ich mich nicht habe befummeln lassen müssen, nur um mit jemandem reden zu können. Ich habe in der *Höhle* eine Welcome-Party für sie gemacht, und alles war bald wie früher. Es beruhigt mich zu hören, wie sie duschen oder in der Küche mit dem Geschirr klappern. Wenn Jeff morgens beim Frühstück seinen Kaffee umrührt, sieht er immer noch aus wie der David von

Michelangelo. Mehr ist sowieso nicht drin, schto delat, was tun, wie unsere Russisch-Lehrerin sagte. Daher: Da rubbelt sich als Morgenspaß die Jungfrau heut die Möse nass. Ich weiß, man könnte das Ganze etwas würdevoller angehen, aber da ich schon mal in dieser Schublade stecke, sehe ich keinen Grund dafür, die Dinge noch komplizierter zu machen. Der Mensch ist ein Gewohnheitstier, beziehungsweise einem alten Hund bringst du keine neuen Tricks bei, wie der Engländer sagt. Das Bild, das die anderen von uns haben, können wir sowieso kaum beeinflussen. Außerdem reicht es mir vollkommen, wenn Jeff mich zu seinen Alice-Wochenenden mitnimmt – da bin ich fast glücklich. Dann sind wir eine normale Familie, egal was unsere liebe Volkspartei oder der texanische Blödmann davon halten mögen. Jedenfalls sind diese gemeinsamen Wochenenden das Beste, was mir im Leben passiert ist. Meinen Sie, dass das nicht viel ist? Und was sollen dann Karel, Ruda oder Irena sagen? Wer sagt, dass jeder, der Pilze sammelt, auch mit vollem Körbchen heimkehren muss? Wie's im Koran geschrieben steht, am besten Sex am Morgen geht. Mensch Skippy, halt endlich mal deine Klappe. Cha cha.

Hujerová

Die Hochzeit war sozusagen mein Lebenswerk.

Ich wusste schon immer, dass – wenn es mir wirklich darauf ankommt – ich das Potential zu einer zeitlich begrenzten, potemkinschen Anmut habe. Und dieses Wissen fand ich zum Glück bei der Hochzeit bestätigt. Mit Hilfe von einem Pfund Make-up und Gesichtspuder, zahllosen Lippen- und Augenbrauenstiften, Wimperntusche, Eyeliner und ähnlichem Zeug, Zahnweiß, Laser, einem Push-up-BH und last but not least dem buttercremeweißen Hochzeitskleid aus Paris (mit zwei zusätzlichen Seitenteilen) und einem schlichten Teerosenstrauß kreierte ich so etwas wie eine Kathedrale aus Sand. Na bitte, dachte ich zufrieden vor dem Spiegel (Vater stand hinter mir und vor lauter Glück bekam er kaum noch Luft), man braucht nur eine Friseuse, eine Kosmetikerin und eine Dermatologin, zwei Damenschneiderinnen und eine Blumenfrau – und für ein paar Stunden hört man auf, hässlich zu sein. Von meiner Ankunft am Nuseler Rathaus bis zum Mittagessen im gegenüberliegenden Restaurant U Bansethů war ich *auf meine Weise* sogar schön. Ehemalige Mitschülerinnen beäugten mich argwöhnisch, und die einstigen Mitschüler dachten fiebrig darüber nach, warum sie mich auf dem Gymnasium eigentlich nicht ins Bett gezerrt hatten.

Das will ich zumindest hoffen.

Boris trägt auf meinen Wunsch einen Frack, in dem er sich nicht richtig wohl fühlt – und als mir nach der Zeremonie Kollege Stančev einen langen Kuss direkt auf den Mund gibt (ich verstehe gar nicht, was in ihn gefahren ist), wird seine Nervosität noch größer.

Tom gibt mir nur einen Schmatzkuss auf die Wange.

»Na, der auf Slapy damals war besser«, sage ich unzufrieden.

»Darf ich Sie anfassen?«, fragt Marie Boris und berührt seine Hand. »Komisch, es gibt Sie ja wirklich ...«

Dann nimmt sie mich in den Arm.

»Verzeih mir bitte«, flüstert sie.

Bei der Tischrede schildert mein Vater den versammelten Hochzeitsgästen dramatisch, wie er meine Erziehung allein meistern musste.

»Als sie drei Monate alt war«, zeigt er mit dem Finger auf mich, »hat uns ihre Mutter verlassen. Sie ist einfach eines Nachts aus dem Haus gegangen. Hat uns lediglich eine Packung Babynahrung und eine Babyflasche zurückgelassen.«

Ich bete inständig, dass er wenigstens das gestohlene Radio

auslässt. Zum Glück wechselt Vater bald das Thema und erzählt, wie er mir die erste Brille gekauft hat.

»Da war sie vielleicht acht«, sagt er. »Es war so ein billiges Kassengestell. Als sie die Brille aufsetzte, wollte es mir das Herz zerreißen. Ich will nicht lügen, sie sah furchtbar aus damit.«

Einige Hochzeitsgäste, die fälschlicherweise annehmen, dass er scherzt, lachen beflissen. Vater ermahnt sie mit einem kurzen vorwurfsvollen Blick, wie er es im Bus immer macht.

»Kurzum, als ich sie da mit der Brille sah, wusste ich, wie verletzlich sie war.«

Seine Stimme stockt, er kann nicht weitersprechen. Ich kneife mich in die Haut zwischen Zeigefinger und Daumen und hole möglichst tief Luft.

»Papa?«, rufe ich. »Das hier ist eine Hochzeit, verdammt noch mal! So was ist meistens eine *fröhliche* Angelegenheit!«

Im Lachen der Hochzeitsgesellschaft ist die Erleichterung deutlich zu hören.

»Ich wollte nur sagen, dass wir es nicht einfach hatten … Aber wir haben es letztlich geschafft!

»Auf die Braut und den Bräutigam!«, grölt Skippy in den Applaus. »Und hoch die Röcke!«

Drei Stunden später ziehe ich das herrliche Kleid aus, spüle das einzig brauchbare Gesicht meines Lebens ins Waschbecken und verwandele mich zurück in die Hujerová.

Der Autor

Im Dezember, zwei Monate vor der Manuskriptabgabe, kommt Oma K. für ein paar Tage nach Sázava. Im nächsten Jahr wird sie neunzig und bis jetzt erfreut sie sich einer ganz passablen Gesundheit; ihr ausgezeichnetes Gedächtnis und die schnelle Auffassungsgabe blieben ihr ebenfalls erhalten.

Nach dem Mittagessen nimmt der Autor sie mit zu einem längeren Spaziergang. Es friert, die Wege sind glatt, aber die Großmutter stützt sich auf einen Ast, der ihr als Stockersatz dient, und außerdem geht sie mit dem Autor Hand in Hand. Wie immer plappert sie ununterbrochen vor sich hin. Der Autor horcht erst in dem Augenblick auf, als die Großmutter laut bereut, zu einer Mitschülerin aus dem Gymnasium den Kontakt verloren zu haben.

»Wie viele wart ihr? Ich meine in der ganzen Klasse?«, fragt er.

Sie sprechen über das Mädchen-Reformgymnasium in der Slezská Straße in Prag Vinohrady, das sie in den Jahren 1929 bis 1933 besucht hat.

»Neunundzwanzig.«

Der Autor überlegt, wie er am taktvollsten nach der Gegenwart fragen soll. Die Großmutter erleichtert es ihm.

»Jetzt sind wir nur noch drei«, sagt sie.

Völkerball, schießt es ihm durch den Kopf.

»Manka, ich und die, von der ich eben die Adresse nicht habe«, zählt Großmutter unaufgeregt auf. »Aber die ist wahrscheinlich auch schon tot.«

»Ihr habt euch oft getroffen, nicht?«, fragt der Autor nach einer längeren Pause.

»Erst nach dem Krieg. Vor dem Krieg kaum. Nach dem Krieg waren wir einundzwanzig. Acht haben das Ende nicht erlebt.«

Der Autor will nähere Umstände wissen: zwei sind im Konzentrationslager gestorben (eine war Jüdin, die andere Kommunistin), zwei an Typhus und eine an Tuberkulose. Die Großmutter nennt konkrete Namen. Darüber, wie die drei anderen gestorben sind, weiß sie nichts.

»Aber wie oft habt ihr euch getroffen?«

»Einmal im Monat, bitte schön!«, meldet die Großmutter

stolz. »Immer abwechselnd bei einer von uns zu Hause. Für das leibliche Wohl hatte jeweils die Gastgeberin zu sorgen. Ein richtiger Schmaus war das manchmal! Ach, dieser Stock stört mich.«

»Dann wirf ihn doch weg.«

Großmutter lässt den Stock auf den verschneiten Gehsteig fallen. Der Autor muss lächeln.

»Das erste Nachkriegstreffen habe ich organisiert! Achtzehn sind gekommen! Achtzehn von einundzwanzig!«

»Nicht übel.«

»Das ist wahr. Zwei haben sich entschuldigt, aber die dritte nicht. Da waren wir richtig verärgert. Als wir wissen wollten, warum sie nicht gekommen ist, hat die einfach gesagt: *Und was hätte ich davon gehabt?* Würde dich so etwas nicht fuchsteufelswild machen?«

»Da wäre ich richtig sauer, stimmt«, gibt der Autor zu.

Hujerová

Fast alle Bäume im Krankenhausareal sind schon kahl, zwischen den Ästen werden Gebäude sichtbar, von deren Existenz ich noch vor ein paar Wochen nichts wusste. Das trockene Laub ist zusammengeschrumpft und hart geworden, jedes Mal, wenn es vom kalten Novemberwind über den Asphalt gejagt wird, hört man die Blätter geradezu kratzen und knarren. An vielen Stellen ist das Laub zu einer braunen Masse verklumpt, aber unter dem Kirschbaum am Pavillon, wo Vater liegt, sieht man noch die letzten satten Töne: das warme Gelb- und Karminrot. Mein Blick klammert sich an sie wie der Ertrinkende an seinen Halm.

»Papa? Willst du was trinken?«

Ich wiederhole meine Frage mehrmals, aber die einzige Reaktion kommt von dem Alten im Nebenbett: Heute schreit er etwas wie *Tonne*. Ich weiß, dass er ohne Antwort keine Ruhe gibt.

»Ja. Eine Tonne. Tausend Kilogramm, genau richtig«, sage ich ungerührt, solche Pseudogespräche machen mir nichts aus.

»Wonne!«, stößt er hervor. »Wonne!«

»Alles klar. Wonne. Oder auch Sonne«, plappere ich vor mich hin ohne nachzudenken, und merkwürdigerweise verstummt er gleich.

Er ist Alkoholiker *im finalen Stadium* (als mir das die Krankenschwester erzählte, fragte ich mich automatisch, in welchem Stadium Tom sich wohl gerade befindet).

Vater redet nicht mehr, nur seine Augen sind weit geöffnet. Das erschreckt mich. Was sieht er bloß? Woran denkt er? Ich streichle seine Hand und fahre mit dem Sauger an der Trinkflasche über seinen verfallenen, unrasierten Mund. Er reagiert nicht. Erst wenn ich die Flasche weiter nach vorne neige und er die ersten Tropfen spürt, bewegen sich seine rissigen Lippen leicht, und er beginnt zu nuckeln. Vor vierzig Jahren hat er mir die Flasche gegeben.

Früher hätte ich mich manchmal über sein Schweigen gefreut – zum Beispiel damals, als Irena bei uns zu Besuch war.

Seine Laune konnte man immer daran erkennen, wie er die Tür aufschloss und wie heftig er den Schlüssel auf das Regal neben der Tür pfefferte (bis heute sind die Spuren davon auf dem schwarzen laminierten Brett zu sehen, stellenweise blättert das Laminat sogar ab).

»Ahoj Papa!«

»Guten Tag«, grüßt Irena.

»Tag«, murmelt er.

Er streift die Schuhe ab (in den letzten Jahren vor der Rente hockte er sich dabei auf den Schuhschrank), schnaufend rückt er sie gerade und ohne jegliche Rücksicht auf Irena zieht er die blaue Diensthose aus. Ob er auch vor Eva Šálková so ungezwungen in der Unterhose herum spazieren würde?

»Hast du einen schlechten Tag gehabt, Papa?«

»Das sind alles Schweine!«

Ich werfe Irena einen Blick zu und ziehe entschuldigend die Achseln hoch. Vater faltet vorsichtig die Hose zusammen, und ich hänge sie über den Kleiderbügel.

»Alle ohne Ausnahme, Papa?«

Irena lächelt unsicher. Vater winkt ab ob meiner Ironie, schnappt sich vom Regal die Tageszeitung *Rudé právo,* die ich vormittags aus dem Briefkasten geholt habe, und geht in die Küche, um eine Clea zu paffen.

Bis November 1989 übte er in seinem Bus eine fast uneingeschränkte Herrschaft aus: Einer Uniform (wenn auch nur einer Busfahreruniform) widersprach man unter Husáks Regime nicht.

»Eines muss man den Kommunisten lassen – damals wusste man noch, was Disziplin war«, sagte er nach der Wende immer wieder.

Trotzdem brachten es auch damals die Passagiere fertig, ihn zu ärgern: Sie stiegen mit einem Hund ohne Maulkorb in den Bus, öffneten ohne seine Erlaubnis die Dachlüftung oder lehnten es ab, in den hinteren Teil des Busses durchzugehen. Und so weiter. Solche Konflikte gab es viele: *Entweder Sie steigen sofort aus mit dem Hund ohne Maulkorb, oder ich fahre nicht weiter.* Sie können gerne Tipps abgeben, wer den Kürzeren zog.

»Wer Bus fahren will, der muss parieren. Und wer nicht parieren will, der kann sich ja einen Shiguli kaufen.«

Das schadenfrohe Wissen um die eigene Überlegenheit war nicht zu überhören: Er wusste ganz genau, dass sich die meisten seiner Passagiere kein Auto leisten konnten. Er hatte sie fest in der Hand.

Nach der Wende begann seine Macht zu bröckeln. Laut Vater nahm die Disziplin unter den Leuten rapide ab. Sie wurden immer frecher.

»Dieses ganze Gerede über die Freiheit! Was zuviel ist, ist zuviel«, sagt er einmal. »Damit meine ich auch deine Freiheit!«

Über Politik rede ich mit ihm schon lange nicht mehr, aber das hier will ich mir dann doch nicht gefallen lassen.

»*Meine* Freiheit? Was hat meine Freiheit mit dir zu tun?«

»Eine solche Freiheit brauche ich nicht.«

Nach kurzem Hin und Her klärt sich alles: Er hat soeben den schlimmsten Zwischenfall seiner gesamten Busfahrerkarriere erlebt. Er hat einen Typen *zur Schnecke gemacht,* der mit einem Eis in der Hand eingestiegen war. Der Typ verzog keine Miene, aß ohne Eile sein Eis auf – und dann packte er Vater bei der Gurgel und riss ihm seine Dienstkrawatte ab.

»Du verwechselst da was«, schrie er ihn an. »Du bist nicht der Prediger Malý, du bist Busfahrer! Ein stinknormaler Busfahrer, verstehst du? Mehr als fahren kannst du nicht. Also hör gefälligst auf zu predigen und fahr los!«

Vater stand unter einem absoluten Schock. Nur mit Mühe gelang es ihm, den Bus auf der Straße zu halten. Eine größere Erniedrigung hat er in seinem ganzen Leben nicht erlebt. Noch als er mir das erzählt, zittert er am ganzen Leib. Etwas Vergleichbares ist ihm *unter den Kommunisten* nicht passiert.

In den letzten Jahren wählt er die Volkspartei. Als er mir das nach einigem Zögern endlich verrät, schnappe ich nach Luft.

»Die Volkspartei, Papa? Hab ich richtig gehört?«

Die Republikaner hätten mich wahrscheinlich nicht so umgehauen wie das hier.

»Kannst du mir erklären, Papa, warum sich jemand wie du für eine christliche Partei entscheidet?«

Vater schaut düster drein, das Thema behagt ihm nicht.

»Sag es mir, Papa. Warum? Hat dir denn Gott etwas leichter gemacht? Hat er dir etwas geschenkt?«

Er schaut mich an.

»Das ist Privatsache. Das geht dich einen feuchten Dreck an.«

Mehr bekomme ich aus ihm nicht heraus.

Letzte Woche hat er noch geredet.

»Ihr müsst endlich die Wohnung renovieren! Ich sage es doch ständig …«

Als ich mit meiner vermeintlichen Unfähigkeit anfange, winkt er genervt ab.

»Schon gut Papa, ich mach das.«

»Geld hast du doch – worauf wartest du dann noch?«

Wenn ich das wüsste. Von einem Umbau reden wir seit Jahren, aber es bleibt immer nur bei den Plänen. In den Möbeldesignstudios lacht man mittlerweile schon über mich. Der Schuster trägt immer die schlechtesten Stiefel, sagt der Volksmund. Jedes Jahr hole ich mir bei ihnen neue Kataloge ab und melde mich dann ein ganzes Jahr nicht. Wenn sie bei mir anrufen, sage ich wahrheitsgemäß, dass ich immer noch am Zögern bin. Eine Innenarchitektin zögert wegen eines ausgetretenen violetten Covralteppichs, einer monströsen Mahagonischrankwand und einer schmuddeligen Sitzecke … Vorletztes Jahr habe ich für meinen lieben Arbeitskollegen Petr einen ganzen Karton spanischen Rotweins gekauft und ihn gebeten, für mich ein paar Skizzen anzufertigen – ich erzählte ihm, für mich sei das Ganze zu persönlich und da könne ich nicht rational denken.

»Ein Arzt will auch keinen Verwandten operieren …«

Er fragte, ob ich nicht ein bisschen empfindlich sei; ich stimmte ihm sofort zu.

»Kauf dir doch so ein lustiges italienisches Bett und einen Glastisch«, sagt Vater. »Diesen dänischen ...«

Unter seinen weißen Bartstoppeln zeichnet sich ein schwaches Lächeln ab.

»Wird gemacht, Papa.«

Unaufhaltsam steigen mir die Tränen in die Augen, und ich muss mich abwenden. Die Krankenschwester bemerkt, was in mir vorgeht, und eilt mir zu Hilfe.

»Ein Tisch aus Glas«, Vater schüttelt den Kopf. »Haben Sie das schon mal gehört?«

»Bis ich gestorben bin, musst du jeden Tag kommen.« Das hat er noch am Sonntag gesagt.

Da machte ihm bereits die Aussprache Schwierigkeiten. Natürlich tat ich, als ob er nicht sterben würde – was soll man denn sonst tun? Hätte ich sagen sollen: Ja Papa, du stirbst tatsächlich bald. Schon bald verlierst du alles: deinen Körper, deine Erinnerungen, den Appetit, das Licht, die Wärme, mich ... Warum bringt uns das keiner bei? Warum bringt man uns in der Schule irgendwelche Integralrechnungen bei, die Geschichte der Dinosaurier, anorganische Verbindungen und ähnlichen Unsinn, der – im Gegensatz zum Sterben – in unserem Leben nie wieder vorkommt? Hätten wir anstatt der Dinosaurier die Regeln des Sterbens gepaukt, hätte das Ganze wenigstens im Nachhinein einen Sinn gehabt.

Vater schläft erneut ein.

»Ein Weg!«, ruft der Alte vom Nebenbett ungeduldig. »Ein Weg!«

»Nichts wie weg«, sage ich sanft. »Nichts wie weg.«

Auch diesmal beruhigt er sich sofort wieder. Wenigstens etwas, worüber ich mich freuen kann.

Eva

Auf die Klassentreffen, die mit bewundernswerter Ausdauer weiterhin einmal im Jahr von Marie und Zuzana organisiert werden, freut sie sich zu ihrer eigenen Überraschung sehr. Was versprichst du dir davon?, denkt sie, aber trotzdem geht sie jedes Mal vorher zum Friseur und kauft sich etwas Neues zum Anziehen.

In den letzten Jahren wird die Teilnahme immer reger. Das hängt wohl mit dem steigenden Sentiment zusammen. Wie Tom sagt: *Nostalgie greift auch nach einem Strohhalm.* Alle haben begriffen, dass sie keine andere, bessere Jugend bekommen werden, und wollen sich jetzt endlich mit dem zufrieden geben, was gewesen ist. Zudem würden ihnen diese Treffen die *Sicherheit des Vorhersehbaren* schenken: Das Tempo, mit dem sich die Welt verändert, finden sie geradezu erschreckend – hier brauchen sie sich vor keinem Schrecken zu fürchten, bei ihren Treffen erwartet sie höchstens ab und zu eine Überraschung. Sie wissen, was sie voneinander zu erwarten haben. Da wird Tom nicht ganz Unrecht haben, denkt sie.

Das erste Jahr nach der Scheidung waren sie aus Trotz beide gekommen, sie und Jeff. Es ist auch meine Klasse, schien Evas Blick Jeff sagen zu wollen. Vor den aufmerksamen Augen der Mitschüler gab ihr Jeff einen flüchtigen Kuss auf die Wange. Natürlich saßen sie weit voneinander entfernt. Sie sah ihm an, dass er sich gerne amüsieren würde, aber dass er es angesichts ihrer Anwesenheit nicht passend fände. Er ließ sie nicht aus den Augen, wusste immer, wann sich jemand (Skippy oder Tom) zu ihr hinsetzte. Zum Schluss hielt er es nicht mehr aus, betrank sich und knutschte öffentlich eine unbekannte Frau ab, die er unterwegs zum Klo aufgegabelt hatte – und starrte dabei Eva die ganze Zeit direkt in die Augen. Danach teilten sie die Teilnahme an den Klassentreffen auf: in den ungeraden Jahren sie, in den geraden er.

Dieses Jahr ist sie dran.

Sie steigt eine Station zu früh aus der Straßenbahn aus, geht so langsam wie nur möglich und kommt trotzdem im Restaurant als Erste an. Über zwanzig Minuten sitzt sie dann alleine an dem einzigen freien Tisch, den sie immer wieder gegen ganze Invasionen von neu ankommenden Gästen verteidigen muss.

Vier jugendlich strahlende Gesichter; eines davon – ein Mädchengesicht – löst sich von der Gruppe ab und kommt auf sie zu.

»Entschuldigung, aber dieser Tisch ist reserviert«, sagt Eva geduldig. »Wir haben hier ein Klassentreffen.«

Eine unzufriedene, misslaunige Grimasse. Sie sind gekommen, um sich zu amüsieren, und diese alte Fuchtel will es ihnen vermasseln. Haben wir denn kein Recht auf Leben mehr? Ich bin einundvierzig Jahre alt, und sie würde mich am liebsten einen Abgrund hinunterstoßen, denkt Eva sauer, während sie bestimmt lächelnd dem Blick der jungen Frau stand hält.

Als endlich Marie, Tom und die anderen kommen, schildert sie ihnen alles mit einem leisen Vorwurf in der Stimme.

»Das nächste Mal komme ich eine Stunde später! Könnt ihr euch das vorstellen – hier eine halbe Stunde ganz alleine zu sitzen?«

»Und den mitleidig-spöttischen Blicken von denen zu trotzen, für die das Alter noch in unsichtbarer Ferne schlummert …«, sagt Tom.

Die anderen fassen es als eine lustige Bemerkung auf.

»Warum lacht ihr?«, Eva begreift das nicht. »Findet ihr das etwa lustig, dass in der Hälfte aller Fernsehwerbungen nur ausgemergelte sechzehnjährige Models auftreten? Ist das denn normal?«

Als später die Rede auf Prager Kneipen und Kaffeehäuser

kommt, schlägt sie vor, einen Klub mit dem Namen *Vierzig plus* zu gründen. Sie behauptet, Prag hätte einen solchen Klub dringend nötig. Dort könnten Leute in ihrem Alter mal abhotten, ohne – wie sonst üblich – das Gefühl haben zu müssen, dass sie sich absolut daneben benehmen.

»Nenn ihn lieber gleich *Fünfzig plus*«, sagt Katka.

»Den Klub gibt es doch schon«, bemerkt Marie. »Er heißt Na Vlachovce, und wenn ihr Blasmusik liebt, nimmt man euch dort sicher mit Kusshand auf.«

Schon wieder lacht Eva als Einzige nicht mit. Sie hat wohl doch keinen Sinn für Humor. Sie beobachtet all die schwarz werdenden Plomben, Brücken und Kronen, und möchte am liebsten sterben. Die Bedienung kommt, und Tom bestellt Wein.

»Für mich bitte nur ein Mineralwasser«, sagt Eva.

Marie holt aus ihrer Handtasche drei Teelichter und zündet sie der Reihe nach an. Die jungen Leute von den anderen Tischen schauen ihr dabei angewidert zu. Eva denkt an Rudolf. Zu den Treffen kam er immer mit dem Auto, obwohl er natürlich mit der Metro oder mit der Straßenbahn viel schneller gewesen wäre und sich zudem die Parkprobleme hätte sparen können. Deswegen trank er auch nie, so dass er mit Eva und einigen anderen Abstinenten eine Minderheit bildete, die seit Ewigkeiten von allen nur verspottet wurde. Nach außen hin taten sie, als ob sie unter der Diskriminierung leiden würden, aber in Wirklichkeit kamen sie sich besser vor als die ganzen *Schnapsdrosseln,* wie Rudolf die anderen titulierte, bis er vor einem Jahr im Frühling – ganz nüchtern – in seinem neuen Opel irgendwo an der polnischen Grenze tödlich verunglückte. *Morgen werdet ihr uns beneiden, ihr Schnapsdrosseln!,* sagte er immer. Worum sollen sie mich beneiden – darum, dass ich keine Kopfschmerzen habe?, denkt Eva plötzlich.

Und weiter? Worum werden sie mich noch beneiden?

»Ich nehme diesmal doch einen Wein«, ändert sie zur allgemeinen Überraschung ihre Bestellung.

Tom

Bei jedem Klassentreffen, meist gleich am Anfang, muss ich allen erzählen, was sich im letzten Jahr auf *unserem* Gymnasium getan hat; das ist bereits eine Art Ritual. Auch das diesjährige Treffen ist diesbezüglich keine Ausnahme.

»Was gibt es denn Neues, erzähl mal«, fragt Marie ohne Umschweife.

»Im nächsten Jahr höre ich da auf.«

Eine Stille breitet sich aus. Alle haben offensichtlich begriffen, dass damit die letzte Verbindung zu ihrer eigenen Schulzeit gekappt wird.

»Wegen des Geldes?«

Die Lehrergehälter – ein Thema, das momentan ohne Unterlass von allen Medien durchdekliniert wird. Ich glaube zwar nicht, dass ich von meinem Gehalt als Gymnasiallehrer die sprichwörtliche *Familie mit zwei Kindern* ernähren könnte, aber ich habe keine Familie – und für die Miete und das Trinken reicht mein Gehalt alle Mal.

»Nein. Der Hauptgrund ist, dass ich nicht mehr im Museum meiner eigenen Jugend arbeiten will«, sage ich und schaue zu Eva hinüber. Als Erste nickt jedoch die Hujerová mit dem Kopf.

In letzter Zeit ertappe ich mich dabei, dass ich die Schüler schriftliche Tests schreiben lasse – einerseits, um sie mit dieser bewährten Methode für einen kurzen Moment loszuwerden, andererseits aber auch (und das ist das Merkwürdige dabei), um sie ungestört beobachten und das große Rätsel meines Lebens knacken zu können: Warum sitzen sie jetzt in den Bänken, wenn noch vor ein paar Jahren wir dort gesessen haben? Ich vergleiche ihre jungen Gesichter mit denen, die mir hier im Restaurant gegenüber sitzen: Natürlich ist unsere Haut matter, unser Blick leerer, die Zähne sind gelber und das Haar schütterer, aber damit ist der Unterschied noch lange nicht beschrieben. Das Gesicht eines Vierzigjährigen büßt meistens auch seine Gleichmäßigkeit ein. Mit achtzehn sind die Proportionen ideal (wenn man nicht ausgerechnet Irena Větvičková heißt), aber zwanzig Jahre später sieht das Gesicht entweder verlebt oder fett aus. Das, was bei einem Achtzehnjährigen markante, interessante Gesichtszüge ausmacht – breite Wangenknochen zum Beispiel oder eine spitze Nase –, wirkt mit vierzig häufig wie eine Karikatur.

»Ist doch schade«, Marie schmeichelt mir. »Die Schüler mögen dich gerne …«

»Gerne?« Skippy greift ihre Worte auf. »Na da hast du Recht. Eine Schülerin mochte ihn sogar so gerne, dass sie ihn zum Mann *genommen hat.*«

Diese Bemerkung ist nicht besonders passend. Skippy sollte sich klar machen, dass unsere allmählich alt werdenden Mitschülerinnen keine Geschichten darüber hören möchten, wie ihre männlichen Altersgenossen achtzehnjährige Mädchen zum Altar führen.

»Sag mal, wie wird man als Lehrer beliebt?«, fragt Jiřina.

Ihr Interesse ist nicht geheuchelt. Sie lebt in einem kleinen Dorf hinter Prag und zu ähnlichen Diskussionen hat sie kaum Gelegenheit; mit etwas Übertreibung könnte man sagen, dass unsere Treffen für sie so etwas wie Fortbildungskurse sind. Sie kann hier Fragen stellen, die sie interessieren, und auf die ihr Ehemann, von Beruf Baggerfahrer, keine Antwort weiß.

»Ich denke, es geht vor allem darum, den richtigen Abstand zu finden, er darf weder zu groß noch zu klein sein. Einen Siebzehnjährigen aus der Position eines Vierzigjährigen lächerlich zu machen ist peinlich – genauso wie ihn sich zum Vertrauten zu machen. Man muss etwas in der Mitte finden.«

Jiřina lauscht so aufmerksam, als ob sie soeben den Entschluss gefasst hätte, in ihrem nächsten Leben Lehrerin zu werden. Am Kinský Platz rattert eine Straßenbahn vorbei.

»Falls es eine solche *Mitte* überhaupt gibt«, füge ich hinzu.

»Na Mensch, die *Mitte* mit Klára war aber doch nicht übel«, grinst Skippy und patscht mir auf den Oberschenkel. »So richtig in die Mitte zwischen den Beinen!«

Die Blase von Peinlichkeit, in der wir alle einen Moment lang erstarren, wird überraschenderweise von Eva durchstoßen.

»Na«, sagt sie säuerlich, »das haben Sie aber sehr schön gesagt, Herr Doktor …«

Die durch das Leben müde, grau und fett gewordene Klasse lacht.

Danach folgt das Gespräch den üblichen Windungen: Kinder, die größer geworden sind, Wohnungen, die kleiner geworden sind, Krankheiten der Eltern und eigene Krankheiten, Rezepte, empfohlene Medikamente. Der Unterschied zwischen der Jugend und dem Alter: Mit vierzig wird auch über Vaginalzäpfchen laut gesprochen. Hujerovás Vater ist vor kurzem gestorben, so dass auch Tränen zum Vorschein kommen, und die nächsten fünf Minuten sind wir alle etwas ernster. Der Wein schmeckt gut, ich bestelle zwei weitere Flaschen, und versuche dabei unsere altersbedingte Hinfälligkeit mit den Augen der jungen Serviererin zu sehen. Ich schenke mir wieder nach. Wie immer bin ich den anderen ziemlich voraus – schon traditionell maskiere ich meine Trunkenheit durch das Rezitieren von langen Textpassagen.

»Die Unterscheidung zwischen einem Kind und einem Erwachsenen – auch wenn sie in bestimmten Situationen sicherlich nützlich ist – scheint mir im Grunde genommen unsinnig zu sein. Es gibt eigentlich nur einzelne Ichs, die sich nach Liebe sehnen«, deklamiere ich pathetisch. »Donald Barthelme.«

Erfreut nehme ich zur Kenntnis, dass Eva und ein paar andere Frauen auch schon angetrunken sind. Das ganze Jahr rühren sie fast keinen Alkohol an, so dass sie schon von ein paar Gläschen überwältigt werden. Sie lächeln schweigend vor sich hin, um sich nicht durch die Artikulation zu verraten, und überlegen heimlich, ob sie sich noch einen zweiten Kaffee bestellen sollen.

»Ich habe ein neues Jackett«, teile ich der Klasse mit. »Dieses Jackett habe ich mir gestern nur wegen dieses Treffens gekauft. Ist es überhaupt jemandem aufgefallen?«

Meine Stimme ist etwas zu laut. Katka fasst den Stoff an, reibt ihn zwischen den Fingern und streichelt dann wortlos meinen Arm. Vielleicht sollten wir bei unseren Treffen genau das machen, denke ich: sitzen, trinken und uns schweigend am Arm streicheln. Das wäre wohl das Beste. Mit schwerer Zunge ergreift Zuzana das Wort. Sie schlägt vor, dass wir doch tanzen gehen könnten. Ich kann sie gut verstehen, alleine traut sie sich nicht, daher findet sie die Möglichkeit verlockend, sich hinter einer Gruppeneuphorie – beziehungsweise einem Gruppenwahnsinn – zu verstecken. Die Vorstellung, wie wir uns in der nächsten Diskothek unter die siebzehnjährigen Teenager mischen, finde zum Glück nicht nur ich abschreckend, so dass man Zuzanas Vorschlag unauffällig unter den Tisch fallen lässt. Eva zieht ihre Jacke aus; ihre Wangen glühen. Sie ist immer noch wunderschön (einer hat sie heute mit der *Herrin des Waldes* aus *Herr der Ringe* verglichen …), aber die Haut an ihrem Hals und im Dekolleté ist nicht mehr so straff wie früher. Ein paar Falten, etwas Fett – und so viel Trauer. *Und als sie kam in meinen Park, war alles, alles im Verblühn.* Wozu bringen wir solche Gedichte unseren Gymnasiasten bei?, frage ich mich. Wie können sie in ihrem Alter so etwas überhaupt begreifen? Eva spielt mit einer Kerze, Wachs rinnt ihr die Finger hinunter.

»Wo ist das Ganze verdammt noch mal hin?«, rufe ich und schlage mit der Faust auf den Tisch.

Die Flüssigkeit in den Gläsern schwappt hin und her. Meine Mitschüler schauen sich verlegen an.

»Eines sag ich euch: Der erste Sex taugt meistens nichts, aber der erste *echte* Kuss … »

Ich suche nach den richtigen Worten.

»Der ist *unbeschreiblich*. Damals dachte ich, ich müsste *zerschmelzen*.«

Eva lächelt.

»Der *Duft*. Heute weiß ich natürlich, dass sie vorher nur ein blödes Bonbon gelutscht haben muss, aber damals hab ich es einfach nicht kapiert. Ich Idiot hab noch Jahre später gedacht, dass schöne Frauen nach Erdbeeren schmecken.«

Ich schaue Eva an: herausfordernd, angriffslustig.

»Nach Himbeeren«, korrigiert sie mich. »Es war ein *Himbeerbonbon*.«

»Super!«, ruft Skippy in die Stille.

»Hört hört, lauter interessante Neuigkeiten heute Abend«, sagt Zuzana kühl.

»Wo ist das alles hin?«, fahre ich fort. »Wenn mich heute eine Frau küsst, denke ich höchstens: Die kann gut küssen. Mehr nicht. Wo ist die totale *Lähmung* von damals geblieben? Wo die *süße Verwunderung*?«

»Au weia«, sagt Honza und blinzelt lustig. »Der ist schon wieder so blau wie unsere Herren Abgeordneten …«

Der Blick, den ich ihm zuwerfe, ist nicht weit von Unfreundlichkeit entfernt.

»Stimmt. Und was soll's? Meinst du, dass es deswegen weniger wahr ist?«

Er starrt mich fassungslos an.

»Wie geht es Vartecký?«, fragt Eva plötzlich.

Sie blickt mich direkt an, wendet aber den Blick sofort ab (ihr zeitweiliger, irgendwie *schamhafter* Mut erinnert mich an Klára). Allen ist die historische Bedeutung dieses Moments sofort klar: Eva hat Vartecký noch nie laut erwähnt – nach dem Himbeerbonbon das zweite späte Bekenntnis des heutigen Abends. Meine Gefühle sind gemischt: Im ersten Moment freue ich mich über diese Offenheit, unmittelbar darauf bemerke ich aber in ihren Augen die einstige Leidenschaft, die mir fast wie damals den Magen zusammenzieht. Tiefgefrorene Himbeeren, denke ich. Sie sind mit weißem Reif überzogen, haben bereits einiges von ihrem frisch sommerlichen Duft und Geschmack verloren, aber es bleibt noch genug davon übrig. In dem Becher, den ich gerade aus dem Tiefkühlfach herausgenommen habe, liegt eine fünfundzwanzig Jahre alte Eifersucht: Sie ist nicht mehr das, was sie einst war, aber ich kann sie immer noch sehr gut wiedererkennen.

»Vartecký?«, sage ich möglichst gleichgültig. »Gerade gestern haben wir zusammen in der *Schulkantine* gegessen.«

»Und? Wie sieht er aus?«

Die Frage kommt von jemand anderem. Evas Mut ist bereits erschöpft. Ich tue, als ob ich nachdenken müsste.

»Ihr erinnert euch sicherlich an seine Ledertasche, oder?«

Die Gesichter meiner Mitschüler hellen sich sofort auf.

»Die hat er immer noch …«

»Das ist nicht zu fassen!«

Eva starrt irgendwohin in die Vergangenheit – als ob die abgewetzte Aktentasche ein magischer Gegenstand wäre, durch den Vartecký wieder zum Leben erweckt werden könnte.

»Man müsste den Lehrern doch mehr Geld geben!«, sagt jemand lachend.

»Und was gab es zu essen?«, fragt Skippy.

»Rindsrouladen.«

»War ihm das Fleisch nicht zu hart? Kann er noch gut kauen?«

Das Gelächter wird lauter. Womöglich bereut Eva bereits, mich gefragt zu haben. Was mag sie sich denn davon versprochen haben? Ich sitze direkt gegenüber dem Fenster, und ein junges Paar fällt mir auf, das von der Straße in das Lokal hinein schaut: Die Frau erzählt ihrem Partner etwas und zeigt dabei mit dem Finger auf uns.

»Also jetzt mal ernsthaft! Was macht er denn?«, sagt Katka.

»Früher ist er immer freitags in die Sauna gegangen – zum Beispiel. Jetzt haben sie sich, seine Frau und er, für einen Pappenstiel ein Wochenendhaus an der Berounka gekauft, irgendwo in Čevnice, im potentiellen Überschwemmungsgebiet ...«

»Wie kann man sich ein Haus im Überschwemmungsgebiet kaufen?«

»Wieso nicht?«, wendet Zuzana ein, »wenn du so wie er über sechzig bist, wird die Wahrscheinlichkeit, dass du es mit der Jahrhundertflut zu tun bekommst, doch viel kleiner, oder? Da kann man das Risiko schon eingehen. Russisches Roulette sozusagen.«

»Ist er wirklich schon über sechzig?«, wundert sich Katka.

»Was hättest du denn gedacht?«

»Ihr sollt ihm nicht ständig ins Wort fallen!«

»Also«, ich fahre fort, »in die Sauna geht er nicht mehr, weil er jeden Freitag in sein Wochenendhaus fährt. Deswegen durchsucht er auch jeden Tag im Lehrerzimmer alle Zeitungen nach der beigelegten Werbung.«

»Nach der Werbung?«

»Ja, Werbung für Akkubohrer, Rasentrimmer mit Schneidfaden, Schwingschleifer und ähnliches Zeug. Er vergleicht die einzelnen Angebote. Baumarkt contra OBI. Die große

Schlacht seines hohen Alters. Auf dem Tisch in seinem Zimmer liegt …«

Eva steht polternd auf. Sie wankt.

»Dich interessiert das nicht?«, frage ich.

»Nein.«

»Die Frage kam aber von dir …«

»Bloß ich wollte etwas … Schönes hören.«

»Da muss ich leider passen«, ich breite die Arme auseinander. »*Ich* habe mit Vartecký nie etwas Schönes erlebt.«

Sie schließt die Augen und beißt sich auf die Lippen.

»Tom!«, Marie weist mich zurecht. »Was erzählst du bloß für einen Stuss?«

Allmählich komme ich zu mir. Ich mache der Bedienung Platz, damit sie die leeren Gläser wegräumen kann. Dann drehe ich mich zu Eva um, aber die ist schon weg.

»Sorry. Bin wohl heute auf einen Streit aus«.

»Mann oh Mann«, sagt Hujerová, »du lebst immer noch in diesem Museum.«

Eva

Vor der Toilette, in der sie sich ausweinen wollte, stößt sie mit einer hübschen blonden Frau zusammen. Ihr Blick gleitet gleichgültig an Eva auf und ab. Auf ihrer Schulter prangt eine kleine Tätowierung. Schätzungsweise trägt heute jede vierte, wenn nicht sogar jede dritte Frau in Prag eine Tätowierung, denkt Eva, und während sie sich über dem Waschbecken Wasser ins Gesicht spritzt, stellt sie sich schadenfroh das Jahr 2050 vor und die runzeligen, tätowierten Greisinnen, die die Wartezimmer der Ärzte füllen. Die Tür öffnet sich: Im Spiegel erscheint Toms Gesicht.

»Komm herein«, sagt Eva. »Hier ist keiner.«

»Ich wollte mich entschuldigen.«

»Mach die Tür zu. Mach die Tür zu und küss mich.«

Sie kommt näher und schmiegt sich an ihn. Tom wehrt sich.

»Morgen früh wirst du das bereuen«, sagt er.

Tom

Um Mitternacht sind wir nur noch zu neunt. Wetten, dass sich alle heimlich vornehmen, im nächsten Jahr zu Hause zu bleiben? Eva bittet mich, ihr ein Taxi zu rufen.

»Das Abi-Treffen, der Spiegel unserer verpatzten Leben«, sage ich.

»Das nenne ich einen gelungenen Beitrag zur allgemeinen Aufheiterung«, lacht Hujerová.

Gleich darauf versucht sie allerdings, ihr vermutliches Todesjahr zu berechnen: Wenn man das durchschnittliche Alter der weiblichen Verblichenen in Betracht zieht und gleichzeitig auch die familiären Dispositionen berücksichtigt (*Sterbedisposition,* denke ich), wird es irgendwann in den Dreißigerjahren passieren.

»Ich weiß nicht warum, aber mir drängt sich ständig die Jahreszahl 2037 auf.«

Wie dem auch sei, die Wahrscheinlichkeit, dass sie noch nach 2040 leben wird, sei nicht besonders groß und für 2050 praktisch gleich null. Es ist eigentlich ganz einfach. Ihre Rechenübungen kommen mir morbide vor, aber Hujerová sieht das anders.

»Das ist die natürlichste Rechenübung der Welt. Das sollte sich jeder mal klar machen.«

»Ich will mir das aber nicht klar machen!«, ruft Zuzana und schüttelt sich. »Ich bin jung, hübsch und vor mir liegt noch ein ganzes Leben – und wehe dem, der das anzuzweifeln versucht!«

Hujerová gibt ein Erlebnis aus ihrem Arbeitsleben zum

Besten: Ein Paar alternder, sich ewig streitender Neureicher habe sie beauftragt, ihnen eine Wohnung einzurichten, in der sie endlich glücklich sein könnten.

»Habt ihr verstanden? Das, was sie in den bisherigen fünfzig Jahren nicht vom Leben bekommen haben, sollen ihnen jetzt die Möbel liefern.«

Um halb zwei sind wir nur noch zu dritt: Skippy, Hujerová und ich. Wir halten uns kaum noch auf den Beinen – wir sind müde und haben zu viel getrunken. Die drei Teelichter, die Marie zu Beginn des Abends auf den Tisch gestellt hat, sind längst abgebrannt. Ich weiß, dass es gut gemeint war, aber entweder will man sich unterhalten oder man will mit drei Leichen am Tisch sitzen – beides auf einmal geht nicht. Ich schaue mir die leeren Aluminiumhüllen an. *Völkerball*, denke ich. Der Ober kommt und weist darauf hin, dass er seit einer halben Stunde Feierabend hat. Skippy will streiten.

»Wir gehen«, befehle ich.

Vor mir liegen haufenweise Banknoten, die die anderen hier zurückgelassen haben, wir legen unsere Scheine dazu und versuchen, das Geld nachzuzählen. Das Ergebnis ist jedes Mal ein anderes.

»Mathe hat mir nie Spaß gemacht«, murmelt Hujerová.

Ich kann mir nicht helfen, aber sie kommt mir noch hässlicher vor als sonst. Skippy fängt erneut an, das Geld in kleine Häufchen zu sortieren.

»Das hat doch keinen Sinn, bleib locker!«, sage ich gereizt. »Locker durchs Leben. Die Devise unserer späten Jahre.«

Der herbeigewunkene Kellner zählt das Geld schnell zusammen, und zu unserer Überraschung gibt er uns noch ein paar Einhundertkronenscheine zurück.

»Die spenden wir Vartecký für die Hochwasser-Kasse!«, grölt Skippy.

»Der war doch gar nicht überflutet«, wendet Hujerová ein.

»Aber wenn das neue Jahrhundertwasser kommt, dann wird sein Haus überflutet. Und wenn nicht, dann spenden wir das Geld für Waisenkinder.«

Die Logik der Betrunkenen.

»Dann kannst du das Geld ebenso gut mir schenken«, sagt Hujerová lallend.

Der Kellner grinst, er hält den Schlüssel in der Hand und möchte nach Hause gehen. Ich schiebe ihm das ganze Restgeld zu. In einem kurzen Moment von klarem Bewusstsein weiß ich es zu würdigen, dass er uns immer noch nicht von oben herab behandelt.

»Vielen Dank. Wissen Sie, was Stefan Zweig kurz vor seinem Selbstmord geschrieben hat?«

Er schüttelt den Kopf.

»Wenn wir mit unserem Zeugnis auch nur einen Splitter Wahrheit aus ihrem zerfallenen Gefüge der nächsten Generation übermitteln, so haben wir nicht ganz vergebens gewirkt.«

»Amen«, sagt Hujerová.

Wir gehen gemeinsam nach Újezd, wo Skippy am Fuße vom Petřín ins Gebüsch kotzt. Hujerová versucht mich zu überzeugen, dass wir uns bei der Abi-Fete auf Slapy geküsst haben. Ich weiß, dass sie in mich verliebt war, aber Gott sei Dank war sie immer vernünftig genug, es nicht offen zu zeigen. Wie viele Kinder hat sie mittlerweile? Eins? Zwei? Solche Einzelheiten vergesse ich immer.

»Haben wir miteinander geschlafen? War ich gut?«

»Ich meine das ernst. Sag doch: Erinnerst du dich daran?«

»Ich kann mich an eine einzige Sache erinnern: Ich war total blau. Das war schon immer meine Rettung. Der beste Anhaltspunkt für mein Gedächtnis.«

Skippy gibt furchtbare Geräusche von sich. Nicht weit von uns leuchtet Zoubeks Denkmal für die Opfer des Kommunismus in die Dunkelheit: schwarze Torsi menschlicher Körper. Ich zeige mit dem Finger auf sie.

»Das sind wir«, schwafele ich. »Husáks Kinder.«

»Bilde dir bloß nichts ein, du Dummkopf«, sagt Hujerová brüsk. »Die Tragödie deines Lebens hat mit keinem Regime etwas zu tun.«

Sie hat Recht. Skippy kommt zurück.

»Schon gut«, sage ich. »Lasst uns nach einer gemütlichen Non-Stop-Bar Ausschau halten, wo wir in Ruhe die Tragödien unseres Lebens auseinandernehmen können.

Der Autor

Silvester feiert er seit Jahren nicht mehr, misslungene Silvesterpartys hat es in seinem Leben so oft gegeben, dass er dahinter mehr als einen Zufall vermutet. Zum Jahresende 2003 wird seine allgemeine Silvester-Skepsis noch durch die Tatsache verstärkt, dass eine bewegte Zeit hinter ihm liegt. Das soeben zu Ende gehende Jahr verbrachte er zum größten Teil in psychiatrischen Abteilungen und geriatrischen Kliniken, wo seine beide Großeltern lange Monate im Sterben lagen – und gleichzeitig kam in dieser Zeit auch seine Tochter zur Welt. Das Leben ist ein ständiges Geben und Nehmen ... Ist das ein Klischee oder eine tiefe Wahrheit?

Den letzten Tag des Jahres verbringt er mit seiner Frau und seiner Tochter in Sázava; um Mitternacht gehen Veronika und er auf die Terrasse im ersten Stock, um dem städtischen Feuerwerk wenigstens aus der Ferne beizuwohnen. Seine Frau holt aus dem Schlafzimmer eine Decke, die sie sich und dem Autor über die Schultern legt, und den elektronischen Philips-Babysitter. Der Markenname erinnert den Autor an seine weiße Papierjacke Marke Grundig. Gerade noch davon gekommen, stellt er fest. Er hat überlebt.

»Ich habe überlebt«, spricht er es laut aus. »Ich habe meine eigene Jugend überlebt.«

Zum Teil hat er sich das selbst zu verdanken, zum Teil hat er einfach Glück gehabt. Nicht jeder schafft es, die eigene Jugend zu überleben: Diesen Unglücklichen begegnet er in Restaurants, auf der Straße, auf den Abiturienten-Treffen. Er sieht sie im Fernsehen, liest ihre Artikel in den Zeitungen.

»Herzlichen Glückwunsch.«

Mit ihren siebenundzwanzig Jahren kann sie das nicht verstehen.

Zu Neujahr machen sie mit dem Kinderwagen einen Spaziergang am Fluss – er ist nach Jahren wieder zugefroren. Auf der zugeschneiten Eisfläche legen sie mehrere Kilometer zurück, sie treffen nur zwei Schlittschuhläuferinnen mit Hund.

»Weißt du schon, wie das Buch heißen soll?«, fragt Veronika.

»Völkerball.«

»Wird da Völkerball gespielt?«, fragt sie erstaunt.

»Ja, genau. Es ist ein Sportroman für Erwachsene, wie dieses alte Jugendbuch über das tolpatschige Mädchen, von dem du vielleicht die Verfilmung kennst – *1:0 für Jitka.*«

»Jetzt mal ernst. Wovon handelt es?«

Im Gehen denkt er nach, diese Frage hat er sich eigentlich bisher nicht gestellt.

»Von Menschen, die aus dem Spiel geworfen wurden. Und von denen, die sich im Leben gefunden haben.«

»Wie viele sind das in deinem Roman? Ich meine, wie viele haben sich gefunden?«

Der Autor bleibt stehen und rechnet nach: Er hebt den Daumen der rechten Hand – und plötzlich hält er zögernd inne.

Hujerová

Die furchtbare Non-Stop-Bar verlassen wir erst nach sieben Uhr morgens, und bis ich zu Hause bin, ist es acht. Boris wärmt bereits in der Mikrowelle den Kindern den Kakao auf. Mir fällt ein, wie Vater im letzten Sommer aus Versehen gleichzeitig mit der Mikrowelle den Grill angemacht hat. Die Plastikschüssel, in der sein Mittagessen vorbereitet lag, schmolz in der Hitze zusammen, und von dem ganzen Essen blieb nur ein unansehnlicher Klumpen auf dem Silberteller unten am Boden der Mikrowelle. Seitdem wärmte er sich sein Essen nur noch auf dem Gasherd auf.

Auch das Handy lehnte er kategorisch ab. In das 21. Jahrhundert passte er nicht – als ob er die drei Jahre lediglich so etwas wie Überstunden gemacht hätte. Airbags und ABS-Systeme fand er lächerlich (geschweige denn Scheinwerfer, die, den Lenkradbewegungen folgend, selbst die Fahrtrichtung ansteuern).

Seine Welt, das war der Bus mit Anhänger, das Telefon mit Wählscheibe und das schwere eckige Radiomagnetophon von Grundig. Zum Schluss kam er mir vor wie die Greise, die ab und zu von meinen Kunden – die sich sicherlich nur von edelsten Absichten leiten lassen – in ihre neuen Zweigenerationen-Wohnungen mitgenommen und zwischen dem ganzen minimalistischen Design zurückgelassen werden, sie irren herum, starren verwirrt die futuristischen Mischbatterien an und suchen verzweifelt nach einem Wasserhahn.

»Aaa, da sind wir schon!«, sagt Boris scheinbar sauer. »Und stinken wie ein Aschenbecher.«

Sein Selbstbewusstsein, das ich einst wie ein zartes Mauerblümchen hochgepäppelt habe, wendet er nun mit Erfolg gegen mich. Er belehrt mich, kritisiert und nimmt mich auf die Schippe. Vor zwölf Jahren hatte er Angst vor mir, jetzt macht er sich über mich lustig. Minderwertigkeitskomplexe hat er keine mehr – so wie ich. (So lange habe ich sie vor ihm und den Kindern verstecken müssen, dass sie mir abhanden gekommen sind. Die tiefen grundsätzlichen Selbstzweifel sind natürlich nicht ganz weg, das weiß ich, bloß habe ich kein Bedürfnis, nach ihnen zu suchen.) Wer hätte gedacht, dass er in meiner Anwesenheit sogar mit fremden Frauen flirten könnte? Und wenn ich, um den Schein zu wahren, mit ihm schimpfen will, klärt er mich mit einer ironischen Überlegenheit über den Lauf der Dinge auf. Er teilt mir Lebensweisheiten mit, die er einst bei mir aufgeschnappt hat und die er sich unbemerkt angeeignet hat. Das ist auch nicht weiter schlimm, denn ich wiederum habe sie meistens von Tom. *Lieben heißt nicht besitzen.*

Er ist zweimal fremd gegangen, aber in dem Jahr, als Vater im Sterben lag, hat er das Haus kaum verlassen. Er machte Hausaufgaben mit den Kindern und spielte mit ihnen, kaufte ein und kochte und saß nachts bei mir und reichte mir die Papiertaschentücher. Ich hätte nie gedacht, dass ich jemanden lieben könnte, der Tweedhüte trägt, vietnamesische Marktleute *hasst* und Helena Vondráčková *vergöttert* – aber es ist so. Ich umarme ihn.

»Boris, ich mag dich. Weißt du das?«

»Und du hast immer noch ganz schön einen sitzen!«, lacht er zufrieden.

Lukáš kommt angerannt, er hat noch seinen Schlafanzug an. Er will mir einen Kuss geben, ich beuge mich zu ihm hinunter und halte ihm die Wange hin. Andulka wiederum geht grußlos an mir vorbei.

»Guten Morgen.«

Keine Antwort.

»Was ist los?«, frage ich.

Boris wartet, bis Andulka mit ihrem Kakao die Tür ihres Kinderzimmers hinter sich zugemacht hat.

»Sie kommt sich *hässlich* vor«, flüstert er.

Lukáš grinst schadenfroh.

»Das macht nichts«, sage ich fröhlich, »das hat sie von mir.«

Tom

Schon wieder ein einsames Januar-Wochenende: Jeff fährt irgendwo Ski, und Skippy ist für vier Wochen nach Australien geflogen. Ich mische mir die zweite Weinschorle an diesem Morgen. Einerseits finde ich es schade, diesen schönen Wein mit Wasser zu pantschen, gleichzeitig weiß ich, dass man ihn um zehn Uhr morgens nicht unverdünnt trinken sollte. Gelangweilt blättere ich die Zeitung und die beiden Wochenendbeilagen durch und überlege mir, wen ich anrufen sollte oder könnte. Natürlich rufe ich dann keinen an. Immer wieder finde ich es erstaunlich, wie gut manche Eigenschaften, die sich theoretisch ganz ausschließen sollten, in Wirklichkeit miteinander koexistieren können: beispielsweise die Aversion gegen Menschen und die Unfähigkeit, Einsamkeit zu ertragen. Ich schenke mir das dritte Glas ein, bereits ohne Wasser. Trotz der Verachtung, die ich mir gegenüber empfinde, bessert sich meine Laune leicht. Nach einer Weile beschließe ich sogar aufzuräumen, um mir auf diese Weise eine dürftige Ersatzbefriedigung zu verschaffen. Aufräumen ist das Methadon der Alkoholiker.

Leere Flaschen stellen wir zuerst immer neben den Abfalleimer in der Küche. Später, wenn man nicht mehr an den Herd herankommt, werden sie in der dunklen Ecke direkt hinter der Eingangstür gesammelt. Das Bier kaufen wir in Dosen, daher sind die Weinflaschen eindeutig in der Übermacht; ganz selten findet man dort auch ein Etikett von russischem Wodka oder von zwölfjährigem schottischen Whisky, den Skippy als Dankeschön für eine Warzen-Entfernung bekommen hat.

Theoretisch sollte sich mein Anteil an diesem verstaubten Leergut auf ein Drittel belaufen, aber in Wirklichkeit bin ich der Haupteigentümer; daher bin ich auch für die Beseitigung zuständig. So wie jede andere Arbeit versuche ich auch diese möglichst lange aufzuschieben – zumindest so lange, bis die Wohnungstür beim Öffnen gegen die Flaschen stößt. Ab dann gleicht das Nachhausekommen einer klingenden Mahnung.

Ich hole mir Plastiktüten und stelle entschlossen die Flaschen hinein: Zunächst mit dem Flaschenhals nach oben, in der zweiten Lage dann umgekehrt. In einigen Flaschen findet sich noch Weinstein, nur selten tropft Wein in die Tüten – hier wird bis zur Neige getrunken. Schließlich stehen neun Taschen vor mir. Mit vier in der linken Hand und fünf in der rechten verlasse ich das Haus wie ein Leprakranker mit seiner Warnglocke, und – in der Hoffnung, dass keine der Plastiktüten reißt – steuere ich den nahe gelegenen Glascontainer an. Auf der Straße hält ein Taxi, aus dem zu meiner Überraschung Skippy aussteigt: mit einem Koffer, in einem zerknitterten Sommeranzug und einem Cowboyhut auf dem Kopf. Trotzdem finde ich seinen Anblick erfreulich.

»Hallöchen, Doc. Bist gar nicht so lange geblieben, was?«

Er stellt den Koffer ab, nimmt mir ein paar Plastiktüten aus der Hand und begleitet mich zu dem grünen Container. Wir stellen uns jeder vor eine Öffnung und werfen die Flaschen ein.

»Der große Knall, wie?«, ruft Skippy.

Das wäre schön.

Zitate:

S. 14 Antonín Sova: Wer hat zerzaust dein dunkles Haar? Übersetzt von Karl Eisenstein.
Aus: Der Herrgott schuldet mir ein Mädchen. Tschechische Lyrik des 20. Jahrhunderts. Hrsg. von L. Nezdařil und P. Demetz, Piper Verlag, München 1994, S. 153

S. 74 Jaroslav Vrchlický: Ich liefe für ein wenig Liebe weit … Übersetzt von Walther Petri.
Aus: Die Sonnenuhr, Reclam Verlag, Leipzig 1993, S. 138

S. 232 Stefan Zweig: Die Welt von gestern.
© Bermann-Fischer Verlag A. B., Stockholm 1944. Alle Rechte vorbehalten S. Fischer Verlag GmbH, Frankfurt am Main